人民共和國文化與文學叢書

初　編

李　怡　主編

第 **17** 冊

普通話寫作與共和國文學的確立

顏 同 林 著

花木蘭文化出版社

國家圖書館出版品預行編目資料

普通話寫作與共和國文學的確立／顏同林 著 -- 初版 -- 新北市：
花木蘭文化出版社，2014〔民103〕
目 2+212 面；19×26 公分
（人民共和國文化與文學叢書 初編；第 17 冊）
ISBN 978-986-322-771-7（精裝）
1. 漢語 2. 寫作法
820.8   103012667

特邀編委（以姓氏筆畫為序）：

吳義勤　孟繁華　張　檸
張志忠　張清華　陳思和
陳曉明　程光煒　劉福春
（臺灣）宋如珊
（日本）岩佐昌暲
（新西蘭）王一燕
（澳大利亞）鄭　怡

人民共和國文化與文學叢書
初　編　第十七冊　　　　　　　　ISBN：978-986-322-771-7

普通話寫作與共和國文學的確立

作　　者　顏同林
主　　編　李 怡
企　　劃　北京師範大學民國歷史文化與文學研究中心
　　　　　四川大學現代中國文化與文學研究中心
總 編 輯　杜潔祥
副總編輯　楊嘉樂
編　　輯　許郁翎
印　　刷　普羅文化出版廣告事業
出　　版　花木蘭文化出版社
社　　長　高小娟
聯絡地址　235 新北市中和區中安街七二號十三樓
　　　　　電話：02-2923-1455／傳真：02-2923-1452
網　　址　http://www.huamulan.tw 信箱 hml810518@gmail.com
初　　版　2014 年 9 月
定　　價　初編 17 冊（精裝）新台幣 30,000 元

普通話寫作與共和國文學的確立

顏同林 著

作者簡介

　　顏同林，男，1975 年出生於湖南漣源市。四川大學文學博士，北京師範大學博士後。現爲貴州師範大學文學院教授，主要從事 20 世紀文學與文化研究。學術兼職有中國郭沫若研究會理事，貴州省詩歌學會副會長。

　　曾發表詩歌、散文百餘首（篇），在《文學評論》等七十餘種刊物上發表學術論文一百餘篇；出版學術著作有《方言與中國現代新詩》、《現代新詩與文化研究論集》、《被召喚的傳統：百年中國文學新傳統的形成》（合著）、《思想的盆地》、《母語與現代詩》（上下）等多種，參與主編或著述數種。曾獲省級人民政府社會科學優秀成果獎二等獎兩次、三等獎兩次，獲貴州省青年創新人才獎一次，尹珍詩歌獎一次，其餘各獎項若干；主持國家社科基金一項，省廳級課題十餘項。

提　　要

　　民國文學的開端以白話代替文言爲突破口，力求在書面語中達到言文合一。共和國文學的語言基座則是以現代白話爲基礎並不斷演變而形成的普通話，依附於此的普通話寫作，具有不可質疑的合法性，是共和國文學確立的顯著標誌。

　　本著作試圖站在共和國文學發生與確立的基點上，就普通話寫作的淵源、進程、方式、特徵與優劣等諸多問題展開剖析，既從語言資源、作家個案、版本校釋、編輯工作等維度梳理改變共和國文學與語言的內在脈絡，又在普通話寫作與非普通話寫作的對比、矛盾乃至張力中追蹤主宰作家創作、修改、評論的不同因素，從而反省普通話寫作的合法性、複雜性與邊界問題，爲我們重新發現共和國文學與文化尋找新的話語空間。

《人民共和國文化與文學叢書》總序

李 怡

　　中國當代文學是與「中國現代文學」相對的一個概念，指的是中華人民共和國建立之後的文學。追溯這一概念的起源，大約可以直達 1959 年新中國十週年之際，當時的華中師院中文系著手編著《中國當代文學史稿》，這是大陸中國最早編寫的「中國當代文學史」教材。從此以後，「當代文學」就與「現代文學」區分開來。與中國現代文學研究比較，中國的當代文學研究是一個相對年輕的學科，所以直到 1985 年，在一些「現代文學」的作家和學者的眼中，年輕的「當代文學」甚至都沒有「寫史」的必要。〔註1〕

　　但歷史究竟是在不斷發展的，從新中國建立的「十七年」到「文化大革命」十年再到改革開放的「新時期」，而後又有「後新時期」的 1990 年代以及今天的「新世紀」，所謂「中國當代文學」的歷史已達六十餘年，是「中國現代文學三十年」的整整一倍！儘管純粹的時間計量也不足說明一切，但「六十甲子」的光陰，畢竟與「史」有關。時至今日，我們大約很難聽到關於「當代文學不宜寫史」的勸誡了，因為，這當下的文學早已如此的豐富、活躍，而且當代史家已經開始了更為自覺的學科建設與史學探討，這包括洪子誠的《中國當代文學史》，孟繁華、程光煒的《中國當代文學發展史》，張健及其北京師範大學團隊的《中國當代文學編年史》等等。

　　中國當代文學研究的活躍性有目共睹，除了對當下文學現象（新世紀文學現象）的緊密追蹤外，其關於歷史敘述的諸多話題也常常引起整個文學史

〔註 1〕見唐弢：《當代文學不宜寫史》，《文藝百家》1985 年 10 月 29 日「爭鳴欄」（見
　　　　《唐弢文集》第九卷，社科文獻出版社 1995 年），及施蟄存：《關於「當代文
　　　　學史」》（見《施蟄存七十年文選》，上海文藝出版社 1996 年）。

學界的關注和討論，形成對「當代文學」之外的學術領域（例如現代文學）的衝擊甚至挑戰。例如最近一些年出現的「十七年文學研究熱」。我覺得，透過這一研究熱，我們大約可以看到中國當代文學研究的某些癥結以及我們未來的努力方向。

我曾經提出，「十七年文學研究熱」的出現有多種多樣的原因，包括新的文學文獻的發掘和使用，歷史「否定之否定」演進中的心理補償；「現代性」反思的推動；「新左派」思維的影響等等。〔註 2〕尤其是最後兩個方面的因素值得我們細細推敲。在進入 1990 年代以後，隨著西方後現代主義對「現代性」理想的批判和質疑，中國當代的學術理念也發生了重要的改變。按照西方後現代主義的批判邏輯，現代性是西方在自己工業化過程中形成的一套社會文化理想和價值標準，後來又通過資本主義的全球擴張向東方「輸入」，而「後發達」的東方國家雖然沒有完全被西方所殖民，但卻無一例外地將這一套價值觀念當作了自己的追求，可謂是「被現代」了，從根本上說，也就是被置於一個「文化殖民」的過程中。顯然，這樣的判斷是相當嚴屬的，它迫使我們不得不重新思考我們以「現代化」為標誌的精神大旗，不得不重新定位我們的文化理想。就是在質疑資本主義文化的「現代性反思」中，我們開始重新尋覓自己的精神傳統，而在百年社會文化的發展歷史中，能夠清理出來的區別於西方資本主義理念的傳統也就是「十七年」了，於是，在「反思西方現代性」的目標下，十七年文學的精神魅力又似乎多了一層。

1990 年代出現在中國的「新左派」思潮在相當大的程度上強化著我們對「十七年」精神文化傳統的這種「發現」和挖掘。與一般的「現代性反思」理論不同，新左派更突出了自「十七年」開始的中國社會主義理想的獨特性——一種反西方資本主義現代性的現代性，換句話說，十七年中國文學的包含了許多屬於中國現代精神探索的獨特的元素，值得我們認真加以總結和梳理。在他們看來，再像 1980 年代那樣，將這個時代的文學以「封建」、「保守」、「落後」、「僵化」等等唾棄之顯然就太過簡單了。

「反思現代性」與新左派理論家的這些見解不僅開闢了中國當代文學史寫作的新路，而且對中國現代文學的基本價值方向也形成了很大的衝擊。如果百年來的中國文學與文化都存在一個清算「西方殖民」的問題，如果這樣

〔註 2〕 參見李怡：《十七年文學研究「熱」的幾個問題》，《重慶大學學報》2011 年 1
期。

的清算又是以延安—十七年的道路爲成功榜樣的話，那麼，又該如何評價開啓現代文化發展機制的五四？如何認識包括延安，包括十七年文化的整個「左翼陣營」的複雜構成？對此，提出這樣的批評是輕而易舉的：「那種忽略了具體歷史語境中強大的以封建專制主義文化意識爲主體的特殊性，忽略了那時文學作品巨大的政治社會屬性與人文精神被顛覆、現代化追求被阻斷的歷史內涵，而只把文本當作一個脫離了社會時空的、僅僅只有自然意義的單細胞來進行所謂審美解剖，這顯然不是歷史主義的客觀審美態度。」〔註3〕

利用文學介入當代社會政治這本身沒有錯，只不過，在我看來，越是在離開「文學」的領域，越需要保持我們立場的警覺性，因爲那很可能是我們都相當陌生的所在。每當這個時候，我們恰恰應該對我們自己的「立場」有一個批判性的反思，在匆忙進入「左」與「右」之前，更需要對歷史事實的最充分的尊重和把握，否則，我們的論爭都可能建立在一系列主觀的概念分歧上，而這樣的概念本身卻是如此的「名不副實」，這樣的令人生疑。在這裡，在無數令人眼花繚亂的當代文學批評的背後，顯然存在值得警惕的「僞感受」與「僞問題」的現實。

只要不刻意的文過飾非，我們都可以發現，近「三十年」特別是1990年代以來中國當代文學及其批評雖然取得了很大的發展。但是也存在許多的問題，值得我們警惕。特別需要注意的是1990年代以後中國文學現象的某種空虛化、空洞化，一些問題成爲了「僞問題」。

眞與假與僞、或者充實與空虛的對立由來已久。1980年代的現代主義文學也曾經被稱爲「僞現代派」，有過一場論爭。的確，我們甚至可以輕而易舉地指出如北島的啓蒙意識與社會關懷，舒婷的古代情致，顧城的唯美之夢，這都與詩歌的「現代主義」無關，要證明他們在藝術史的角度如何背離「現代派」並不困難，然而這是不是藝術的「作僞」呢？討論其中的「現代主義詩藝」算不算詩歌批評的「僞問題」呢？我覺得分明不能這樣定義，因爲我們誰也不能否認這些詩歌創作的眞誠動人的一面，而且所謂「現代派」的定義，本身就來自西方藝術史。我們永遠沒有理由證明文學藝術的發展是以西方藝術爲最高標準的，也沒有根據證明中國的詩歌藝術不能產生屬於自己的現代主義。也就是說，討論一部分中國新詩是否屬於眞正西方「現代派」，以

〔註3〕董健、丁帆、王彬彬：《我們應該怎樣重寫當代文學史》，《江蘇行政學院學報》2003年第1期。

「更像」西方作爲「非僞」，以區別於西方爲「僞」，這本身就是荒謬的思維！如果說 1980 年代的中國詩壇還有什麼「僞問題」的話，那麼當時對所謂「僞現代派」的反思和批評本身恰恰就是最大的「僞問題」！

不過，即便是這樣的「僞」，其實也沒有多麼的可怕，因爲思維邏輯上的某種偏向並不能掩飾這些理論探求求眞求實的根本追求，我們曾經有過推崇西方文學動向的時代，在推崇的背後還有我們主動尋求生命價值與藝術價值的更強大的願望，這樣的願望和努力已經足以抵消我們當時思維的某種模糊。

文學問題的空虛化、空洞化或者說「僞問題」的出現，之所以在今天如此的觸目驚心在我看來已經不是什麼思維的失誤了，在根本的意義上說，是我們已經陷入了某種難以解決的混沌不明的生存狀態：在重大社會歷史問題上的躲閃、迴避甚至失語——這種狀態足以令我們看不清我們生存的眞相，足以讓我們的思想與我們的表述發生奇異的錯位，甚至，我們還會以某種方式掩飾或扭曲我們的眞實感受，這個意義上的「僞」徹底得無可救藥了！1990 年代以降是中國文學「僞問題」獲得豐厚土壤的年代，「僞問題」之所以能夠充分地「僞」起來，乃是我們自己的生存出現了大量不眞實的成分，這樣的生存可以稱之爲「僞生存」。

近 20 年來，中國文學批評之「僞」在數量上創歷史新高。我們完全可以一一檢查其中的「問題」，在所有問題當中，最大的「僞」恐怕在於文學之外的生存需要被轉化成爲文學之內的「藝術」問題而堂皇登堂入室了！這不是哪一個具體的藝術問題，而是滲透了許多 1990 年代的文學論爭問題，從中，我們可以見出生存的現實策略是如何借助「文學藝術」的方式不斷地表達自己，打扮自己，裝飾自己。《詩江湖》是 1990 年代有影響的網站和印刷文本，就是這個名字非常具有時代特徵：中國詩歌的問題終於成爲了「江湖世界」的問題！原來的社會分層是明確的，文學、詩歌都屬於知識分子圈的事情，而「江湖世界」則是由武夫、俠客、黑社會所盤踞的，與藝術沒有什麼關係。但是按照今天的生存「潛規則」，江湖已經無處不在了，即便是藝術的發展，也得按照江湖的規矩進行！何況對於今天的許多文學家、批評家而言，新時期結束所造成的「歷史虛無主義」儼然已經成了揮之不去的陰影，在歷史的虛無景象當中，藝術本身其實已經成了一個相當可疑的活動，當然，這又是不能言明的事實，不僅不能言明，而且還需要巧妙地迴避它。在這個時候，生存已經在「市場經濟」的熱烈氛圍中扮演了我們追求的主體角色，兩廂比

照，不是生存滋養了文學藝術的發展，而是文學藝術的「言說方式」滋養了我們生存的諸多現實目標。

於是，在 1990 年代，中國文學繼續產生不少的需要爭論的「問題」，但是這些問題的背後常常都不是（至少也「不單是」）藝術的邏輯所能夠解釋的，其主要的根據還在人情世故，還在現實人倫，還在人們最基本的生存謀生之道，對於文學藝術本身而言，其中提出的諸多「問題」以及這些問題的討論、展開方式都充滿了不真實性，例如「個人寫作」在 20 世紀中國新詩「主體」建設中的實際意義，「知識分子寫作」與「民間寫作」的分歧究竟有多大，這樣的討論意義在哪裏？層出不窮的自我「代際」劃分是中國新詩不斷「進化」的現實還是佔領詩壇版圖的需要？「詩體建設」的現實依據和歷史創新如何定位？「草根」與「底層」的真實性究竟有多少？誰有權力成為「草根」與「底層」的的代言人？詩學理論的背後還充滿了各種會議、評獎、各種組織、頭銜的推杯換盞、觥籌交錯的影像，近 20 年的中國交際場與名利場中，文學與詩歌交際充當著相當活躍的角色，在這樣一個無中心無準則的中國式「後現代」，有多少人在苦心孤詣地經營著文學藝術的種種的觀念呢？可能是鳳毛麟角的。

在這個意義上，中國當代文學的研究與批評應該如何走出困境，盡可能地發現「真問題」呢？我覺得，一個值得期待的選擇就是：讓我們的研究更多地置身於國家歷史情態之中，形成當代文學史與當代中國史的密切對話。

國家歷史情態，這是我在反思百年來中國文學敘述範式之時提出來的概念，它是百年來中國文學生長的背景，也是文學中國作家與中國讀者需要文學的「理由」，只有深深地嵌入歷史的場景，文學的意味才可能有效呈現。對於中國現代文學研究而言，這樣的歷史場景就是「民國」，對於中國當代文學而言，這樣的歷史場景就是「人民共和國」。

感謝花木蘭文化出版社，使得我們對百年來中國文學的研究有了兩大厚重的背景——民國與人民共和國，這兩套大型叢書將可能慢慢架構起百年中國文學闡述的新的框架，由此出發，或許我們就能夠發現更多的真問題，一步一步推進我們的學術走上堅實的道路。

2014 年馬年春節於江安花園

目次

緒　論

　　中國新文學的開端，便把文學語言的革命與建設作爲突破的首要目標，以白話代替文言，在書面語言中達到言文合一，一直貫穿於 20 世紀上半葉文學語言的嬗變歷史。在現代語言運動的軌迹中，我們不難看到歐化、文言復興、大眾語、方言文學等諸多問題牽引起來的語言論爭。文學語言的質地、目標、方向，實際成了文學研究的基礎環節。同樣，相對於 20 世紀前半葉文學的語言運動，一直處於共和國文學開端的 50 年代文學，其語言變革與語言流變也不亞於前者。

　　統一而集權的新生共和國，翻開了文學歷史的新篇章，文學語言的面貌也煥然一新。由於取法蘇聯模式下語言學資源的偏移與迥異，力推普通話爲標準語的民族共同語的建構與推進，單位制度下文學生產與消費的整合與調控，導致 50 年代整個文學界出現了一種以硬朗爲基本風格的普通話寫作的主流。今天，當我們站在一個距離它大約半個世紀的時空中，在新的學術話語中尋思普通話寫作的淵源、進程、特徵與優劣時，不能不發出人爲力量在短時期內徹底改變語言之流的無奈與蒼桑之感。疑問也由此而生，中國新文學向 50 年代文學發生轉折時，究竟是哪些因素構成並決定了 50 年代文學與語言的內在脈絡？具體放大到每一位執筆爲文者，到底有多少合法性的力量能夠主宰各種筆尖流出的墨水？普通話寫作的合法性與邊界問題，又該如何裁定或闡釋？這都是一些難以解決卻必須面對的問題，它們提醒人們應該怎樣、如何走進共和國時代的文學與文化。

一、選題的緣起

　　置身於中國 20 世紀文學研究的行列，感同身受的是學術界對於 20 世紀

50 年代文學與文化的探究所形成的階段性陣熱現象，漩渦中的熱源所散發的熱能既源自研究對象的複雜性與歷史性，也是研究者在陌生化的文化語境下推波助瀾的適應性結果，其中還包括在兩者對照下對當下社會與生活的審視與反思。正如有學者所說「熱點是大家從內心深處就十分關心的，只要我們的研究活動能夠正常地進行著，當我們的研究活動同社會的需求正好結合在一起，它就成了熱點。」〔註1〕聯繫一下 50 年代對文學藝術功能與作用的主流思想，譬如「文學藝術是屬於上層建築的一種意識形態，是經濟基礎的反映，是階級鬥爭的神經器官。」〔註2〕似乎也可以看出一脈相承的淵源。

　　過去的歷史並沒有煙消雲散，透過熱點的紋理與走向，擇其大略，在盡量「同化」、「純潔」的趨勢下，為基層民眾的底層寫作取向、寄生於黨政體制內部的文學生態、凸現爭執與矛盾的思潮流變，則是 50 年代文學的主要外在特徵。這一切既與時代、環境密切相關，也與研究對象固有性質不可分割。在新中國成立前夕所召開的第一次「文代會」上，以及在此基礎上建立起來的中國文藝界機構、陣營、隊伍，早在當時就如何建構新中國文學或者社會主義文學基本達成一致，全面而深入的思想指引與理論闡述，也圍繞這一主軸快速運轉：各種此起彼伏的文藝運動，從理論與實踐兩個層面縱橫穿插；新舊交替的作家們，特別是大量培植的新生力量，創作了大量符合當時意識形態的文本，構成了特定階段文學的主體。一時代有一時代之文學，一時代也有一時代的文學研究，雖然對 50 年代文學的總體評價存在起伏不定的現象，但寒潮並不太長。譬如「文革」結束以後，貶低 50 年代文學的主流是追隨政治思潮的漲落而定，當然這一點也不奇怪。90 年代以來，隨著改革開放的歷史進程向縱深推進，啟蒙思潮、現代化思潮、西化思潮等一浪接一浪地不斷湧現，尤如舊的鐵器「回爐」，有點模糊的 50 年代文學又是另一番熱鬧景象。學術界突破以前停滯不前的局面，使隱蔽在「十七年文學」背後的 50 年代文學之研究，像老樹抽出新枝一樣重新出現了勃勃生機。它銜接起現代文學，將五四以來的中國新文學連成一片，被視為「20 世紀中國文學」整體。在這一整體中，50 年代文學以獨特的個性、氣質，凸現了自己的形象。

　　1950 年代文學這一領域的研究近十多年來顯得相當活躍，在相應領域取得了不少豐富的成果。按照文學史既有的述史模式，從第一次「文代會」到

〔註 1〕王富仁：《熱點從何而來？》，《浙江師範大學學報》2002 年第 2 期。
〔註 2〕周揚：《我國社會主義文學藝術的道路》，人民文學出版社，1960 年，第 3 頁。

文革文學這一時段，稱之爲「十七年文學」。50 年代文學與「十七年」在時間
段落上重疊的地方居多，兩者都居於共和國文學的開端，學術研究所出現的
熱源類似，不同學者的思路迥然有別。「『十七年文學』在近年逐漸成了學術
研究的熱點，其原因是多方面的。歸納起來，大約包含這樣一些因素：歷史
『否定之否定』演進中的心理補償；『現代性』反思的推動；『新左派』思維
的影響；新的文學文獻的發掘和使用。」〔註3〕這四個方面的因素，基本從宏
觀上涵蓋了熱點的淵源。就展開的研究層面而言，如何切入這一時段文學的
內容、性質、品格，不少學者已從諸如社會思潮、期刊媒介、文學制度、版
本研究、紅色經典塑造等角度入手，觸及到這一時段文學豐富的內容與鮮明
的特點。不論是洪子誠立於思想史研究與外部研究之上的「一體化」文學觀
念，還是陳思和以「潛在寫作」、「民間」爲關鍵詞整合的話語體系〔註4〕；不
論是「十七年文學」研究的系列專題性著作〔註5〕，還是目前源源不斷湧起出
來的數以百計的大量學術論文，各種參差不齊的當代文學史編寫本，均因側
重點不同而呈現出風格各異的研究理路，以及在此基礎上呈現出來的錯落的
文學史面貌。

　　在這些林林總總的研究中，我們發現共和國文學從發生到確立，是一個
薄弱的領域。到底從哪些角度可以具體、深入把握呢？歷史時段、體制轉型、
作品思想、文學組織等方面都曾拓展過想像的空間。不過，繞開來另闢蹊徑
的話，語言角度不啻爲一個新穎的切入口。眾所周知，新生的中國成爲社會
主義國家，並不是從具有建國標誌的 1949 年 10 月 1 日才開始計算，而是經
過了一段較長的過渡時期，一直到 1956 年才正式向國內外公開宣佈進入社會

〔註3〕 李怡：《十七年文學研究「熱」的幾個問題》，《重慶大學學報》2011 年第 1
　　　 期。

〔註4〕 洪子誠的著述如《中國當代文學史》（修訂版），北京大學出版社，2007 年；《問
　　　 題與方法》，三聯書店，2002 年；《1956：百花時代》，山東教育出版社，1998
　　　 年。論文如《當代文學的「一體化」》，《中國現代文學研究叢刊》2000 年 3
　　　 期；《關於 50～70 年代的中國文學》，《文學評論》1996 年 2 期。陳思和的著
　　　 述如《中國當代文學史新編》，復旦大學出版社，1999 年；《中國新文學整體
　　　 觀》，上海文藝出版社，2001 年。論文如《編寫當代文學史的幾個問題》，《鄭
　　　 州大學學報》2001 年 2 期。

〔註5〕 代表性的如丁帆、王世誠：《十七年文學：「人」與「自我」的失落》，河南大
　　　 學出版社，1999 年；陳順馨：《中國當代文學的敘事與性別》，北京大學出版
　　　 社，1995 年；岳凱華：《回眸「十七年文學」》，中國檔案出版社，2001 年；
　　　 藍愛國：《解構十七年》，華東師範大學出版社，2003 年。

主義。這一過程饒有意味，至少告訴我們歷史時間的意義少於具體事例的意義。在我看來，共和國文學的確立，像從發生學角度研究現代文學一樣〔註6〕，也可以研究它從發生到確立的過程，換言之，可以從作家寫作的語言形態——普通話寫作上進行合理的、適度的判決〔註7〕。第一次「文代會」在塵埃落定的北平召開時，從延安「帶著勝利者的驕傲和豐富成熟的『工農兵文藝』經驗」〔註8〕走來的周揚意氣風發地作了主題報告——《新的人民的文藝》，在報告中理直氣壯地提出「四新」，「新的語言」即為其中之一，報告者認為1942年毛澤東文藝座談會上的講話發表以後，解放區文學在語言上是全「新」的，是「群眾語言」的勝利，「做到了相當大眾化的程度」。新的語言背後則是新的思想、主題、人物，新的世界。整個五十年代，像「口語」、「群眾語言」一樣，「新的語言」逐漸被重新賦值而又具有既定時代內涵的「普通話」概念所代替，與此相關的文學語言則自然以此為標杆，——普通話寫作的倡導與合法化，成為共和國文學確立的顯著標誌。

　　從「國語」到「普通話」這一現代漢語形態的流變；從新中國建立前後對方言文學的收縮與合圍，到獨尊蘇聯語言學、文藝學理論；從1950年代中期關於普通話的定義到後來把推廣普通話寫入國家憲法，以及國家語言文字法的頒佈，普通話本身與共和國文學的生成流變以及各地作家的語言形態便再也不可分離，依附於此的普通話寫作，持續強勢、合法、排它性地進入創作領域，在同質化的道路上漸行漸遠。普通話寫作地位的確立，也意味著共和國文學的確立，普通話寫作與共和國文學的確立相互依存。

〔註6〕關於這方面的著作，大凡現代文學的著作，都有這樣的章節，此外有些著作的書名也明確標注出來，這方面的代表性著作如張向東：《語言變革與現代文學的發生》，人民文學出版社，2010年；李怡：《日本體驗與中國現代文學的發生》，北京大學出版社，2009年；姜濤：《「新詩集」與中國新詩的發生》，北京大學出版社，2005年；岳凱華：《五四激進主義的緣起與中國新文學的發生》，嶽麓書社，2006年；李宗剛：《新式教育與五四文學的發生》，齊魯書社，2006年。

〔註7〕「普通話寫作」作為一個術語，典型的如林漢達《試驗用普通話寫作》，《語文現代化》1980年第一輯，此文節錄林漢達《前後漢故事新編·自序》，據作者介紹寫於1950～1960年代，「借著這些歷史故事來試驗普通話的寫作」，中華書局，1978年。于堅：《詩歌之舌的硬與軟——詩歌研究革案》，《拒絕隱喻》，雲南人民出版社，2004年，第137～151頁。

〔註8〕孟繁華、程光煒：《中國當代文學發展史》（第2版），中國人民大學出版社，2008年，第25頁。

　　這一課題的涉及面相當廣泛。新中國成立以來，上至國家領導人，下至語言學者、文藝工作者，都受到起步於建國之後並且在五十年代中期「促進漢字改革、推廣普通話、實現漢語規範化」這一語言運動的廣泛影響，在驚心動魄的震蕩感後，50 年代當紅作家的寫作以及與此相關的語言觀念、舊作修改、編輯工作、讀者反應等層面的工作，發生的難道不是大河改道式的大變遷麼？從研究角度看不過遺憾的是，雖然對普通話推廣與普通話寫作的一些單篇研究文章偶爾可見，但從普通話寫作與共和國文學的確立這一角度進行研究的專著還沒有，也沒有學者專門深入研究這一問題，留下了一個有待深入研究的空白。因此，從語言運動角度討論共和國文學的確立，確是一件開拓性的、有重要意義的工作。作為論著的選題，其研究價值與潛力，不容低估，同時也具有相當難度而富有學術挑戰性。

　　從語言形態、運動這一角度出發對共和國文學的確立進行審視與反思，就會明顯發現從民國文學到共和國文學轉型的變軌與途經。從語言原生態角度看，歐化語言、土白、文言，甚至自造的語彙與句子進入文學，在民國文學史階段比較普遍，語言原貌錯綜複雜。現代作家往往都與這一龐雜、紛歧的語言形態、資源保持水乳交融的關係，構成一種雜語共生的自然狀態。現代作家大多來自南方各方言區，一般也在家鄉長大，在方言語境中求學、開始文學創作，童年、青少年時期的活動不可磨滅地影響了他們的語言能力與價值取向，概括起來，這種相對於北方不同的南方式溫軟的寫作，非普通話寫作是其主體與常態。中國現代文學三十餘年的歷史並不太長，但作家多、作品也很豐富。在不同區域作家的現代書寫中，其籍貫、出身、閱歷都在作品中留下了烙印，沿著這一因素進入其作品，自然也十分恰當。在這一龐雜隊伍中，現代作家數量名居前列的省份是浙江、江蘇、四川、廣東、福建、湖南等，分別是浙江 77 人，江蘇 66 人，四川 44 人，廣東 38 人，湖南 35 人，福建 26 人〔註9〕；又據較為齊備、收錄最全的《中國文學家辭典·現代分冊》一書統計，作家最多的是江蘇 387 人，浙江 337 人，四川 252 人，廣東 248 人，湖南 198 人，福建 151 人，大體佔據前列位置〔註10〕；這些來自南方不

〔註 9〕中國現代文學館編，《中國現代作家大辭典》，新世界出版社，1992 年。此書共收作家 708 人，編選重點是 1949 年以前的作家，本書數據統計以出生地或作家自述的籍貫為基準。

〔註10〕《中國文學家辭典·現代分冊》（1～6）四川人民出版社，四川文藝出版社，1979～1992 年。此辭典「起自五四，迄於當今」，收錄範圍廣泛，最為齊備。

同省份的作家，大體上（因爲這些省份方言相對複雜，並不整齊劃一）分別對應吳語區、西南官話區（川語區）、粵語區、湘語區和閩語區。如果從南北文學的分界來加以說明，則是南方作家佔據優勢，北方作家屈居其後。但自1949 年下半年第一次「文代會」後，隨著中華人民共和國的成立，民族國家大一統的觀念普遍貫通，對語言的統一、穩定、規範、一致的認知，也變得普遍、權威起來；50 年代的當紅作家，大多有以延安爲中心的根據地生活背景和經歷，來自解放區的作家，攜帶政治的優勢，氣宇軒昂地佔據新的置高點。出席第一次「文代會」的代表有七百五十三名，其中來自中國人民解放軍軍隊系統與整個解放區的代表，也就是以北方地域爲絕對主力的作家有四百多，出席理由是其文藝工作者的基數爲六萬；來自國統區與全國其它大部分地區的代表僅三百多名，其中國統區文藝工作者基數爲一萬，照當時說法大體上一個代表背後有一百名左右的文藝工作者。〔註 11〕從中不難看出，作家比例與地域作家數量有政治上的傾向性，在統計人數方面也帶有主觀片面性，並不全面、準確。在此基礎上建立起來的 50 年代創作隊伍主力，便一覽無餘看出作家群體的出身、地域與素養了。有學者認爲「五六十年代的『中心作家』，他們的『文化性格』具有新的特徵。首先，從出身的地域，以及生活經驗、作品取材等的區域而言，出現了從東南沿海向西北、中原的轉移。……五六十年代『中心作家』的出身，以及寫作前後的主要活動區域，大都集中於山西、陝西、河北、山東一帶，即在 40 年代的『革命地理學』中被稱爲晉察冀、陝甘寧、晉冀魯豫的地區。『地理』上的這一轉移，與文學方向的選擇有密切關係。它表現了共和國文學觀念從比較重視學識、才情、文人傳統，到重視政治意識、社會政治生活經驗的傾斜，從較多注重市民、知識分子到重視農民生活表現的變化。這提供了關注現代文學中被忽略領域的契機，也有了創造新的審美情調、語言風格的可能性，提供不僅從城市、鄉鎮，而且從黃河流域的鄉村、從農民的生活、心理、欲望來觀察中國『現代化』進程中的矛盾的視域。」〔註 12〕事實上確實如此，沒有什麼比創造文學歷史的人——這一關鍵因素的更替——所起的作用更大了，而且這一「換人」「換思想」的變更過程是暴風驟雨式的。扭轉乾坤的力量來自中國共產黨和中央人民政

〔註11〕周恩來：《在中華全國文學藝術工作者代表大會上的政治報告》，《中華全國文學藝術工作者代表大會紀念文集》，新華書店，1950 年，第 26～27 頁。

〔註12〕洪子誠：《中國當代文學史》（修訂版），北京大學出版社，2007 年，第 29 頁。

府的政治需要，來自民族國家想像共同體的迫切要求，也來自共和國時代作家們的政治態度與文學立場。

春江水暖鴨先知，語言學家最先行動起來，目標瞄準了普通話，它雖然是舊名詞、舊概念，但是是新語碼、新面孔。正如王力當時所說在 50 年代「中國語言學不再是冷冷清清的少數幾個『專家』的爲學術而學術的『學問』，而是有巨大實踐意義的、爲語言教育服務的科學了。」〔註13〕隨之政治人物、解放前成名的現代作家，都紛紛通過不同的方式參與進來，共同爲普通話的推廣，爲普通話寫作的推進進行了持之以恒的經營，其結合面之廣與深，不可不說是空前的。

另一方面，由於普通話命名與概念的模糊性、語言政策的階段性，以及作家語言的母語（母舌）獲得性、個人性、地域影響等因素，50 年代文學史中的前輩們言行不一致的地方也相當突出。普通話寫作與共和國文學的確立，兩者既有密切的相生關係，也有難以調和的內在矛盾。在思想、語言的縫隙中，共和國文學整體上優劣自見，今天來梳理這段參差的歷史，不難看出它的不足。因普通話本身進程提倡得過速、過急、過寬等因素影響，其負面性逐漸暴露出來，當代作家普通話寫作的負面效應，如語言的單一、生硬、機械，對非普通話成分的過度剔除後導致作家寫作個性的失去等等，持續不斷地得到學術界一部分有識之士的關注。「80 年代中期，社會上語文應用的混亂現象異常嚴重，語言學界關於語言規範化問題的爭論也非常激烈。但是對於什麼是規範化、什麼是規範的對象這兩個基本問題，即便是主張規範化的人也並非十分明確」〔註14〕。90 年代《語文建設》曾不定期推出「文學語言規範問題」專欄，《修辭學習》、《文藝研究》、《文藝理論研究》及其它刊物也刊發此類討論文章，意見也是對立的。呂叔湘、張誌公、胡明揚等語言學家、秦兆陽、葉永烈、葉辛等作家認爲文學語言應該規範化，蕭乾、賀興安、劉素琴等人則反對文學語言的規範。在 90 年代以來的作家中也有部分當紅作家進行校正。倡導口語寫作的雲南詩人于堅用嘲侃的語氣說，用普通話寫作使像他那樣的南方作家舌頭都變硬了；又比如當下的莫言、張煒、陳忠實、賈平凹、李銳、閻連科、劉震雲、楊爭光等優秀作家，也借助

〔註13〕王力：《語言的規範化和語言的發展》，《語文學習》1959 年第 10 期。

〔註14〕呂冀平：《規範語言學探索·序》，見戴昭銘：《規範語言學探索》，上海三聯書店，1998 年，第 2 頁。

母語方言、古語抑或被稱爲民間資源的語言進行創作，適當抵消普通話寫作的影響。如果回推至 50 年代，在當時異口同聲稱頌現代漢語規範化的聲音之外，也出現了微弱的不同的聲音，譬如在 50 年代文藝界執行「雙百」方針後一、二年裏，質疑普通話寫作的論者雨後春筍般冒了出來，雖然他們後來基本上被打成了右派，但畢竟發出了一些真的聲音。綜上所見，不論是過去，還是今天，在半個多世紀中，學者們常常對此複雜的話題呈現出對立、矛盾的見解。普通話與普通話寫作的建構成了一個相當複雜、矛盾突出、起伏性大的話題，它實踐上並沒有獲得很好的解決，而且還會在相當一段歷史時期內延續下去〔註15〕。另一方面，在普通話寫作的背面，非普通話寫作實際上是暗流湧動，從來沒有真正中斷過。在我看來，作爲此類重要問題的回應，普通話寫作與共和國文學確立之後的嬗變，無疑更值得思考與總結。通過若干角度切入這一話題，在回往與沉思中定會發現明朗的天空中除了不落的金色太陽外，還有不少星辰是閃爍的，是變幻的，是它們點綴、豐富了天空。

　　基於以上分析，本項研究的目的，首先是呈現出中國新文學在 1950 年代出現的重大轉折，從語言資源、形態、觀念上進行宏觀把握。在各種可能與局限中反思共和國文學在語言資源層面上的深廣程度與靈活性。其次、通過考察普通話寫作的歷史過程、倡導的方式、在不同語言學家、作家隊伍身上的具體反映，探討它在歷史進程中的複雜性、合法性。再次、通過普通話寫作與非普通話寫作的對比、矛盾，在張力與歧義中理解文學歷史，從語言運動的角度探討共和國文學的新形態，爲共和國文學從發生到確立尋找有意義的話題、重新整合新的思想資源與原始材料。譬如 50 年代中早已知名的郭沫若、茅盾、葉聖陶、周揚、馮雪峰、老舍等爲代表的文藝領域官員與當紅作家，在解放前夕或解放區成名的諸如趙樹理、周立波、李季、歐陽山、柳青、黃谷柳等作家，在 50 年代這一新的時代面前或停滯或隱失的一大批作家如馮

〔註15〕參看錢乃榮：《質疑「現代漢語規範化」》，《上海文學》2004 年第 4 期；作者當年將此文轉貼在北京大學中文論壇（www.pkucn.com）漢語語言學版塊，一石激起千層浪，爭議頗爲激烈。後來楊文波《〈質疑「現代漢語規範化」〉討論綜述》對此有客觀的分析，稱「爭辯長達三年半之外。截至 2007 年 9 月 22 日 12 點 20 分，該帖的跟帖已達 182 頁，跟帖數達到 1816 個，點擊率達 67400 餘次。時至今日，因《質疑》而起的諸多話題還在網上網下爭議頻頻。」《語言教學與研究》2008 年第 5 期。

至、汪靜之、廢名等作家，新中國成立後培養的新一代年輕作家如梁斌、陳登科、高玉寶等人……都將得到不同程度的關注。此外，像《人民日報》、《光明日報》、《文藝報》、《文匯報》等報紙，《人民文學》、《戲劇》等純文學刊物，《中國語文》、《語文學習》、《語文知識》〔註 16〕等語文雜誌，也將得到清理與利用。本人試圖借助這一選題，重新進入 1950 年代，遭遇 50 年代的文學與文化，在思考普通話寫作的得與失之間，重新走進喧囂而又沉重的歷史。

二、研究現狀綜述

在 50 年代主流批評界習慣於這樣權威表述，文學藝術是思想鬥爭的重要部門。它掩蓋了語言問題是文學創作的基礎，是文學研究的基礎這一重大問題。80 年代以來，在洞開國門後，西方的語言學理論曾引起了國內學界對語言轉向的關注與思考，並直接對應於具體文學階段的研究。雖然拿來直接落實於 50 年代文學語言的仍然甚少，但提供了許多新的思路與智慧。

從寫作學、文學修辭學的角度，出版於 1982 年的《葉聖陶的語言修改藝術》〔註 17〕有細緻的研究，是最早的個案研究之一。版本研究，在這方面研究成果稍爲豐富一些。金宏宇的《中國現代長篇小說名著版本校評》、《新文學的版本批評》〔註 18〕與陳改玲的《重建新文學史秩序》〔註 19〕等書有一定的代表性。金宏宇研究 50 年代現代作家的作品修改中，涉及語言變化、規範化在不同版本上的存在，譬如對校葉聖陶長篇小說《倪煥之》時，他對從藝術修改到語言規範化這一版本變遷就有具體的研究；陳改玲一書主要以 1950年到 1957 年現代作家選集的出版爲研究對象，在「修改與批評」章節中有較集中的評述。另外像朱金順、陳子善、龔明德等從事版本研究的學者，繼承唐弢等前輩學者的方法與精神，在版本考述中早就發現了語言修改中的普通話寫作傾向。少數現代作品集子的彙校本，在上個世紀八、九十年代出版時，

〔註 16〕五十年代中期，這三種刊物，和《光明日報》的副刊「文字改革」雙周刊，曾經一度是五十年代僅有的四種專門研究語文的刊物。這些刊物一般開設專欄較爲專業，選自各大報紙、雜誌和文學書籍作爲討論的對象，如《語文知識》有「語文講座」、「文字改革大家談」、「說的和寫的」、「有病的句子」、「不規範的詞和句子」等欄目。

〔註 17〕朱泳燚著，寧夏人民出版社，1982 年。

〔註 18〕金宏宇兩本著作，分別由人民文學出版社出版，2004 年；武漢大學出版社，2007 年。

〔註 19〕人民文學出版社出版，2006 年。

也略為談到了這一方面的情況。一些專事研究像郭沫若、茅盾、葉聖陶、老舍、周立波等作家個案的學者，一般也會或多或少地涉及到這一方面的內容。

其次，從語言角度，包括方言寫作、作家語言個性研究的成果中挑選，我們也可以尋找一些在方法論上有啓示意義的成果，包括以下諸端：（一）、從語言規範、語言政策的角度進行研究的語言學工作者。他們梳理了一些50年代的普通話進程，如王力、呂叔湘、倪海曙等學者眾多的學術性、回憶性論著。新時期以來新出現的一批語言學者，主要從規劃語言學、雙語雙方言、倡導普通話等角度進行研究，對普通話這一歷史性質的概念本身，以及與此牽連的領域進行了較爲豐富的闡釋〔註 20〕。周振鶴、游汝傑合著的《方言與中國文化》〔註 21〕主要涉及方言與文化，承接羅常培《語言與文化》的思路，如「方言和戲曲與小說」章節，爲文學樣式的語言分析作了開拓之功。戴昭銘的《規範語言學探索》〔註 22〕站在語言必須規範的立場，長期研究語言規範理論，成果較爲豐碩。（二）、從語言流變角度對現當代文學進行研究的學者，都對此話題或以相同的概念、或以不同的名字進行過研究，而且寫出了專著。其中較有代表性的如高玉的《現代漢語與中國現代文學》，王一川的《漢語形象與現代性情結》，劉進才的《語言運動與中國現代文學》、張衛中的《漢語與漢語文學》、趙黎明的《「漢字革命」——中國現代文化與文學的起源語境》、董正宇的《方言視域中的文學湘軍》便是。高玉的《現代漢語與中國現代文學》〔註 23〕從語言哲學的角度論述漢語與現代文學的關係，涉及到現代文學發生的原因、過程。晚清與「五四」白話文學運動，以及胡適、魯迅等人的個案分析，有一定的代表性。張衛中的《漢語與漢語文學》〔註 24〕較多地收錄了他在此方面發表的單篇論文，主要是國家社科基金「20世紀中國文學語言變遷史」的部分成果，對 20 世紀漢語文學的語言變遷進行了長時段的回溯，研究成果比較集中、典型。劉進才的《語言運動與中國現代文學》〔註 25〕系統地把語言運動、

〔註20〕這方面的代表著作如陳章太：《語言規劃研究》，商務印書館，2005年；姚亞平：《中國語言規劃研究》，商務印書館，2006年；于根元主編：《新時期推廣普通話方略研究》，中國經濟出版社，2005年。

〔註21〕上海人民出版社，1986年。

〔註22〕上海三聯書店，1998年。

〔註23〕中國社會科學出版社，2003年。

〔註24〕文化藝術出版社，2006年。

〔註25〕中華書局，2007年。

現代文學與國文教學納入一個互動共生的文化整體加以考察，從原始資料
入手，還原晚清以來語言運動發生的政治、思想及文化背景，闡明現代文
學的語言動力機制，探討現代漢語書面語爲何以及如何建立的內在脈絡，
分析語言運動以及現代文學在共同造就現代漢語書面語過程中所各自承擔
的功能。著作後半部分數章，與四五十年代的漢語書面語規範有密切關聯，
被稱之爲「一部後出轉精之作，若就其多方面的學術原創性而論，也堪當
眞正的開拓之作。」〔註26〕趙黎明的《「漢字革命」——中國現代文化與文
學的起源語境》〔註27〕主要從語言文字改革入手考察文學革命，主要以清
末民初、五四前後與三四十年代的語文運動爲主線，既有歷時性的百年語
言文字變革的流變史，也有若干具有標本意義的橫斷面分析。董正宇的《方
言視域中的文學湘軍》〔註28〕以「泛方言寫作」來概括 20 世紀湖南作家的
語言形態，即以普通話爲底色、又靈活運用方言。除此之外，一批研究地
域文化、文學的著作，個別章節也不難找到此一方面的新鮮見解。趙園的
《北京：城與人》〔註29〕以諸多作家對北京城的書寫爲例，論述了典型城
市與人的關係，是最早進行地域文化研究的著述，其中「京味小說與北京
文化」章節對京味小說中運用方言進行了深入的分析。上個世紀末，嚴家
炎主編的「20 世紀中國文學與地域文化叢書」一共九本〔註30〕，從地域文
化角度來討論文學的語言風貌，大多數涉及到地域語言如山西話、四川話、
湖南話、吳語等與文學的聯繫。郜元寶的《拯救大地》、《在語言的地圖上》、
《海德格爾存在論語言觀》〔註31〕等多部著作中的個別論文、章節段落，
借鑒西方語言觀念，對方言、普通話等在文學作品中的存在作了深入的分
析，後來郜氏又不時就這一宏大話題在報刊雜誌發表長篇大論，是一位具

〔註26〕解志熙：《序・語言運動與中國現代文學》，同上，第 2 頁。

〔註27〕中國社會科學出版社，2010 年。

〔註28〕中國社會科學出版社，2008 年。

〔註29〕上海人民出版社，1991 年。

〔註30〕分別是朱曉進：《「山藥蛋」派與三晉文化》；李怡：《現代四川文學的巴蜀文
化闡釋》；逄增玉：《黑土地文化與東北作家群》；李繼凱：《秦地小說與三秦
文化》；彭曉豐、舒新華：《「S」會館與五四新文學的起源》；費振鍾：《江南
士風與江蘇文學》；魏建、貫振勇《齊魯文化與山東新文學》；劉洪濤：《湖南
鄉土文學與湘楚文化》；馬麗華：《雪域文化與西藏文學》。這些著作由湖南教
育出版社出版，出版時間爲 1995～1998 年之間。

〔註31〕出版情況分別是：學林出版社，1995 年；文匯出版社，1999 年；浙江教育出
版社，1999 年。

有代表性的學者。列舉的以上學者的專著中，大多包含有他們發表的學術論文，因此就單篇論文來討論的話就顯得重複了，除了個別突出的在下面還將涉及外，這裡恕不一一綜述了。

　　新時期以來對當代作家的非普通話寫作、方言化現象、語言特色等方面進行研究的學者，成果數量龐大，但隱含普通話寫作得失優劣的多，落腳於普通話寫作身上顯得零散得多，不過，也值得仔細梳理與總結。其中有部分成果針對的是 50 年代作家，或者追溯到了 50 年代，也可以作為參照。下面擇其主要的論文，從以下幾方面進行梳理：（一）、普通話以及語言規範化的產生、來源與成分，還涉及到爭議。錢乃榮的《質疑「現代漢語規範化」》、《論語言的多樣化和「規範化」》〔註32〕立足於語言多樣化，支持語言資源的豐富性。（二）、關於方言、文言等語言因素。何錫章、王中的《方言與中國現代文學初論》〔註33〕一文，從普通話寫作的角度，對方言特殊的審美品質進行宏觀研究。郜元寶的《音本位與字本位》、《母語的陷落》、《1942 年的漢語》、《漢語的命運》、《方言、普通話及中國文學南北語言不同論》〔註 34〕等一系列論文，均直指母語的陷落，方言寫作的長處，立足於當下，意見多而佳。葛紅兵的《當代文學 60 年的語言問題》、《「方言寫作」與「底層寫作」的可能向度》、《什麼樣的漢語才是純潔的？》〔註35〕，張新穎的《行將失傳的方言和它的世界》〔註 36〕都有較為可信的論證。此外，散見於報刊雜誌的大多數論文或支持普通話寫作的合法性與唯一性，以指責非普通話寫作為基本價值取向，或在質疑中為方言文學等辯護，兩方面的論文與此有或深或淺的關聯，不妨適當列舉較為重要的篇目：

第一類論文，一般支持倡導普通話、文學語言必需規範化立場：

李宇明：《權威方言在語言規範中的地位》，《清華大學學報》2004 年 5 期

楊愛姣：《文學語言規範化的若干思考》，《深圳大學學報》2002 年 5 期

李潤新：《關於文學語言規範化問題》，《語文建設》1993 年 2 期

〔註32〕分別刊於《上海文學》2004 年第 4 期；《語言教學與研究》2005 年第 2 期。
〔註33〕《文學評論》2006 年第 1 期。
〔註34〕分別刊於《當代作家評論》2002 年第 2 期；《書屋》2002 年第 4 期；《學術月刊》2006 年第 11 期；《南方文壇》2009 年第 2 期；《文藝爭鳴》2010 年第 19 期。
〔註35〕分別刊於《探索與爭鳴》2009 年第 9 期；《上海文學》2009 年第 6 期（與陳佳冀合作）；《長江文藝》2003 年第 5 期。
〔註36〕《上海文學》2003 年第 12 期。

羨聞翰：《有關現代漢語規範化的幾個問題》，《中國語文》1979 年 1 月號

仇志群：《臺灣五十年來語文規範化述略》，《語文建設》1996 年 9 期

劉福根：《「文學語言不能規範」說獻疑》，《漢語學習》2000 年 3 期

于錦恩：《試論漢語規範化和規範漢語》，《語言文字應用》2006 年 3 期

張黎、張常信：《文學語言就不要規範嗎》，《文藝爭鳴》2006 年 6 期

第二類論文，一般間接質疑，也包括一些作家的評論：

陳平原：《當代中國的文言與白話》，《中山大學學報》2002 年 3 期

石汝傑：《吳方言區作家的普通話和方言》，《語言文字應用》1995 年 3 期

崔明海：《「國語」如何統一》，《江淮論壇》2009 年 1 期

何言宏：《20 世紀 90 年代以來中國文學的語言資源問題》，《人文雜誌》2004 年 4 期

修宏梅：《方言——新時期文學創作不可或缺的資源》，《湖北師院學報》2004 年 3 期

李勝梅：《方言的語用特徵與文學作品語言的地域特徵》，《福建師範大學學報》2004 年 5 期

王春林：《二十世紀九十年代以來的方言小說》，《文藝研究》2005 年 8 期

張琦：《迂迴與進入：近期方言小說對歷史的敘述》，《小說評論》2006 年 2 期

陶原珂：《粵方言作家筆下的民族共同語和方言因素》，《廣東社會科學》1994 年 5 期

李銳：《我對現代漢語的理解》，《當代作家評論》1998 年 3 期

賀興安：《文學語言在本質上是反規範的》，《語文建設》1992 年 5 期

杜書瀛、俞岸：《文學語言：遵守規範與突破規範》，《語文建設》1992 年 7 期

鄭張尚芳：《吳語在文學上的影響及方言文學》，《溫州師院學報》1996 年 5 期

整體而言，從現有的論著來看，以上幾類研究基本還籠統地框定在現代漢語語言身上，觸及方言入文、文言入詩以及嚴格意義上的普通話寫作的內容不夠集中，對普通話寫作深化得也不夠。關於 50 年代文學與語言關係的論著鳳毛遴角，普遍存在的是對作品論、作家論的零星敘述。整合的內容不夠，

顯然有待深入，空白有待填補。普通話寫作與共和國文學的確立，基本上處於散亂與錯落，被遮蔽與被扭曲的狀態。這些研究成果，即使是矛盾對立、難以服人的意見，也是本課題研究的堅實基礎，有助於我們從不同層面「橫看成嶺側成峰，遠近高低各不同」地審視這一研究對象。

三、研究內容與思路

在研究對象、範圍與概念的框架設想中，共和國文學研究中的普通話寫作現象，包括「普通話」的提倡，對語言的統制與當時民族國家想像共同體的聯繫最先進入視野，爲了研究的方便與集中，時限主要是 1950 年代的文學及其現象。在此基礎上，也在時段的前後適當有所延伸，既權作參照，又便於凸現 50 年代文學。譬如，清理白話文運動以來由國語到普通話歷史的討論，適當梳理新時期以來的代表性論文或專著中零星涉及到的相關內容。

在具體章節安排設想中，依次如下：第一章論述現代漢語規範化與五十年代文學思潮。首先，從概念、運動等方面入手追溯從中華民國的「國語」到共和國的「普通話」這一流變歷史，接通現代與當代的語言形態流變。其次，從自發到自覺角度，探討語言學家、文學家、政治家在規範化思潮中的相同與差異之處，材料上主要以五十年代前期的爭論爲主，焦點爲方言文學的退場，簡化字的提倡與規劃，以及現代作家參與的過程、方式；也包括梳理當時質疑普通話及其寫作的聲音，以及在擁護普通話寫作的表態背後實際仍然有顯著距離的作家及其作品。再次，在語言規範政策與語言文字立法方面，側重於 1955 年的現代漢語規範會議，圍繞這一會議所涉及到的主要個體、社團、傳媒等情況進行研究。第四，從語言到思想這一層面，論述中國共和國文學的語言形態。包括政治人物的民族國家想像，如毛澤東講話與普通話寫作，思想改造與普通話寫作等方面的議題。

第二章從語言純潔角度，穿梭於歐化、古化與土化之間進行剖析，分別論述以下論題：一、普通話寫作與工農兵文藝，立足於歐化與學生腔的揚棄和解放區文學口語化的強調與延續；揭示工農兵文藝與大眾文藝在語言層面上的密切關係，群眾語言的身份、口徑、質地等因素。二、文言的弱化與普通話翻譯式寫作的勃興。以葉聖陶、廢名等作家爲例，梳理他們在普通話寫作運動中參差的言行，包括對既成作品的有限修改與示範意義。三、方言的隱失與普通話寫作的轉折。探討雜語形態文本的縫隙。現代文學作品從修改

本到改編本，就相當豐富地展示了去方言化與普通話寫作的關聯，這一方面主要以現代作家在 50 年代的轉型為考察對象，包括解放前成名作家在 50 年代出版作品時的修改情況。

第三章論述普通話寫作與編輯工作。一、普通話寫作的深化、落實與編輯工作的關係。作家與編輯的矛盾作為一種特殊現象，在新的出版、生產體制下呈現得較為充分，其中包含很豐富的語言信息與時代信息。二、編輯隊伍的建設與作家的寫作牽引。以當時報刊材料為主，討論作家自我修改與編輯代勞現象，另外主要通過比較 50 年代幾套大型文學選集本進行分析。三、現代文學經典作品的版本校釋與漢語的規範化，方言區作品的編輯工作。

第四章即普通話寫作的質疑：在語言規範與反規範之間。具體思路是以周立波、趙樹理、葉聖陶、老舍等作家個案為主，以點帶面進行論述：一、非普通話寫作的潮流，簡化、僵化與泛化。以周立波 50 年代創作的方言化為例，如《山鄉巨變》等長篇小說和反映益陽農村的眾多短篇小說；周立波文藝思想與群眾語言資源，以及周立波對普通話寫作的疏離。二、普通話翻譯式寫作的有效性分析，理論與實踐的參差，相互矛盾的經典。以葉聖陶等為例。三、京味、川味、粵味：作為現代文學歷史的陳迹。以這幾種地域作家的創作為例，研究語言特色與生活特色，以及他們當時的徘徊與猶疑。

第五章綜論普通話寫作的合法性、限度以及共和國文學的形態。一、告別母舌與普通話寫作的思考，共和國文學滑坡的一種解釋。二、普通話寫作與文化認同，誤讀、正讀與普通話寫作作為新文學的傳統。三、作家語言風格、修養與文學成就。主要以現代文學作家、形態與共和國文學作家、形態的比較來凸現。四、語文現代化與共和國文學的得與失，適當延伸到當下來返觀這一問題。

結語則以走向語言之根，重新發現現代漢語來體現，在普通話寫作的合理性及其限度中，審視現代漢語形態與共和國文學的確立。

總而言之，本課題研究在掌握大量的第一手資料基礎上，兼顧第二手材料以及當下學人在這一領域不同視角所進行的研究成果，對五十年代文學的寫作、評論、出版、生產等進行系統整理，既努力展現這一時期文學的生態、環境，對新中國文學在初創階段所進行的語言運動與文學創作進行思考，又力求站在當下的語境下，回望過去的文學運動與創作，在時空的交錯中不斷反思，以便於交出一份初步的堅實的答卷。

第一章　普通話寫作：返觀與重構

　　上個世紀四五十年代之交，戰火彌漫中的中國正發生著急劇的社會大變革。緊跟著艱苦卓絕的抗日戰爭之後的國共內戰，以中國共產黨領導的革命武裝取得全面勝利與國民黨集團敗走臺灣而塵埃落定。從延安窯洞中一路走來的中國共產黨人在探索中前進，領導飽受戰爭創傷的中國人民創立了嶄新的中華人民共和國，一個統一、集中的現代民族國家初具雛形。發生在 1940年代後期國家內戰導致的政權更迭，絕對是中國 20 世紀最爲重大的歷史事件之一，20 世紀中國文學的歷史進程，把最爲重要的分水嶺也標劃在這一歷史時期。在當下流行的當代文學史的建構與敘述中，新中國文學一直以唯一的合法性進行自己的命名。眾所周知，新中國成立後的五十年代以及包括後延到文革前的整個十七年，即被稱之爲「十七年文學」的時期無疑是大大強化文學與政治關係的年代，其間所出現的文學之變革與轉型，是最爲複雜與極不尋常的。在習見的由現代文學而當代文學，中國新文學發展演變所形成的既有格局，譬如社團、流派、作家、出版等之間的各種勢力與關係得以完全重組；重新洗牌之後的文學界，則以延伸於左翼文學的解放區文學爲主體。「進入共和國之後，『戰時』的文藝主張被移植到和平時期，局部地區的經驗被放大到全國範圍」。〔註 1〕這種「移植」、「放大」帶有強制性，不容質疑地具有權威、合法的地位。攤牌以後的結果是，挾勝利之威並以毛澤東「講話」精神爲圭臬的延安文學，合法性地自居爲文學的正統，當仁不讓地成爲 1950 年代文學的樣板與標杆。植根於戰爭文化環境下的「戰時」文學範式，也在中國大陸各個角落普遍仿傚並擴大化。出自黨的第一代領導集體智慧——毛澤

〔註 1〕 孟繁華、程光煒：《中國當代文學發展史》（第 2 版），中國人民大學出版社，2008 年，第 3 頁。

東思想中的文藝思想，成爲共和國文學從發生到確立時期的綱領性文件，高屋建瓴地支配文學領域的所有重要角落。眾所周知的文學附屬於政治、文學爲工農兵服務的主要原則，使 1950 年代文學寫作的題材、主題、風格、語言都明顯不同於現代文學的歷史面貌。來自不同地域的作家們適應性地生存於一個充滿誘惑與風險的體制下，並在逐漸一體化、同質化的進程中，其寫作方式已經迥然不同於往昔，包括語言運思的工具與方式都出現了只有改朝換代才能出現與完成的巨大嬗變。

解放區的文藝是眞正新的人民的文藝，以「新的主題，新的人物，新的語言、形式」呈現出來，「解放區文藝作品的重要特色之一是它的語言做到了相當大眾化的程度。語言是文藝作品的第一個因素，也是民族形式的第一個標誌。」〔註2〕「大眾化語言」、「人民群眾語言」、「新的語言」一類的詞彙、概念大批量地從鄉村遷徙到城市，從大西北席卷到全國各地，成爲某種不言自明的時尚與標準。整體打量 1950 年代文學的特質與面貌，單就其中占支配地位的語言方式而言，如果想拈取一個最具代表性的術語來概括的話，在我看來莫過於「普通話」，與它相聯繫的「普通話寫作」便是這樣風光無限的時尚標準。這是一種與毛澤東所說的「新鮮活潑的、爲中國老百姓所喜聞樂見的中國作風和中國氣派」相適應的語言，是一種脫離了黨八股逐步在左衝右突中建構中的純潔的文學語言，是 1950 年代文學中佔據顯赫地位的合法性語言。普通話寫作的特點、優勢以及缺陷，與日後整體評價這一時期文學的成就、特色及其不足有密不可分的內在聯繫。

如果說國語寫作是二十世紀上半葉文學創作的主流的話，那麼普通話寫作構成了同一世紀下半葉的主流。從國語到普通話，從國語寫作到普通話寫作，這一歷史的華麗轉身是自然與人力相互推動的結果，也是特定歷史條件下不斷選擇尋找到的結果。在返觀與重構中，普通話這一概念可以溯源於二十世紀之初，隨後隱隱約約貫穿於不同歷史時期，但成爲文學語言唯我獨尊的主流，顯然源自 1955 年全國文字改革會議與現代漢語規範問題學術會議。叢生於此的文學創作、批評，可以在此前後不斷穿梭回溯，眞正從語言維度抽繹出了 1950 年代文學創作的特質與內涵。當然不可否認，在這一時期普通話寫作並沒有作爲一個文學創作與批評的關鍵詞主宰它所有的領地，其中也

〔註 2〕 周揚：《新的人民的文藝》，《周揚文集》（第 1 卷），人民文學出版社，1984年，第 513、518 頁。

有猶疑，也有縫隙，但是，普通話充當了民族共同語的替身，像金字招牌一樣光芒四射，作爲民族共同語建構重要環節的普通話寫作和新中國文學的生成、確立具有特殊的不可替代的關係。因此，「普通話寫作」這一概念具有豐富而蕪雜的時代內涵，不可忽視它和當代作家創作實踐的所有黏連。從普通話寫作生成與建構這一角度，以管窺豹地觀察 1950 年代文學甚至是整個「十七年文學」，研究新中國民族共同語和文學語言之間的關係，其開創的研究空間不可謂不宏闊，其意義也不可謂不典型。

第一節　普通話：由來與歸宿

普通話寫作的內核是普通話，審視普通話寫作，離不開對普通話本身的返觀與凝思。普通話是怎樣形成的，它與文學語言的悖離與偶合呈現出什麼樣的歷史圖景，雖然從事國語運動的語言學家與從事歷史研究的學者們有所梳理〔註3〕，但立足於文學語言的維度對它進行鈎稽清理並標舉其意義的還暫付闕如。進一步說，普通話是一個屬於在能指的穩固中卻不斷滑動其所指的術語，這一切都必然涉及到它的溯源以及相應的理論辨析。

普通話寫作的基礎是普通話本身的建構，梳理「普通話」的淵源、發生、發展與歷史變遷，辨析普通話內涵的時代變遷，則是審視普通話寫作的邏輯起點。

一

普通話的出現，是統一語言問題所面臨的一個首要問題。在清末倡導切音字運動中，出於言文合一的考慮，語言界的先行者試驗性地提出了各種方案，也產生了許多新的名詞術語，普通話是其中之一。「普通話」本身是一個偏正結構的短語，即「普通」的「話」，而「普通」則是一個來自現代日語的外來語彙，它由漢字構成，是由日語使用漢字來翻譯歐美詞語所創造的新詞。

〔註 3〕倪海曙：《推廣普通話的歷史發展》，《倪海曙語文論集》，上海教育出版社，1991 年。林燾：《從官話、國語到普通話》，《語文建設》1998 年第 10 期。黃曉蕾：《民國時期政府方言政策概述》，《中國社會科學院研究生院學報》2006 年第 4 期。崔明海：《「國語」如何統一——近代國語運動中的國語和方言觀》，《江淮論壇》2009 年第 1 期。楊慧：《「普通」的微言大義》，《社會科學輯刊》2009 年第 3 期。

〔註4〕換言之，它是當時自鑄新詞的結果，因爲日本既是當時睜大眼睛看世界的中國人的橋頭堡，又是向東亞向歐美學習的中轉站，很多經日語翻譯的歐化語彙經過日本文化輸送到了中國國內。朱文熊於1906年最早提出了「普通話」並給它下了定義。他認爲漢語可分三類：一類是「國文」（文言），一類是「普通話」（各省通行之話），還有一類是「俗語」（方言）〔註5〕。從當初所界定的含義來分析，「國文」（文言）「通行」了近二千年，主要限於特定人群；「俗語」（方言）僅在特定地域「通行」。而與這兩者不同，又能「通行」於各省，可以說是一種嶄新的統一的語言，雖然在當時僅僅是一種建構中的烏托邦式的語言。聯想起來「普通話」大概與當時的「藍青官話」有更多的相似吧。這是一種民族、國家共同語的語言雛形，雖有一個簡短的限定但缺乏實質性的內容。考慮到用什麼話來統一全國的語言，怎樣來統一全國語言，在清末漢語拼音運動中還剛剛開始草創，其幼稚與空疏也是情理之中的事。

隨著對此陌生概念與話題的關注，言文一致漸漸有了清晰而具體的輪廓。從中國語言的演變史來看，明清以來的北方官話其實是最有資格的。從清末到民國初年，新的術語「國語」這一概念一經提出便廣爲流行，即爲有力的佐證；「普通話」英雄氣短，似乎曇花一現，被扔在一邊無人問津。對「國語」的概念、標準進行限定的莫過於江謙。他說：「東西各國方音之殊，無異中國，自用標準語爲教育，而全國語言一致。……中國官話既有南派北派之分，而南北之中，又相差異。學部既謀國語之統一，編訂此項課本時，是否用標準京音？」「各國國語，皆有語法，所以完全發表意思之機能。語法之生，雖原於習慣，而條理次序之規定，則在讀本。學部編訂此項課本，是否兼爲規定語法？」又說：「各國國語，必有辭典，以便檢查，所以防易混之音，別各殊之異義，而識未習之字。……此項國語辭典，是否亦爲應編之一？」〔註6〕以上所議，雖是江謙議員向清廷奏報的質詢，但國語之名中

〔註4〕對於此類高名凱等語言學家所說的來自現代日語的外來詞，劉禾曾以「現代漢語中的中——日——歐借貸詞」相稱，其詞條如下：英語爲「ordinary」，日語拼音爲「tutsÛ」，漢字爲「普通」，漢語拼音爲「putong」。見劉禾：《跨語際實踐：文學，民族文化與被譯介的現代性（中國：1900～1937）》（修訂本），宋偉傑等譯，三聯書店，2008年，第387頁。

〔註5〕倪海曙：《推廣普通話的歷史發展》，《倪海曙語文論集》，上海教育出版社，1991年，第166頁。

〔註6〕倪海曙：《推廣普通話的歷史發展》，《倪海曙語文論集》，上海教育出版社，1991年，第168～169頁。

的內容如語音、語法、語彙三要素已大體提及到。正如國民一詞立足於一國之民的闡釋，國語也是立足於一國之語的釋義。從語音、語彙、語法角度充實這一概念，是走上正途的標誌。隨後陸續有語言學者提及施行國語的措施、機構、進程等諸事，不斷增補、豐富這一概念。從民國初年到新中國成立這一歷史時期，「國語」基本上是一個得到大面積廣泛認同的概念，具體如「讀音統一會」所討論的「注音字母」，「國語研究會」對方言調查、編輯國語辭典等方面的工作……都留下了不少歷史先驅者的足迹。對這一方面已有不少研究成果反覆出現，這裡便不重複了。

與「國語」相比照，朱文熊提出的「普通話」概念僅是一個空殼，缺乏最起碼的內容。與文言、方言土語不同，又能「各省通行」，設想帶有烏托邦色彩，也由此可見一斑。不過，從以上粗線條的梳理中，我們大體可以明曉，雖然中國古書中缺乏更爲詳備的記載，但語言的分歧是客觀存在的。「中國的言文，一向就並不一致的，大原因便是字難寫，只好節省些。」〔註7〕在差異中尋找相同，求同的思維是自古皆然的。譬如，春秋戰國時期的「雅言」，漢唐的「通語」，明清的「官話」，中華民國的「國語」，城頭變幻大王旗，名稱不同，但大體充當了言文合一這一語言統一的重要角色。這些民族共同語性質的規範語言術語的先後出現，說明了一個事實：從古至今，不論是口語還是書面語，一種基於人員流動後能相互交流的共同語言，一種適應社會上這一龐大群體並且爲他們所遵循的語言，是整個社會的需要，是語言發展的必然結果。根據語言自身特點，這種民族的共同語背後必然要有一種具有地域性、權威性的母語方言作爲基礎。照例只有處於全國政治中心的都城方言才有可能。公元一千年之前，諸如中原地區的長安和洛陽等地的地域語言獨領了千百年的風騷；地處北方的北京自元代以後，逐漸取代了前者，直到目前爲止，京城之語的北京話仍在享受這一殊榮。對於後者而言，由於這一歷史長時段中，南京也曾經斷續擔當過幾朝古都的歷史任務，於是旁逸斜出了幾齣南京話與北京話之間反覆博弈的「鬧劇」。

二

「國語」在中華民國的三十多年間，一直作爲口號與目標而存在著，但

〔註 7〕魯迅：《門外文談》，《魯迅全集》（第 6 卷），人民文學出版社，2005 年，第
93 頁。

它的發展並不順暢，加之戰火頻繁，給人生不逢時之歎，其缺點也不可避免地存在，來自各方面的有形或無形的阻力也是顯而易見的。由白話包裝的「國語」，在上個世紀二、三十年代發展成了不文不白的語言，是一種「近文之雅語」，遠遠沒有達到共同語規範化的標準。於是朱文熊提出過的「普通話」這一名詞又被提出來了，鼓吹最力者爲瞿秋白。時代在變，這一語彙的內涵也在變化。作爲一個政治偉人，瞿秋白於 30 年代在《大眾文藝的問題》、《普洛大眾文藝的現實問題》、《鬼門關以外的戰爭》、《新中國的文字革命》、《羅馬字的中國文還是肉麻字中國文》等數篇文章中一邊抨擊白話文（國語）是一種非驢非馬的「騾子話」、「鬼話」，「半死半活的語言」，「活死人的腔調」等等，一邊進行想像中的普通話建構。在他的論述中，語言是有階級性、等級性的，五四以來半文半白的白話，屬於資產階級的私立，將隨著資產階級民主革命的失敗而扔到歷史的垃圾桶。從資產階級革命過渡到無產階級革命，必然還需要一次新的文字革命，即「俗話文學革命運動」。他所指的「俗話」，也就是「現代人的普通話」。對於普通話，他在 1930 年與止敬（即茅盾）關於大眾文藝「用什麼話寫」的問題討論中便鮮幟鮮明地提出過，後來也反覆論證過。新的文學革命在肅清新舊文言的同時，取而代之的「就要一切都用現代中國活人的白話來寫，尤其是新興階級的話來寫。新興階級不比一般『鄉下人』的農民。『鄉下人』的言語是原始的，偏僻的。而新興階級，在五方雜處的大都市裏面，在現代化的工廠裏面，他們的言語，事實上已經產生著一種中國的普通話（不是官僚的所謂國語），它容納許多地方的土語，消磨各種土話的偏僻性質，並且接受外國的字眼，創造著現代的政治技術科學藝術等等新的術語。這種大都市裏，各省人用來互相談話演講，說出的普通話，才是眞正的現代中國語，這和智識份子的新的文言不同。」〔註8〕普洛大眾文藝

〔註 8〕 宋陽（瞿秋白）：《大眾文藝的問題》，對此，止敬（茅盾）對宋陽所說的「普通話」在自己所做調查的基礎上進行了質疑：「根據調查的結果，可以看出幾個要點，即五方雜處的大都市的上海工人雖然各省人都有，然而他們『通用語』的趨勢都是『上海土白化』：這是一。又各工人區域每因其何省人占最多而發生了以該多數人省分的土話爲主的『通用話』：這是二。上海土白因而一天一天增加新的單字，新的句法：這是三。……上海各生活上工人所用的方言，除能移植少數單字到上海土白內，就很少獨立發展成新『普通話』的可能，反之，上海土白倒能影響他們，使改其原來鄉音，從而產生一種『半上海白』，使得上海白一天天在變化中：這是四。」「五方雜處的大都市如上海的新興階級的普通話還是一種上海白做骨子的『南方話』。這原因是『各省人』

也好，非大眾的普洛文藝，都要用「現在人的普通話來寫——有特別必要的時候，還要用現在人的土話來寫（方言文學）。無產階級，在『五方雜處』的大城市和工廠裏，正在天天創造普通話，這必然的是各地方土話的互相讓步，所謂『官話』的軟化。統一言語的任務也落到無產階級身上。」〔註9〕瞿秋白的其它大量文章中還有一些類似的語言混融形成普通話的說法。

據瞿氏所言普通話是一種與新興的無產階級，包括以工人農民爲主的民眾密切相關的語言，它來自活人嘴唇的話，最核心的是底層民眾讀出來可以聽得懂。這種「聽得懂」，以「懂」作爲標尺，是直觀的也是具體的。儘管瞿秋白當時的普通話主張遭到質疑，後來的研究者也認爲他的主張有歷史的局限，但他當時確實在有破有立中大大刀闊斧地爲普通話殺出了一條血路，堅持中國社會需要新的文學革命這一既有主張，描繪了攙雜地方方言的普通話在全國範圍內形成的過程，只是發展到當時才到一個初步的階段而已。通過他的鼓吹與描述，這種普通話是在逐步壯大、完善的。結合瞿氏其它論述，我們從中可以看出他的另一設想，即普通話建構走的是從土語，到方言普通話（即通行於大的方言區），再到全國普通話這樣一個「之」字形過程；普通話之「普通」程度是要普及到每一個勞苦大眾口中。這一過程是漫長的，帶有革命性的，而方言化的普通話則是不可缺少而且非常重要的階段，這種立足於城市的大方言逐漸取得領導地位，互相競爭，排除人爲干擾，最終適應全國社會經濟統一化的語言才有可能成爲全國的普通話。〔註10〕——這與他反對以北京語音爲標準音與以北方話爲基礎方言也是相一致的；遠一點說也與他在城市裏成就革命偉業的政治思想相吻合。

從作爲一個概念來看，普通話在瞿秋白論述中也還缺乏具體、明白、清晰的界定，相反他選擇的是模糊、籠統的說法，譬如它是共通的，習慣上中國各地共同使用；是大眾的，包括底層民眾在內，也就是活的俗話，不是雅語；是現代的、嶄新的，適應社會發展需要的。比較之下，他最關心的是普

之流入上生活經驗工人社會畢竟是逐漸的……所以居於主位的上海本地話常居主位。上海以外的大都市中變有同樣的情形。……即使在一地的新興階級有其『普通話』，而在全國卻沒有。」止敬：《問題中的大眾文藝》，《文學月報》第 1 卷第 2 期，1932 年 7 月。

〔註 9〕 瞿秋白：《普洛大眾文藝的現實問題》，《瞿秋白文集》（文學編第 1 卷），人民文學出版社，1985 年，第 468 頁。

〔註10〕 參見瞿秋白：《新中國的文字革命》，《瞿秋白文集》（文學編第 3 卷），人民文學出版社，1989 年，第 284～295 頁。

通話的形成過程、階級屬性、用途目的等諸方面。如果說歷史的局限，這似乎是一種。值得補充的是，附帶查閱當時爭論者的文章，從中可見從朱文熊到瞿秋白，普通話這一概念在二十多年中，發展特別迅猛，在社會上的使用頻率也相當高，不論是反對者還是支持者，都隨手拈來這一概念在使用，證明它還是很有影響力與生命力的。

遺憾的是，這一多少帶有語言烏托邦色彩的普通話概念，沒有經過充分的討論就告一段落，直到隨後不久出現的大眾語討論，普通話再一次大面積地捲入進來。1934 年，為反對「文言復興運動」，上海等地又掀起「大眾語」運動，提倡「大眾說得出、聽得懂、寫得順手、看得明白的語言」。這一討論仍在普通話、白話、文言、方言等幾項術語中間周旋，「大眾語」也是從底層普通民眾實用、方便、容易的角度提出的概念，與瞿秋白關於普通話的主張有部分相同之處，後來的爭執可以證明這一點，也類似於魯迅所說的「專化」與「普遍化」。〔註11〕「大眾語」與「普通話」兩個概念之間觸類旁通，是這一討論中最有意味的地方。「普通話」這一詞彙出現的頻率很高，雖然每一個論述者對概念的內涵與外延不同，但重疊之中無形中擴大了普通話的影響。譬如魏猛克、耳耶（即聶紺弩）等人有較系統的論述，陳望道也有精闢的意見。對於普通話的內容，則主要包括含納各種土話方言，流行最廣的土話方言不斷充實，最終成為普通話的實體。「它的底子本來是土話方言，不過是一種帶著普通性的土話方言罷了」。〔註12〕陳望道一邊對普通話的內涵進行填補，一面對「國語」進行重審。他認為國語是北平話運動，是促進充實普通話的一個重要方法，而不是「標準語運動」。

抗日戰爭爆發後，「國語」推行工作由於時局的大變動，停滯不前；但在戰爭時期人員大遷徙的過程中，特別是鄉村農民的語言在這一遷徙中聲勢漸

〔註11〕「各就各處的方言，將語法和詞彙，更加提煉，使他發達上去的，就是專化。這於文學，是很有益處的，它可以做得比僅用泛泛的話頭的文章更有意思。」「現在在碼頭上，公共機關中，大學校裏，確已有一種好像普通話模樣的東西，大家說話，既非『國語』，又不是京話，各各帶著鄉音，鄉調，卻又不是方言，即使說的吃力，聽得也吃力，然而總歸說得出，聽得懂。如果加以整理，幫它發達，也是大眾語的一支，說不定將來還簡直是主力。」見魯迅：《門外文談》，《魯迅全集》（第 6 卷），人民文學出版社，2005 年，第 100～101頁。

〔註12〕陳望道：《大眾語論》，《文學》第 3 卷第 2 期，1934 年 8 月 1 日；50 年代陳望道推敲普通話定義，有所校正。

大，一種類似於五方雜處的混雜著各地鄉音的「普通話」廣為流行；追求語言的普通、普遍大行其時，「普通話」深入民間的趨勢如火如荼。譬如，在論述如何解決方言與普通話之間的矛盾問題，1939 年黃藥眠曾提出一個解決的方法：「就是以目前所流行的普通話為骨幹，而不斷的補充以各地的方言，使到它一天天的豐富起來。雖在最初的時候，看起來未免有點生硬，或甚至還要加以注釋，但習慣久了，它也就自然的構成為語言的構成部分。」〔註 13〕普通話的「流行」，方言起到了豐富普通話的作用，這一思維在不同的論述中是有代表性的。容納方言而又超越方言，來自活人的唇舌而又有所提煉，大致確定的途徑，在後來的普通話發展中得到了歷史的機遇，也得到了歷史的檢驗。

　　這一機遇與檢驗的過程隨著「民族形式」的論爭提速了。上個世紀四十年代前後，「民族形式」的討論成為一個炙手可熱的新話題。在涉及到文藝的民族形式、民間形式、大眾化等議題時，語言問題再次凸現出來成為一個不能迴避的重要問題。聯繫到當時由於戰爭原因所造成的文人由城市進入鄉村這一事實，地方語言與書面語的統一性再次對立起來。一方面接受語言的地方化，被迫面對各地的方言土語與民間文藝形式，一方面借助某種普遍化的語言工具來適應語言交際。──群眾語言歷史性地成為一個必須面對的事實，這一事實在解放區得到完滿解決，也只有在依靠廣大民眾進行抗日戰爭的解放區才能真正得到解決。這是毛澤東在延安文藝座談會上「講話」中的一個重要話題，也是他在延安整風中的一個重要環節。群眾口語，成為解放區文學面對天時與地利的最佳選擇，在這個意義上，趙樹理式的作家語言，以群眾口語，提煉了西北方言土語的新的語言佔據要衝。華南方言文學也受到影響。「其實華南方言文學的提出，反映此時此地口號的提出，主要在華北解放區作品的被介紹到華南以後，趙樹理的《李有才板話》，受了普遍歡迎，特別是它的濃烈的地方色彩，地方語言的運用，給華南文藝工作者以很大的啟示。」〔註 14〕「群眾口語」、「地方語言」佔了普通話的風頭，也讓後者真正得到了發展。與瞿秋白立足於城市不同，毛澤東把思想之根紮在鄉村，保持去蕪存精之同。雖然當時沒有提及普通話這一名稱，但所指的事物也有不

〔註13〕黃藥眠：《中國化和大眾化》，香港《大公報・文藝副刊》，1939 年 12 月 10 日。

〔註14〕司馬文森：《我從南方來》，《文藝報》第 1 卷第 2 期，1949 年 10 月 10 日。

少類似之處。與瞿秋白盯住大都市五方雜處所形成的現代中國普通話不同，鄉村的群眾語言，成為另一端口上的類似語言。在延安文學、解放區文學代表性作家的自述，以及權威批評的論述中，幾乎很難找到普通話這樣的詞彙，而代之以「口語」、「群眾語言」等名詞術語。這是內容大於形式的一種文學語言，靜悄悄地進行著語言的革命。

三

　　中華民國之「國」隨著國民黨在國共之爭中敗北而在大陸終結，和它休戚與共的「國語」這一概念也隨之被新生的共和國所拋棄。中國共產黨執政的新中國，在梳理黨的革命歷史的過程中，自然追溯到了瞿秋白，以及他鼓吹最力的「普通話」。在普通話與國語之間，自然傾向於前者。普通話概念得到重新挖掘，發揚光大，並得到了前所未有的榮耀與地位。

　　新中國成立伊始，政治的統一內在而強烈地呼喚語言的統一。新生的中國，是一個統一的多民族的國家，而共同的語言是鞏固現代民族國家的基石。在 1950 年代之初，陸續便有各種包括揚棄方言土語、文言、放逐歐化語等規範語言的聲音出現。在短短幾年之間，一種與大一統的政治局面相適應的規範性的民族共同語，呼之欲出，正可謂萬事俱備，只欠東風。冬天已經過去了，春天還會遠嗎？這東風果然如期而至，普通話的提煉、充實與定型，便是 1955 年 10 月全國文字改革會議與現代漢語規範問題學術會議的主要議題。全國文字改革會議雖然立足的是文字拼音化，但在這一趨勢不證自明時，提出的過渡形式與現實基礎是推廣以北京音的普通話；後者則不是一次普通的學術會議，而是學術與政治的聯姻。會議召開前夕，曾有雜誌刊登預告消息〔註15〕，時間定在八月中旬，後來推遲到十月底，與文字改革會議相銜接。

〔註15〕《中國語文》雜誌社 1955 年 7 月號上在報導消息一欄有此短消息：題目爲「中國科學院語言研究所即將召開現代漢語規範問題學術會議。」部分內容如下：「準備在今年八月中旬召開會議，主要任務是討論漢語規範化的原則和如何建立標準漢語語音方面的明確規範。對於標準語的語法和詞彙等方面的規範問題也將在會上提出報告，組織討論，指出解決的方向。……語言規範化不只是少數語言學家的事，而是我國當今社會生活中一個非常重要的問題，是每個人都應該關心的問題。」此外，據《中國語文》雜誌報導，1955 年 4 月 9 日，北京語言學界茶話會，座談漢語規範化問題，有 20 餘人出席，中心議題是標準音問題；1955 年 5 月 24 日下午，語言研究所召開漢語規範化問題座談會，有 40 餘人參加。

當時傳媒對此事有集中的報導，事後又出版論文集——《現代漢語規範問題學術會議文件彙編》。〔註16〕據報導參加會議的有北京和國內各地的語言研究工作者、語文教育工作者以及文學、翻譯、戲劇、電影、曲藝、新聞、廣播、速記等方面的代表一百二十多人，其中包括數位來自前蘇聯、羅馬尼亞、波蘭等兄弟國家的語言學家。中國科學院院長郭沫若致開幕詞，國務院副總理陳毅作了重要指示，閉幕後胡喬木作了總結性談話。其中最為活躍的是語言學家，羅常培、呂叔湘、陸志韋、陸宗達、丁聲樹、胡裕樹、陳望道等一大批語言學家開始了新的學術生命。與會代表中有作家之名份的，除前面提及的郭沫若外，還有葉聖陶以及當時歸屬於中國作家協會的五位代表：老舍、歐陽予倩、曹禺、董秋斯、陳翔鶴。此外，建國後基本不從事寫作的劇作家丁西林，人民文學出版社作領導工作的樓適夷也在名單之列。這些作家中，除葉聖陶外，老舍最為積極，1956 年他還被任命為中央推廣普通話工作委員會的七個副主任之一，可謂有名有實。

　　這兩次會議就現代漢語規範議題，視其大略有以下諸端：一是明確提出漢語規範的目標、標準；二是以國務院指示推廣普通話，為普通話合法化，包括新時期以來的寫入憲法與國家通用語言文字法等鋪平道路；三是完成漢語拼音方案，為走拼音文字立基，同時審音異讀詞清理；四是編輯出版以詞彙規範為目的的《現代漢語詞典》〔註17〕；五是完成全國漢語方言普查。可以看出在當時這是一次最高規格的帶有政治意義的大型學術會議，其影響似乎不亞於之前召開過的兩次全國「文代會」。〔註18〕會議討論的分議題主要有漢語規範化的重要性、語音、詞彙、語法以及詞典編纂、翻譯方面的問題，此外還包括普通話與方言、文學風格與語言規範化的關係等方面的內容。至

〔註16〕 此書 1956 年 7 月由科學出版社出版，包括兩大部分，一是大會的業務性資料，如報告、專題發言、外賓發言、代表發言、大會決議、大會總結和大會紀要等，同時選刊了政府指示、社論、專家論文等有關資料。二是大會的事務性資料，如代表名單、秘書處組織，社會反應，還編輯了從 1950 年到 1956 年之間全國報刊發表的有關漢語規範問題的論文和資料索引。

〔註17〕 會議要求擬定《現代漢語詞典》，國務院 1956 年指示中國科學院語言研究所在 1958 年編好，事實上有所拖延：1960 年由商務印務館印刷試印本，1965 年出版試用本，1978 年出版第一版，向社會廣泛發行，到今天為止已出到第六版。

〔註18〕 1949 年 7 月 2 日到 19 日，中華全國文藝工作者代表大會在北平舉行，史稱「第一次全國文代會」。1953 年 9 月 23 日到 10 月 6 日，全國文學藝術工作者第二次代表大會在北京召開，名稱有所變更。

於基本詞彙和語法，當時根據毛澤東、魯迅、趙樹理和老舍四家作品來研究現代漢語的基本詞彙和基本語法結構。〔註19〕在大會由科學院語言所正副所長羅常培、呂叔湘聯袂所作的報告中，深入探討了現代漢語規範的迫切性，所要解決的原則問題，怎樣進行規範化工作等指導意見，帶有定調性質。「在漢語近幾百年的發展中，已經逐漸形成一種民族共同語，這就是以北方話為基礎方言的『普通話』。這種普通話最近幾十年得到廣泛的傳播。」〔註20〕民族共同語與普通話之間劃上等號，焦點集中在普通話的建構上，整個會議可以說議題具體、討論深入，收到了大大超過預期的效果。換一個角度來看，這次會議內容集中落實於民族共同語與普通話的合二為一，可以互相替換。而且，普通話既是漢民族的共同語、標準語，也是中華民族的共同語，後來全國各少數民族地區也通行普通話。普通話以北方話為基礎方言，以北京語音為標準音，是符合漢語的實際情況和歷史發展的。在這次會議上，對普通話的定義還不全面。據倪海曙回憶還是陳望道在剛剛閉幕的全國文字改革會議上提出校正、後來在國務院通知中最終完善。全國文字改革會議主要討論修改《漢字簡化方案》（草案）和決定推廣普通話，會議規定普通話以「北京話為標準」。陳望道發現這一定義不妥當，有邏輯錯誤，普通話也就是北京話，等於取消了普通話。由此可見，當時對普通話的定義是粗陋的、不成熟的，形象地說是摸著石頭過河。1956年2月6日，在《國務院關於推廣普通話的指示》中，第一次完整表述了普通話的定義並沿用至今：「以北京語音為標準音、以北方話為基礎方言、以典範的現代白話文著作為語法規範」。這一定義從語音、詞彙、語法三個方面進行了明確的限定。雖然這一定義也有值得反思的地方，譬如北京語音與普通話語音的界限，北方話的範圍也十分廣泛，內部並不是描述的那樣一致，典範的白話文著作也難以釐清，標準難以把握，操作性不強，等等，但畢竟有了金字招牌。

〔註19〕見《中國語文》創刊號（1952年7月20日），此刊物為中國文字改革研究委員會與中國科學院語言研究所合組中國語文雜誌社，編輯出版同名刊物一種。又據同期署名「芬」的文章：《中國科學院語言研究所工作近況》稱，設立現代漢語組、少數民族語文組、中國文字改革研究組三個組，「現代漢語組著重語法結構和基本詞彙的研究，目前尤其重視語法研究一方面。兩年來從毛澤東、魯迅、趙樹理、老舍、丁玲等各家作品和高初中語文課本中摘錄卡片約十四萬張，並作了初步分析。」——可見，摘錄範圍有所擴大。
〔註20〕羅常培、呂叔湘：《現代漢語規範問題》，《現代漢語規範問題學術會議文件彙編》，科學出版社，1956年，第5頁。

金光閃閃的普通話是經過規範和加工的民族共同語，它是中華民族這一大家庭中所有人民的交際用語。就普通話與方言的關係而言，推廣普通話也不是要取代地方方言，而是要求在使用家鄉話的同時，學會一種可以通行各省各地區的共同語，但是這一點在後來的執行中屢有偏失，直到今天仍在復發這一毛病。兩次會議之後，教育界、出版界、文化界、軍隊、黨政機關、各類學校、總工會、共青團、交通部門等，都有通知下發全國各自系統，華夏大地掀起了一個又一個推廣普通話的高潮，普通話的重要性不證自明。「1955 年到 1957 年形成了推廣普通話的高潮。當時學校教學使用普通話，各行各業使用普通話。」「在 1956 年到 1958 年那段時間裏，我經常出差，無論在飯店、賓館，或者在公共汽車上，聽見大部分工作人員講普通話。大家以講普通話為樂，以講普通話為榮。」〔註 21〕短短三四年時間，普通話不脛而走，在全社會婦孺皆知。

經過新中國成立後四五年的醞釀、收縮與突圍，到全國文字改革會議與現代漢語規範問題學術會議的正式亮相，普通話在 1950 年代中期爆破式地迎來了它最好的歷史時期，一直延續到今。其間雖有反覆與退卻，但總的趨勢是強化了普通話的合法性，譬如新時期以來把推廣普通話寫入憲法，制訂專門的語言文字法等等。普通話融入社會，逐漸坐大，語言生態趨於一元化，則是普通話歸宿的最好注腳。

由國語而普通話，兩者不可同日而語，其關鍵是後者有政治行政力量的持續推動。普通話滲透進整個國家與人民的生活之中，主要依靠政治行政力量，輔之以學術之力，全速推進了「普通話」這一民族共同語的歷史進程。「多作或一程度的大眾化的文藝，也固然是現今的急務。若是大規模的設施，就必須政治之力的幫助，一條腿是走不成路的，許多動聽的話，不過文人的聊以自慰罷了。」〔註 22〕1930 年魯迅的預言，20 多年後開始落到實處，成為當時狂熱國土之上的一種現實圖景。借「政治之力的幫助」，文學語言在語言發展史上起了突變，與政治捆綁的「普通話」與新中國一路同行，毫無保留地披上了合法性的漂亮中山裝。

〔註 21〕張誌公：《普通話和語文教育》，《張誌公自選集》（下冊），北京大學出版社，1998 年，第 707 頁。

〔註 22〕魯迅：《文藝的大眾化》，《魯迅全集》（第 7 卷），人民文學出版社，2005 年，第 368 頁。

第二節　普通話的文學，文學的普通話

　　在「五四」前夕的白話文運動中，胡適提出個流傳甚廣的論點——「國語的文學，文學的國語」，這是建設新文學、進行文學革命的唯一途經。「有了國語的文學，方才可有文學的國語。有了文學的國語，我們的國語才可算得真正國語。國語沒有文學，便沒有生命，便沒有價值，便不能成立，便不能發達。」「國語不是單靠幾位言語學的專門家就能造得成的；也不能單靠幾本國語教科書和幾部國語字典就能造成的。若要造國語，先須造國語的文學。有了國語的文學，自然有國語。……真正有功效有勢力的國語教科書，便是國語的文學；便是國語的小說，詩文戲本。國語的小說，詩文戲本通行之日，便是中國國語成立之時。」〔註23〕

　　在沒有標準國語的情況下，唯一的工作便是用白話工具去做白話的活文學，後來已成共識，如盡量採用已有的四大古典白話小說的語言資源，採用今日的白話，甚至還可採用淺顯文言來補助。當時只是有採用今日的白話這一提法，沒有直接點明今日白話的土語方言本質，不用幾年隨著對國語本身的發展以及討論的深入，方言文學名正言順地提到議事日程上來了。其中，在溝通國語與方言土語之關係上，胡適認為「一切方言都是候補的國語」，變成正式的國語則有兩點：一是在各種方言之中，流行最廣；二是在各種方言中，產生的文學最多。〔註24〕

　　這是胡適超前而具體的文學觀，廣為人知，對如何建設國語起了開路的作用。以此來返觀普通話寫作，將「國語的文學，文學的國語」替換成「普通話的文學，文學的普通話」同樣是適當而貼切的。上個世紀之初，朱文熊首提「普通話」這一概念，但淹沒在白話、國語的汪洋大海之中，缺乏相應的文學創作，因此沒有什麼影響，僅僅成為後來的語言學家追溯術語的起點。20世紀30年代是大眾崛起的年代，民族危亡的形勢呼喚大眾的覺醒，在啓蒙民眾的星星之火中，負載於大眾的大眾語，以及與大眾語並行的普通話，成為「五四」白話去精英化的一種選擇。在瞿秋白等人眼中，中國大眾要求自己的大眾文化的時代到了，半文半白的歐化的白話文，成為眾矢之的。白話

〔註23〕　胡適：《建設的文學革命論》，《中國新文學大系·建設理論集》，上海良友圖書印刷公司，1935年，第128、130頁。

〔註24〕　胡適：《國語文法概論》，《胡適全集》（第1卷），安徽教育出版社，2003年，第421～422頁。

文沒有走向大眾，（大眾語）普通話可以走向大眾。在當時的大眾語討論中，有不少這方面的主張，因為大眾語既涉及到階級屬性，還存在一個地域屬性，中國幅員廣闊，方言複雜，此地大眾的大眾語與彼處大眾的大眾語如隔天塹不可相通。以城市中的日漸融合的大眾語作為無產階級的普通話，水到渠成作了備選方案。「『現代中國普通話』是有普遍性的，它是主要的流行在輪船、火車、碼頭、車站、客棧、飯鋪、遊藝場等處。工廠不過也受到影響，這是客籍的工人帶進去的，但因為他們的生活不是流動的，久之就要和當地的語言同化。所謂普通話是因為交通發達，各地人們來往日漸密切，要求交涉上的便利而產生的。所以它的目的只在要人懂，它是不容納各種土話，它是竭力避免各種土話。它在企圖每句話都能夠說得出，寫得出，每個字眼都找得出意義來。……自然，『現代中國普通話』還沒有達到完善之境地，有時候還夾雜些所謂『南腔北調』（零碎的土語），但是它必然會隨著交通發達而進展，隨著社會意識的轉變而轉變。」〔註 25〕同樣，大眾語必須為大眾所熟知，必須有大眾語文學，陳子展說：「所謂大眾語，包括大眾說得出，聽得懂，看得明白的語言文字。標準的大眾語，似乎還得靠將來大眾語文學家的作品來規定」。「大眾語文學在詩歌小說戲曲三類，說聽看三樣都須顧到，尤其要注意聽，叫人聽得懂。」〔註 26〕可惜的是，當時沒有真正多少大眾語文學作品出現，譬如瞿秋白一邊提倡的「現代中國普通話」，一邊身體力行創作一批方言化的、貼近底層百姓生活的詩文，但總的來說在文學界的影響並不顯著。

　　既然大眾語也是某種形式的普通話，就要考慮以何種地域語言為基礎進行建構，於是多數認為北平話最為合適。「大眾語必以一種活的語言為基礎。中國四分之三的人能懂的活的語言便是過濾過的北平話。北平話又最好聽，好聽，人就願意學，因此，北平話實有成為大眾語之主要成分之資格。但大眾語應當膽量大，凡與大眾前進生活有親切關心的各地土話，甚至外國話都可盡量吸收。」〔註 27〕大眾語不與文言相容，與五四以後新的白話也有隔膜，也不完全是方言文學，而是說得出、聽得懂、寫得順手，看得明白。其中寫得順手、輕鬆，也是不具體的。老舍的作品，當時大多以他的家鄉北平話寫

〔註 25〕魏猛克：《普通話與「大眾語」》，《申報·自由談》1934 年 6 月 28 日。
〔註 26〕陳子展：《文言——白話——大眾語》，《申報·自由談》1934 年 6 月 18 日。
〔註 27〕陳望道：《關於大眾語文學的建設》，宣浩平編：《大眾語文論戰》，上海啓智書局，1935 年。

成，在大眾語文學中有不可動搖的一席之地。在「國語的文學」和「文學的國語」被置換成為「大眾語的文學」和「文學的大眾語」的過程中，大眾語與文學的聯姻，最為看重。視方言化為大眾語文學的正途，在當時甚為普遍，譬如黎錦熙視徐志摩的《殘詩》為大眾語文學的代表。〔註28〕三四十年代中，除了最為典型的老舍外，一批從事語言運動的學者，左翼文學影響下的作家們有不少嘗試。這裡僅以倪海曙與歐陽山為例，僅作說明。歐陽山寫大眾小說，是在 1932 年的廣州。他與草明等幾位朋友組織廣州文藝社，出版廣州文藝周刊，首先是文學用語上，決定盡量用廣州話來寫。這樣得到了廣大工人和店員、青年學生等為主體讀者群的喜愛與支持。他們辦的周刊出版了二十多期，另外還出版了粵語刊物，以及兩個粵語中篇小說的單行本，還創作了若干新文藝性質的粵語短篇小說和中篇小說。〔註29〕1940 年代，從事文字改革工作的倪海曙，試寫一些通俗的大眾語文學，主要以詩歌為主，也創作一些戲曲、小說、散文，「我用方言（上海話和蘇州話）寫，也用最平常的普通話寫。在語言的問題上，我遵守文字拼音化的一個最基本的原則，就是寫的和說的一致，念出來能聽得懂。」〔註30〕從上海話的滬劇《警察訪問》與《望阿奶》，小說《三輪車》；蘇州話的詩《太太走出廚房》，小說《黃包車》等大眾語作品來看，其內容貼近底層生活，風格生動風趣，頗受趙景深、陳望道、郭紹虞等人的稱讚。

但從現代文學的主潮及其書寫來看，這些嘗試與探索沒有得到正面的積極評價。重新回到三十年代的大眾語、大眾語文學的論爭漩渦中，其大眾語文學與五四的白話文學在實質上同中有異、異中有同，雖然成果要比白話文學差一大截。譬如瞿秋白這樣的政治偉人，雖然他努力用上海話寫出一批東洋調類似的文字，但真正所起的作用極其微弱，而且他對五四文學革命的成績和意義的評價也存在過低的弊端。和這樣的案例相關聯，當時占上風的論者對五四以後新文學在語言（白話）上的成就的評價也同樣如此。大眾語的推行，沒有相關文學的支撐，往往成為無源之水，這也就是大眾語、普通話這些概念在三十年代得到社會的一定關注但產生的實際效果差強人意的癥結

〔註28〕黎錦熙：《建設的大眾語文學——新詩例》，《人間世》第 15 期。

〔註29〕見歐陽山：《我寫大眾小說的經過》，《抗戰文藝》第 7 卷第 1 期，1941 年 1 月。

〔註30〕倪海曙：《雜格嚨咚・前言》，北新書局，1950 年，第 2 頁。

所在。後來雖然沒有提這樣的口號，但文學語言面向底層民眾的淺俗化傾向
一直在探索中前進。在抗日戰爭硝煙彌漫之中，出於戰爭把底層民眾捲入的
事實，在解放區這片土地上，對大眾語文學的倡導，置換成爲群眾口語的文
學，這與毛澤東在延安文藝座談會上的「講話」一脈相承。由於「講話」的
輻射性擴散，在華南方言文學運動中，茅盾對「國語的文學，文學的國語」
一說頗有微辭，斷定其是不正確的觀念，應當加以糾正：「五四」以來的白話
文學充其量只能稱之爲「北中國的方言文學」，廣東方言文學是廣東白話文
學，與之前的國語文學是並列的，具有同等地位。〔註 31〕依葫蘆畫瓢，如果
把茅盾所指的「廣東」地名換成其它地名，則有不同地域的方言文學與白話
文學，自然而然擴大了各地方言文學的影響。重慶大後方文學中的四川方言
詩熱潮，華南粵語方言文學運動，上海等吳語文學，都受到解放區作品引入
的有力刺激，以及當地方言區域的地域優勢，都理直氣壯起來，諸如此類都
是典型的案例。在以延安爲中心的西北文壇，後來彙集的作品集子也是如此，
比如四十年代末標注爲「這是解放區近年來文藝作品的選集，這是實踐了毛
澤東文藝方向的結果」的《中國人民文藝叢書》(計有戲劇 23 種，小說 16 種，
通訊報告 7 種，詩歌 5 種，說書詞 2 種)，趙景深就評價其中「所應用山陝一
帶方言的作品，更不知有多少。」〔註 32〕

　　40 年代末，國共內戰逐鹿中原已見分曉之時，第一次文代會在北平召開，
幾度羈留港粵的茅盾等文化人士帶著華南方言文藝運動的經驗北上，臨行之
前說要在提案中鼓吹方言文藝，其結果卻是無疾而終，不但沒有下文，而且
茅盾本人對方言文學的觀點，在解放前後判若兩人。以前鼓吹大眾語文學的
倪海曙提交了關於推行拉丁化新文字的提案，提案要求文藝作品的語言文
字，應該肅清不必要的文言成分，不用難的、古的生僻的漢字，筆頭語盡量
口語化，在提案上聯署的有陳望道、俞平伯、巴金、胡風、袁水拍等 68 人。

〔註31〕茅盾：《雜談「方言文學」》，香港《群眾》第 2 卷第 3 期，1948 年 1 月 29 日。
〔註32〕趙景深：《雜格嚨咚集・序》，《雜格嚨咚》，北新書局，1950 年，第 2 頁。此
　　　　外，據趙景深自己介紹，他對方言文學曾簡略地作過一番歷史的考察，其中
　　　　五四運動以後，內容是這樣的：「老舍用北京話來寫《趙子曰》、《老張的哲學》，
　　　　李健吾用北京話來寫《一個兵士和他的妻》，是人所熟知的。抗戰時期則有伊
　　　　明的《山東人賣梨膏糖》，方白的《山東拉洋片》，王棠的廣東《三字經民歌》，
　　　　廣東臺山方面也出過《大家來打狗》、《新人之初》、《臺山抗戰兒歌》之類。
　　　　歐陽山用廣東話寫過詩，祝秀俠用廣東話在香港的文人獻金會中說過評話。」
　　　　出處相同。

〔註 33〕類似的例子還相當多，可見在文學語言問題上何去何從仍是一個重要的問題。文藝作品的語言如何選擇，到底應該用什麼樣的語言形態，在四五十年代之交特別蕪雜而曲折。

建國前夕那些創意迭出、迥然不同的方案，在 1950 年代新中國大力提倡現代漢語規範化、推廣普通話的運動中得到了統一的答案。作為一個現代民族國家，新中國借助政黨和國家機器推行語言變革，不論是目標規劃、機構設置、制度考慮和宣傳動員，都是真正花最大力氣去做，最為根本的仍然落實在文學創作上。這一點從當時大大小小的文件、通知，以及級別不一的作家們的反應、表態等方面考察便可見一斑。譬如《人民日報》的社論在現代漢語規範問題學術會議甫一開始還沒討論便定下了基調：「語言的規範必須寄託在有形的東西上。這首先是一切作品，特別重要的是文學作品，因為語言的規範主要是通過作品傳播開來的。作家們和翻譯工作者們重視或不重視語言的規範，影響所及是難以估計的，我們不能不對他們提出特別嚴格的要求。」〔註 34〕

雖然會議之前，推動它的力量主要是像吳玉章、胡喬木等政界人物，以及新中國成立前後活躍的諸如羅常培、呂叔湘、黎錦熙、王力、邢公畹等語言學家，但實質上算起賬來起到真正作用的仍是全國各地的廣大作家。前於前者，語言學家王力曾有一個說法。大意是語言學家在解放前是冷門，坐的是冷板凳，新中國因為推廣普通話有做不完的事了。又據親歷過當時運動的語言學家張誌公回憶：「文藝工作者重視語言規範化。就我接觸到的來說，有一個培養青年作者的機構叫文學講習所，就找我去講普通話與語法修辭；我還接到過一些電影製片廠的來信，就演員的某些臺詞、對話是否符合普通話的規範徵求意見。出版物重視語言規範化。」〔註 35〕但是語言學家不從事文學創作實踐，雖然兢兢業業於本職工作，大會小會也高舉過手，但其成效是可疑的。至於漢語規範化的任務要在作家們身上實現，50 年代靠邊站的美學家朱光潛有句話說到了點子上，他在現代漢語規範問題學術會議前夕回老舍的

〔註 33〕 參見費錦昌主編：《中國語文現代化百年記事》，語文出版社，1997 年，第 113 頁。

〔註 34〕 《為促進漢字改革、推廣普通話、實現漢語規範化而努力》，《人民日報》1955 年 12 月 26 日。

〔註 35〕 張誌公：《普通話和語文教育》，《張誌公自選集》（下冊），北京大學出版社，1998 年，第 707～708 頁。

信中說「爭取漢語規範化，說到究竟，眞正促成語文規範化的還是在群眾中有
威信的作家。」〔註36〕而一大批「有威信」的作家們已經摩拳擦掌，披冠上陣
投入到這一無形的戰場裏了。像重新學會怎樣說話一樣，拋開對熟悉語言的迷
戀，投入到宏大而陌生的共同語規範化汪洋中，嗆幾口水，被水浪淹沒，則是
難免的。時代主潮裏挾著運動的激流，在不斷分化中凝聚著人流。具體來說，
首先是已成爲各種政府部門、文化單位、出版機構、社會團體中的領導型文人
集體加入了這一運動中去，如郭沫若、茅盾、周揚、葉聖陶、老舍，如艾青、
何其芳、田間、李季、臧克家、袁水拍、沙鷗、公木……他們有的直接參與了
這一系列事件，在共商國事中制訂各種規則，有的在大會小會上貫徹和落實黨
與政府所交代的這一政治任務；有的則在創作中或者改弦易轍、另覓出路，或
者明顯放慢探索腳步、在觀望中前行，甚至有些還身不由己地陷入到參與批判
同道的陣列中去。其次，具體落實到散居全國各地的作家們身上，文藝管理部
門一方面進行引導、規範，將其寫作納入既定的軌道上；一方面通過各種批評，
乃至批判，正反出擊，強制屬下執行普通話寫作這一有關大一統的文化政策。
新中國文學所有文體均是如此，尤其以小說、話劇爲重。具體落實到寫作實踐
中的語言形態，其中不可忽視的環節就是普通話寫作，它也藉此躍居到了一元
的位置。作爲對立面的非普通話寫作，也就成了被約束、被清理的對象。雖然
現代作家們，除個別外表態的居多，語言也還是不純淨的，但在時代的激流中，
爭取建功立業得到承認卻是不爭的事實。

　　追根溯源，作家們語言觀念與實踐的變化，與「語言問題，也是政治問
題」〔註37〕相關，而政治是決定一切的。「語言混亂現象的繼續存在，在政治
上是對於人民利益的損害，因此我們必須把語言的統一、漢語規範化當作一
個嚴肅的政治任務。文藝工作者要通過語言來進行工作，而他們的語言又經
常要在廣大的人民群眾中起示範作用，因此，在大力推廣普通話和實現漢語
規範化工作中，文藝工作者的責任是特別重大的」，〔註38〕這是夏衍理解普通
話與政治的關係。「作家們在這個運動中應當負起責任，盡到我們推進語言統
一的力量，這是個重要的政治任務」，〔註39〕這是老舍的理解。「共同研究，

〔註36〕引自《老舍全集》（第15卷），人民文學出版社，1999年，第755頁。
〔註37〕老舍：《反對八股腔，文風要解放！》，《文藝報》1958年第4期。
〔註38〕夏衍：《文藝工作和漢語規範化》，《人民日報》1955年12月14日。
〔註39〕老舍：《大力推廣普通話》，《人民日報》1955年10月31日。

互相學習，交流經驗，都必須使用語言。要是各人都用自己的方言，試想，對這種協力合作的妨害多麼大，對建設社會主義的妨害多麼大？這就是說，學會普通話是有極重大的政治意義的」，〔註40〕這是葉聖陶的心聲。夏衍、老舍、葉聖陶等一大批作家都表態要在創作中讓普通話的推廣落到實處，當時考慮的是少用方言土語，盡量讓句子沒有語病、通俗化一些之類。不論是創作新作，還是修改舊作，都沒有統一的、可以操作的標準，但相對比較規範化了，在上口順耳這樣的直觀感受上妥貼多了。

從「國語的文學，文學的國語」到「普通話的文學，文學的普通話」，兩者產生的作用是相同的，也是身處當時的作家們不可避免要面臨的問題。政治立場和語言立場有重合之處，這是新中國作家集體認同的必經之道。雖然也有個別人加以抗拒，「拿推廣普通話的理由，反對和非難作家的採用方言」、「忽略了作家也提煉語言豐富普通話的責任。」〔註41〕但這樣的聲音太微弱了，非普通話寫作在新中國文學的實踐中喪失了合法性。

從觀念認同到創作實踐，1950 年代作家對普通話寫作的選擇並不是一個簡單與一次性完成的過程，尤其是非北方方言區的作家們，其語言的轉換是艱難而漫長的，但再艱難也要扛住，再漫長也要堅持。當然也有一部分作家對普通話寫作並不適應，加上其它的原因就中斷了自己的創作。在一個政治化的時代，對語言立場、文學立場與政治立場的同一性的強調，當代作家在分化中開始了各自的人生軌迹。

第三節　普通話寫作的倡導與方言文學的退場

方言文學的復活、新生與轉折，都與 1942 年毛澤東在延安文藝座談會上的「講話」相關。在毛澤東的「講話」中，群眾口語，特別是工農兵群眾語言看成第一位的，群眾語言顯得尤其重要。解放區的文藝理論權威周揚在解釋運用時，也是保持在同一個高度：他讚賞孔厥小說「口語的大膽採用」是一個耀目的特色；趙樹理小說「熟練地豐富地運用了群眾的語言」，是「口語化的」。諸如此類，都可看到方言這一群眾語言的翻身勝利。而且，在這一條

〔註40〕葉聖陶：《大家都來學習普通話》，《葉聖陶集》（第 17 卷），江蘇教育出版社，1994 年，第 226 頁。
〔註41〕王西彥：《讀〈山鄉巨變〉》，《人民文學》1958 年第 7 期。

分水嶺劃分之後，由於「講話」在國統區不斷傳播，上海、華南、重慶等地都引發過對大力倡導方言文學的熱烈討論，普遍認爲是文學爲工農兵服務的不二途徑，是向大眾化文藝之路上跨進的關鍵一步。

　　值得重提的是四十年代末在廣東香港等地進行過方言文學論爭，當時作品很多，捲入的作家也很多。事後由邵荃麟、馮乃超執筆的文章對此做了全面的總結，一致認爲方言文學的提出，首先是爲了文藝普及的需要。而普及的對象是大多數文化水平低的工農兵，運用老百姓的語言就不可避免。方言與普通話的關係也數次提及，因爲大多數老百姓不懂普通話，就近取材倡導方言文學。在總結報告的辯析中強調，發展方言文學不會破壞言語的統一，並不會提倡方言文學而推翻普通話，加上方言的作用，一是幫助方言流通，二是使普通話更豐富。〔註 42〕用郭沫若的話來說便是「方言文學的建立，的確可以和國語文學平行，而豐富國語文學。」〔註 43〕另外，歷史已經進入了人民大眾當權的朝代，方言土語是各地方群眾的語言，不學群眾的言語，我們就不能理解當地的具體的革命情況，也就不能領導群眾。從議題來看，討論還是集中在爲了普及還是爲了提高，爲工農兵還是爲知識分子的問題上，觀點是方言文學是文學的正途。當 40 年代中期以後知識分子的思想改造成爲主流話語時，倡導方言文學是合法、正統的。黨的文藝工作者，避居華南一隅，在粵語的包圍中，時時感受語言的陌生與熟悉。譬如，孫子牛把方言文學運動看成是具有劃時代的「舊的終結與新的開始」，他把文學的普及很自然地推導出方言文藝的合理性，「只有運用工農大眾的語言才能表達工農大眾的思想情緒，而工農大眾的語言是他們自己的地區裏是地方性的方言，因此表現在地方性上的普及工作，就是普及的方言文藝。」〔註 44〕「『方言』問題不但應當看作是『大眾化』的一面，而且必須在『大眾化』的命題下去處理方言問題，這才可以防止單純地提倡方言文學所可能引起的倒通性與落後性。」〔註 45〕茅盾、郭沫若、黃繩、鍾敬文、林林等一大批滯留香港的文人，也正是這樣一致認爲與極力倡導的。

　　現代民族國家的建立與民族共同語的建構與想像極爲密切，方言文學是

〔註42〕參見邵荃麟、馮乃超：《方言文學問題論爭總結》，香港《正報》1948 年 1 月。
〔註43〕郭沫若：《當前的文藝諸問題》，《當前的文藝諸問題》，王錦厚等編：《郭沫若佚文集》（下冊），四川大學出版社，1988 年，第 212 頁。
〔註44〕孫子牛：《舊的終結，新的開始》，香港《正報》第 65 期，1947 年 12 月。
〔註45〕茅盾：《雜談「方言文學」》，香港《群眾》第 2 卷第 3 期，1948 年 1 月 29 日。

建構區域的地方性的想像時是否會強化地方性概念，從文學與文化的發展來看，方言文學是長遠之計還是權宜之計？這都是方言文學運動必須面對的。在新的時代語境下，通過與普通話文學的幾番博弈，方言文學終被擊敗，最後被基本清退出場。本節以《文藝報》的相關討論爲中心，梳理在新中國解放前後在此權威報刊上所展開的方言文學之討論與交鋒，描述方言文學退場的過程，以及這一大勢所趨中方言文學作家的尷尬與困境。

一

　　方言什麼時候成爲阻力，什麼時候被從群眾語言中剝離出來的呢？首先不妨看一個材料：1949 年 8 月，一直業餘從事語言拼音化運動的老革命工作者吳玉章寫信給毛澤東，請示文字改革問題，信中提出三個原則：一是走拼音化道路；二是以北方話作爲標準使全國語言有一個統一發展的方向；三是整理簡體字。毛澤東接信後立即轉給郭沫若、馬敘倫、沈雁冰審議。郭沫若等人在三天後給毛澤東覆信表示同意，同時提出「地區的方言拉丁化，一定會成爲全國語言統一發展方向的阻力。」〔註 46〕這是新舊政權更替之際較早的關於方言具有副作用的表述。後來文字改革繼續向前推進，胡喬木等人也參與進來，方言與共同語成爲一個比較棘手、左右搖擺的難題，一直到斯大林語言學說被譯介到國內，問題被輕易裁決成爲定論。1950 年 7 月 3 日，《人民日報》刊載由齊望曙翻譯的斯大林在 1950 年 6 月 29 日《眞理報》上的文章《論語言學的幾個問題——答克拉舍寧尼科娃同志》；7 月 11 日，《人民日報》又刊發李立三翻譯的斯大林文章《論馬克思主義在語言學中的問題》，此文原刊同年 6 月 20 日的《眞理報》，係斯大林對《眞理報》語言學問題討論的總結性發言，其觀點包括語言文字不是上層建築，方言（多種語言）不能融合成爲民族共同語，而是以一種地域語言爲主體，從其它語言中吸取詞彙豐富起來。在當時莫斯科也能聽到中國呼喊斯大林萬歲的時代裏，斯大林的語言觀念以馬克思主義語言學說名義暢通無阻，從莫斯科直達北京，給中國的新文字工作者關於文字改革理論澆透了一場及時雨。「方言習慣語和同行話只是全民的民族語言的支派，不成其爲獨立的語言，並且是注定不能發展的。……馬克思承認必須有統一的民族語言作爲最高形式，而把低級形式的

〔註 46〕費錦昌主編：《中國語文現代化百年記事》，語文出版社，1997 年，第 115～116 頁。

方言、習慣語服從於自己。」正是在這一背景下，國內嗅覺靈敏的語言學者最先附和斯大林的觀點，集體改寫了方言與共同語的關係。同時，又由於毛澤東在此問題上寧爲雞首、不爲牛後的含糊態度，以及屢次重視農民大眾的群眾語言一類的論述，包括他本人一直強調的是文字通順，生動、準確、有力等標準，又使得這一問題一直處理得頗爲模糊，形象地說是向斯大林方向走，還是朝毛澤東方向，頗讓人難以直接乾脆地得出結論。由此可見，當時語言學界在口徑上的兩難局面，大體同此休戚相關。

　　對方言及方言文學最先發難的是南開大學的語言學家邢公畹，1948 年在天津紀念「五四」的文藝晚會上，他發表了《歐化與大眾化》的文章，在論述「大眾化」時邢氏完全同意茅盾當時在香港所發表的關於支持方言文學的意見。過了一年到 1949 年 7 月（與他表述不同的是，時間上還在延後），他的觀點發生了 180 度的轉變，其原因是學習斯大林的《論馬克思主義在語言學中的問題》，通過斯大林的語言學觀念來返顧自己過去的論調所引起的檢討。這時他認爲方言文學理論至少有兩個錯誤的偏向：「第一：『方言文學』這個口號不是引導著我們向前看，而是引導著我們向後看的東西；不是引導著我們走向統一，而是引導著我們走向分裂的東西。第二：『方言文學』這個口號完全是從中國語言的表面形態的基礎上提出來的；不是從中國語言的內在的本質的基礎上提出來的。」〔註 47〕其結論是沒有必要再提倡方言文學，儘管它在解放以前作爲對反動統治階級鬥爭的策略之一而提出有一定的革命意義，但解放後需將此類口號束之高閣，這是他的結論，也是他在方言文學上最先潑出的一盆冷水。

　　作爲一篇發表在小刊物上的不足二千字短文，卻被權威性的《文藝報》作爲討論「方言文學」的導火索。《文藝報》以「編輯部的話」的名義，對邢公畹的觀點加以轉引，同期策劃性地刊發劉作驄、周立波的文章以及邢公畹答覆劉作驄的長篇補充意見，這樣引發關於新中國成立以後首場方言文學的大討論。劉作驄當時看了邢公畹的文章後，覺得很有提出討論的必要，當時便曾把對邢文的意見寫信給《文藝報》編輯同志，編輯同志一方面要劉作驄寫成正式文章，一方面又把劉作驄寫成的文章寄給邢公畹，一正一反正好展開辯論。從文章本身來看，劉作驄十分反對邢公畹對方言文學的兩個偏向，

〔註47〕邢公畹：《談「方言文學」——學習斯大林〈論馬克思主義在語言學中的問題〉的報告之一》，《文藝學習》第 3 卷第 1 期，1950 年 8 月 1 日。

認爲「完全不對」，理由是斯大林既沒有在文章中這樣提過，返觀國內又發現以魯迅、陳望道等人的意見與此結論相左。而且重要的是，他認爲邢公畹忽略了中國實際情況，即百分之八十的文盲大眾，方言文學的口號仍還有重提的必要。〔註48〕對於劉作驄的反駁，邢公畹仍是以斯大林的論述爲依據，以方言服從共同語爲原則，從三個方面進行反駁：一是把語言和方言區別開來；二是時代不同了，在解放戰爭時期可以提，在今天全國解放後不能提了；三是還說及毛主席有學習外國語和古語的意見。總之，邢氏在反駁中堅持原先的觀點，並進一步要求「作爲一個文藝工作者是不應該使用方言土語來創作，而應該使用共同語來創作的。」〔註49〕另外，根據作者在文章中的補充陳述部分還透露了一個內情，即在天津南開大學工作的他，在準備寫討論文章期間曾應中國科學院語言研究所之約，去北京參加關於斯大林論語言學方面的座談會，而且在羅常培與胡喬木耳提面受之後，接受了胡喬木提出的請求，即全國語言科學工作者對目前寫作上的混亂狀態擔負起一個澄清的任務，而素以政治敏感見長的胡喬木相信目前書寫語言中有一個共同的、全民性的語言存在著。

　　《文藝報》同期還刊發了周立波的《談方言問題》一文。作爲一個對方言文學相當偏愛的作家，周立波根據創作實踐的經驗來「湊湊熱鬧」，當然周立波不同意邢公畹的意見，「我以爲我們在創作中應該繼續的大量的採用各地的方言，繼續的大量的使用地方性的土話。要是不採用在人民的口頭上天天反覆使用的生動活潑的，適宜於表現實際生活的地方性的土話，我們的創作就不會精彩，而統一的民族語也將不過是空談，更不會有什麼『發展』」。在論述中，周立波也說到斯大林、毛澤東的一些觀點，只是讀取的內容不同罷了。過一個月，《文藝報》發表了尼・奧斯特洛夫斯基的《爭取語文的純潔》一文，此文主要反對創造新字、詞語，語言不通等毛病，其中語言「純潔」的提法影響最大。同期邢公畹又有一篇針對周立波的文章發表〔註50〕，題目旗幟鮮明，觀點也具體而明確：「文藝工作者（包括詩人、小說家、編劇家、

〔註48〕劉作驄：《我對〈談「方言文學」〉的一點意見》，《文藝報》第 3 卷第 10 期，1951 年 3 月 10 日。

〔註49〕邢公畹：《關於「方言文學」的補充意見》，《文藝報》第 3 卷第 10 期，1951 年 3 月 10 日。

〔註50〕邢公畹：《文藝家是民族共同語的促進者》，《文藝報》第 3 卷第 12 期，1951 年 4 月 10。

演員等）沒有一個不是希望他的讀者（或觀眾）的圈子越來越擴大，他的語言越來越豐富有味的，因此他們中間的絕大多數都是實際的『民族共同語促進者』，雖然時常是不自覺的」。文中提出三種方法去做筆記，即比較詞彙、搜集成語與留心活用。

邢公畹集中發表三篇鼓吹反對方言文學、倡導用民族共同語寫作的文章，盡了一個開路先鋒的責任。不過，反對的聲音仍絡繹不絕。楊堤商榷的文章《關於方言文學的幾個問題——並以此文與邢公畹同志商榷》、吳士勳的《我對「方言問題」的看法》〔註51〕也隨後發表。楊堤一文的核心觀點是「統一的民族語言的形成，是『由經濟和政治的集中來決定的。』決不是避免方言來創作所能解決的。它的形成過程是長期的、漸變的，決不是由鄉村進入城市後所能急於解決的。方言文學並不導向分裂的，相反的，在普及的階段中是非常需要的，而在某一段較長時間的將來還是存在的。而且方言文學並不會妨礙我們學習外國語和古人語言。」與楊堤反對邢公畹的態度不同，吳士勳對邢公畹與周立波的看法均有所取捨，以中立的的姿態發出了一個普通讀者的聲音。

鑼鼓剛剛敲響，響應者雲集登場，相關稿件源源不斷湧入《文藝報》編輯部，但銀色大幕還沒有拉開便舉行閉幕式了。為什麼討論還沒有展開就下結論了呢，一個主要原因似乎是一個多月以前，《人民日報》發表了一篇《正確地使用祖國的語言，為語言的純潔和健康而鬥爭！》〔註52〕的社論。在社論中涉及到方言的僅有以下一句話，指責寫文章的人沒有認真執行毛澤東同志和魯迅先生的指示：「不但不加選擇地濫用文言、土語和外來語，而且故意『創造』一些僅僅一個小圈子裏面的人才能懂得的詞。」「濫用土語」開始泛濫開來，成為指責方言乃至方言文學的套語，這一「套話」差不多在整個 50 年代都頻頻出現。1951 年 7 月 25 日，《文藝報》以記者名義發表了一個貌似公正的綜述便匆匆結束了這一討論〔註53〕。據綜述所知，上述文章的發表引起了全國讀者廣泛的參與，編輯部收到討論的稿件與信件達四十餘篇，綜述從民族共同語和方言的關係、方言的運用、對待方言的態度三個方面進行。集中在這三個方面的意見也不盡相同，但總的來說，分別如下：一、不同意

〔註51〕刊於《文藝報》第 4 卷第 5 期，1951 年 6 月 25 日。
〔註52〕見《人民日報》1951 年 6 月 6 日。
〔註53〕記者：《關於方言問題的討論》，《文藝報》第 4 卷第 7 期，1951 年 7 月 25 日。

邢公畹對方言文學的低估，大部分同志認為須要採用方言土語來寫作，共同語與方言是互補的；二、在運用方言時，大部分同志認為都需要有所刪除、有所增益，都要經過洗煉與加工；三、不能濫用方言，要做到語言的純潔。對比《人民日報》的社論與這一綜述，我們不難發現這一點。《人民日報》的社論主要的針對現象是用詞不當、濫用省略、文理不通、空話連篇、缺乏條理等語法錯誤，統統以語言混亂相稱，以建立正確運用語言的嚴肅的文風。與《人民日報》社論同日連載的呂叔湘、朱德熙兩人關於語法修辭的長篇講話，其用意也繫於此，語法、修辭和邏輯的重要性得到重視，以防止出現語病與語言混亂為旨歸。但後來不斷滑離這一方向，從語言混亂過渡到了語言純潔，關於方言文學問題的討論告一段落之後，整個五十年代，幾乎再也發動不了類似規模的討論了。

二

餘緒還在繼續，全國零散討論的文章，特別是報屁股文章仍有不少。總體而言，其作者分為兩個層次，一類是專業的權威評論家或有影響的作家，一類是普通的讀者。也許是受到當時勇於參與報刊的鼓勵，全國不少無名讀者在這方面做了很多直率、表態式的批評。他們的身份一般是來自各條戰線的職工、農民、學生，當時的報刊雜誌，如《文藝報》、《人民文學》，或《人民日報》、《光明日報》等，都在報尾不顯眼位置喜歡發表類似的短文章，或是在讀者通信欄中發表這類意見，這裡僅舉幾例以供參考：《人民日報》在1952年8月5日第二版在「讀者來信」欄中刊載湖南華容縣糧食局唐紹禮的來信，對周立波的《暴風驟雨》中存在的很多「難懂」的方言，以及新文藝作品中的類似現象進行批評。對於這樣一個普通的讀者，報社編輯以「編者按」的形式肯定他的意見是「值得注意的」，「可以作為研究者參考。」同時也認為周立波的這部小說不必要地採用土語是一個缺點，影響它的普遍流傳。《劇本》在1952年2～3合期的「讀者來信」欄，分別來自部隊、廣東、江西、鄭州的四位讀者關於劇本中用方言土語問題進行指責；《人民文學》1951年1月，發表讀者李興文的短論《關於運用方言》，指出三點限制方言進入文學的意見。

由於普通話的倡導而導致方言文學的退場這一結論已經寫就，討論的枝節問題沒有多大的意義。統一的民族共同語成為佔據主流的語言觀念，經濟、

政治的集中需要語言的統一與集中同它相適應，語言的統一與規範化也逐漸提上議事日程。這些舉措給建立全民族共同語提供了正面的聲音，這正是部分從事語言運動的新文學先驅者曾經期盼和希望的。

　　當然，《文藝報》的策略制訂也是與時俱進的。對比一下 1950 年《文藝報》以編委會名義發表的《「創作經驗」徵稿通知》，也可略知一二。這則徵稿通知主要是向有成就的作家徵文，一是交流經驗，一是向青年作者傳經送寶，通知中提出五個問題，其中最後一個問題是這樣設計的：（五）你怎樣學習語言的？（1）你怎樣搜集語言的？在記事本上，記錄些什麼語言？為什麼喜歡這些語言？（2）你怎樣把生活的語言提煉為文學的語言？（3）你怎樣向古典的、外國的作品中，及民間學習語言的？有些什麼收穫？〔註 54〕當時《文藝報》由丁玲等主編，從提問的方式看，類似她的主張，譬如《太陽照在桑乾河上》一書的寫作，就反映了丁玲是怎樣收集農民語言的，同時醜化知識分子的語言。〔註 55〕

　　方言文學退場成為一種必然，至於如何退場則頗費斟酌。50 年代作家在使用普通話寫作和慎用方言之間像踩鋼絲繩一樣，一不小心便會戴上語言不純潔的帽子。葉聖陶在《關於使用語言》一文中，專門闡釋了「要避免使用方言土語的成分」這個問題，「有一點咱們應該注意，就是敏感地辨別普通話和方言土語，要依照普通話的語法，使用普通話的詞，不要依照方言土語的語法，使用方言土語的詞。推廣普通話，漢民族使用統一的語言，在社會主義建設高潮的今天，是作為一種嚴肅的政治任務提出來的。文藝工作者跟其他文化工作者一樣，應該而且必須擔當這個任務。」〔註 56〕以《蝦球傳》著稱的黃谷柳說過「我寫的東西很少，印了出來能銷到北方的更少。」〔註 57〕他後來基本沒有多少創作，倒是把他的方言小說《蝦球傳》改成普通話本小說，期望能把小說銷售到北方。一向倡導書面語應當向口語看齊的趙樹理，本來應當青睞方言土語的，但是在這個問題上，他的立場也是非常鮮明的。他明確表示：「我是山西人，說話非說山西話不可，而寫書則不一

〔註 54〕見編輯部：《「創作經驗」徵稿通知》，《文藝報》第 2 卷第 2 期，1950 年 4 月 10 日。

〔註 55〕可參看龔明德：《〈太陽照在桑乾河上〉修改箋評》，湖南人民出版社，1984 年。

〔註 56〕葉聖陶：《關於使用語言》，《人民文學》1956 年第 3 期。

〔註 57〕黃谷柳：《談寫小說》，《文藝報》第 2 卷第 7 期，1950 年 6 月 25 日。

定都是山西話，適當用一點是可以的。作品中適當用方言，使作品有地方色彩，亂用了也會搞糊塗。」〔註58〕在另一篇文章中他指出：「在用地方語彙時，也得照顧到不妨礙廣大讀者的欣賞。比如說：山西農民說話很有風趣，生動、準確，是書本上找不到的。但全用這種山西方言寫作，別的地區、風土人情各異的讀者群就會看不懂，所以也最好不用。」〔註59〕不過說歸說，在文學創作中很難剔除方言成分，雖然拒用方言的表態在當時已成常態。另外，在經常紀念毛澤東在文藝座談會上的講話精神，更加突出大眾化、民族化，為群眾服務，強調書面語向口語看齊，也有一股調遣方言土語的潛流在湧動。周立波的《山鄉巨變》、柳青的《創業史》、趙樹理的《三里灣》等以農業合作化為題材的作品還是比較多地使用了方言，主要是在人物對話中適當運用。同時撤除了那些比較冷僻的土語，在描述與敘述時盡量做到語言個性化，在兩者之間採取走平衡木的方式進行。其它文藝形式也是如此，譬如電影，陸續有人反對在電影中說地方話，1951年開始有讀者反對說山東話〔註60〕，1955年，批評《春風吹到諾敏河》使用方言。

其次，我們還可以拿周揚、茅盾為例，審視普通話寫作的倡導與方言文學退場的軌跡。與郭沫若、陳望道、王力、倪海曙等一批語言學家、作家相比，周揚、茅盾的出手方式大同小異。面對方言文學的浮沉，周揚經過了一百八十度的大轉彎。周揚在40年代的延安，曾力主為方言文學正名：「更大的困難是語言。秧歌劇都是寫的老百姓的事，而又是以方言演出的，語言成了一個首先需要解決的問題。採用方言是絕對必要的，我以為以邊區老百姓生活為題材的秧歌劇必須用方言寫和演，同樣題材的話劇也必須如此。」〔註61〕在論述趙樹理的小說時，也指出語言是農民的語言。後來周揚在若干評論文章中的基調是作家需要採用民間口語，不論是對話，還是敘述描寫，都要運用群眾語言，最多加上限定詞「經過提煉了的」了事。在50年代周揚的文章有點力不從心，躲在「群眾語言」背後論述得相當單調，譬如1952年周揚對《人民日報》強調語言健康與純潔的社論有一個簡單的呼應，

〔註58〕趙樹理：《趙樹理論創作》，上海文藝出版社，1985年，第222頁。

〔註59〕趙樹理：《趙樹理論創作》，上海文藝出版社，1985年，第230頁。

〔註60〕石池：《談影片中說「山東話」》，《文藝報》第4卷第6期，1951年7月10日。

〔註61〕周揚：《表現新的群眾的時代——看了春節秧歌以後》，《周揚文集》（第1卷），人民文學出版社，1984年，第448頁。

「另外則有些文藝作家在自己的創作中不適當地任意採用方言、土語，對人民語言不做加工和提煉的工作，在語言上不下苦工，有些通俗化的文藝作家滿足於沿用封建舊文藝的陳詞濫調，而不去努力汲取新鮮活潑的人民語言，也是錯誤的。我們必須強調提出爲保護我們民族語言的純潔、健康而鬥爭，文藝家應當站在這個鬥爭的前列，他們的作品中的語言應當成爲國民語言的模範。」〔註 62〕再後來，關於語言問題的論述，基本上在周揚的報告、文稿中消失了。與周揚近似的是茅盾，茅盾在華南方言文學中衝鋒陷陣是一位猛將，全國剛解放不久他還延續了同樣的觀點，「大凡人物的對話用了方言，可以使人物的面貌更爲生動，做到了『如聞其聲』。準此類推，作品中的知識分子人物就應當讓他說知識分子的話。這正如作品中的工農，不應當有知識分子的談吐，同一理由，中國舊小說的傑作，對於人物的對話，都很費苦心，什麼身份的人說什麼腔調的話，很有分寸。」〔註 63〕茅盾主要贊成小說的對話方言化，而對敘述與描寫有所保留。後來隨著推廣普通話的力度加大，茅盾也在自我矯正，譬如對周立波《山鄉巨變》小說中採用方言的批評，在 50 年代所作的關於作家創作的清理與追蹤中，時時進行語重心長的勸阻，企圖把方言拒絕於文學語言之中，把方言文學圈在社會主義文學的門外。

三

　　共同語與方言的關係已經打破了並列、平等的局面，像文藝從屬於政治一樣，兩者也帶有從屬關係，即方言是低級的，共同語是高級的，於是低級的方言必須服從高級形式的共同語。在這樣的語言觀念下，方言文學很難再有自己的發展空間，即使文學創作運用方言士語也受到不同程度的限制。文學作品對發展共同語的作用相應加強，現代民族國家的建立給作家提出了新的任務：「語言的規範必須寄託在有形的東西上。這首先是一切作品，特別重要的是文學作品，因爲語言的規範主要是通過作品傳播開來的。作家們和翻譯工作者們重視或不重視語言的規範，影響所及是難以估計的，我們不能

〔註62〕周揚：《毛澤東同志〈在延安文藝座談會上的講話〉發表十週年》，《周揚文集》（第 2 卷），人民文學出版社，1985 年，第 153～154 頁。

〔註63〕茅盾：《目前創作上的一些問題》，《文藝報》第 1 卷第 9 期，1950 年 1 月 25 日。

不對他們提出特別嚴格的要求。」〔註64〕「所以在文藝作品裏應當盡量控制方言土語的使用」。〔註65〕

　　從 40 年代方言文學在上海、重慶、香港等地的倡導到 50 年代初期的收網，其中涉及的問題是複雜的，方言文學的消漲不完全是一個語言的自律運動，而是與政權的更替密切相關，帶有階段性與過渡性。方言的地域性與民族共同語的普遍性之間，存在著難以彌合的縫隙，像一位風濕病患者的腿一樣一遇天氣變化便屢屢發作，成為一個時代氣候突變的表症。

第四節　語言規訓與作家思想改造

　　建立一套獨特鮮明而又行之有效的制度化方式，現在被廣泛地視為共和國文學的主要特徵之一，諸如一體化、體制生存成為當代文學研究的關鍵詞。〔註66〕在文學與社會、出版與審查、作家與讀者，生產與流通等等之間，現代文學與當代文學判若雲泥，迥然不同的文學環境、催生了不可同日而語的運行機制。

　　從 40 年代到 50 年代，雖然在物理時間鏈條上緊密相連，但天玄而地黃，中國進入一個嶄新的時代，作家必將面對一個嶄新的文學格局〔註67〕。這一切真的來了，僅以圖書發行渠道而論，50 年代專享發行圖書資格的便是新華書店，〔註68〕與此相關的圖書審查委員會，以及私營書局的改造，都讓作家創作失去了原先的陣地。雖然 50 年代圖書出版數量仍然可觀，如在分類總目共 17 個類別中，文學類圖書是最多的，1949 年至 1954 年之間出版文學類圖書為 3673 種，但是基本上是以納入計劃而出版、發行，其前提是作家需要具

〔註64〕《人民日報》社論，1955 年 12 月 26 日。

〔註65〕周定一：《論文藝作品的方言土語》，《中國語文》1959 年第 5 期。

〔註66〕典型的如王本朝：《中國當代文學制度研究》，新星出版社，2007 年；張均：《中國當代文學制度（1949～1976）》，北京大學出版社，2011 年。

〔註67〕錢理群的《1948：天地玄黃》（中華書局，2008 年）有許多感性而具體的敘述和風趣的議論。

〔註68〕如全國總書目編印，就是這樣規定的。「本書目雖然叫做全國總書目，但所收圖書仍有一定的範圍。這個範圍是：凡 1949 年 10 月 1 日起至 1954 年年底止全國國營、地方國營、公私合營、私營出版社以及機關、學校、團體、個人出版（包括初版和重印）的書籍、圖片、畫冊，由新華書店發行或經售的，一律編入。」《編輯者說明》，新華書店總店編印：《全國總書目（1949～1954）》，1955 年。以後全國年度總書目，也是如此。

有資格，核心是文學思想是否已經馴服，思想改造是否合格。

　　有學者認爲 50 年代以制度規範思想的過程，主要通過兩種方式進行：「一是組織人事制度的『集約化』管理；二是連續不斷的文藝思想鬥爭的實施。」〔註69〕相同的問題是，文學體制整體上對 50 年代文學的意義和形式起到了不可忽視的導向與宰製作用，那麼文學的身份在轉變，作家的身份在轉變，而轉變的主要方面是不是人的脫胎換骨的轉變呢？答案是肯定的。1942 年延安文藝座談會上的講話，啓動了這樣的按紐。文藝工作者爲什麼要改造思想，成爲四十年代解放區文藝工作者、五十年代全國文藝工作者的頭上長鳴的警鐘。不論是 40 年代初的整風運動，還是 50 年代初由全國文聯所領導的北京文藝界的整風學習運動，「主要任務是克服工人階級先進文藝思想中資產階級、小資產階級的思想影響，糾正脫離政治、脫離生活的傾向，克服自由主義的作風及無組織無紀律的現象，以達到改造思想、端正作風、改進工作、增強團結的目的。」〔註70〕在此前提下，爲了達到目的，改造思想還涉及到人物形象、性格，甚至語言層面。這是一個逐步深入、步步爲營的工作。改造到語言這一層面，不可謂不深入；改變並接受一種語言，就意味著改變並接受一種生活與生存的方式，當然這一改變的過程也是一種適者生存的智慧。

一

　　1949 年下半年，第一次文代會的召開，已經悄然啓動了對作家身份、價值的甄別。作爲知識分子的現代作家們，背著不同的歷史包袱走進新的生活，跟上新的時代的迫切心情也油然而生，適應、改變、再適應也就十分自然了。周揚曾在一次報告中有此說法：「老解放區的經過改造的同志，不要以爲自己在延安經過了整風學習，就沒有問題了。不是也有老區的經過整風的同志，到了新的環境，在各種資產階級、小資產階級思想影響的包圍之下，就又露出了自己小資產階級的尾巴嗎？小資產階級出身的知識分子和小資產階級之間總是有千絲萬縷的聯繫，不是容易斷的，而他們和工農群眾之間的聯繫，卻是常常鬆懈的、容易斷的。至於新解放區的沒有經過改造的同志，他們的思想感情實際上是根本沒有改變的。……今天，全國的文藝工作者絕大部分

〔註69〕李怡：《現代性：批判的批判》，人民文學出版社，2006 年，第 260 頁。
〔註70〕人民文學出版社編輯部編：《文藝工作者爲什麼要改造思想・編後記》，人民文學出版社，1952 年，第 224 頁。

都是需要改造的。」〔註71〕胡喬木的估計也有殺傷力,「一部分在一九四九年
大會上舉過手的作家,並沒有真正瞭解毛澤東同志關於文藝工作的指示的內
容,他們對於文藝工作仍然抱著小資產階級或資產階級的見解。」〔註 72〕這
樣的判斷來自於第一次「文代會」後的二三年時間內,因為此一時期文藝界
是平靜的,沒有思想鬥爭與批判,問題積聚得不少了。《武訓傳》的討論,打
開了一個缺口,也打破了知識分子屁股坐穩後的和平幻想。

　　文藝界黨組官員關於作家思想改造的言論與行動,自然與毛澤東的一連
續判斷相關。譬如,1942 年毛澤東在《論人民民主專政》中認為「在全國範
圍內和全體規模上,用民主的方法,教育自己和改造自己,使自己脫離內外
反動派的影響(這個影響現在還是很大的,並將在長時期內存在著,不能很
快地消滅),改造自己從舊社會得來的壞習慣和壞思想,不使自己走入反動派
指引的錯誤路上去,並繼續前進,向著社會主義和共產主義社會發展。」在
延安文藝座談會上,他繼續著自己的這一思路:「你要群眾瞭解你,你要與群
眾打成一片,就得下決心。經過去時長期的甚至是痛苦的磨練。……我們知
識分子出身的文藝工作者,要使自己的作品為群眾所歡迎,就得把自己的思
想感情來一個變化,來一番改造。沒有這個變化,沒有這個改造,什麼事情
都是做不好的,都是格格不入的。」1950 年,毛澤東在中國人民政治協商會
議第一屆全國委員會第三次會議上號召全國知識分子,廣泛地開展一個自我
教育和自我改造的運動,指出「思想改造,首先是各種知識分子的思想改造,
是我國在各方面徹底實現民主改革和逐步實行工業化的重要條件之一。」後
來還包括毛澤東親自發動、支持對《武訓傳》的批判、對《紅樓夢》研究的
批判、對胡風文藝思想的批判等等。正是有這樣一個背景和前提,通過少量
文藝官員對廣大作家進行有效控制,在當時得到了淋漓盡致的展示。所有一
切文藝政策、方針,文藝界領導的講話、指示,都圍繞這一核心軸在轉動。
轉動之下,具體到作家身上,經過文藝界短暫的平靜之後,劃分界限,重新
排座、分流,是最自然不過的事情。

　　「思想改造」是思想的洗澡,作為當時最為流通的中性詞,陸續變成了
一個讓人退避三舍的貶義詞。「五四」時期就被魯迅圈定進入「鄉土文學」的

〔註71〕周揚:《整頓文藝思想,改進領導工作》,《文藝工作者為什麼要改造思想》,
　　　　人民文學出版社,1952 年,第 16 頁。
〔註72〕胡喬木:《文藝工作者為什麼要改造思想》,同上書,第 1 頁。

前輩作家許傑曾這樣說過：「如今我們是被解放了，但我們能安於『被』解放，而不再進一步改造，把自己加入人民當中，在人民中學得一些什麼，又發生一些什麼作用嗎？」「在人民當中，在群眾的進步當中，人是可以改造的，我為什麼不能改造呢？」〔註 73〕』1955 年出版選集《過去的腳印》的靳以，在序中說「這本集子，與其說是個人創作生活的里程碑，不如說是一個小小的墳墓。」〔註 74〕雖然「對知識界的多次思想清理運動，徹底改變了知識分子的言說方式，他們甚至不知道用什麼樣的方式來表達自己誠懇接受改造、轉變思想的決心和勇氣。」〔註 75〕但是，不知道怎樣表達，也要笨拙地從頭學習、使出渾身解數加以適應：不但要向勝利的來自勞苦大眾的人民軍隊學習，向廣大底層農民學習，向工人階級學習，還要向黨和國家的領袖臣服，向金字塔社會的「單位」體制之牆鑽進去。一切都以畢恭畢敬的「小學生」身份來生存，一切都以自我主體的失去為代價。

　　作家們改造思想並不是空洞的，而是在蘿蔔與大棒等條件下重新彙聚。根據目前的資料來看，1950 年代作家們在以自由、平等、獨立之名向世人宣告的新中國土地上，其物質生活得到了有力的保障。他們或者置身國家幹部的行列，在各級文聯、作協機關工作；或者作為高級知識分子身份在各類高校、文化出版單位就業。大凡有名望的作家們基本上被國家妥善安置，既有工資福利等固定收入，也有稿酬制度頒佈後所帶來的豐厚額外收入〔註 76〕。總之，不管是經濟收入、還是政治地位，都明顯強於解放前的生活。但得到這一切需要條件，需要馴服聽話，需要不停地「趕任務」。因此，在相對衣食無憂的現實面前，作為知識分子的作家們，又如何感恩戴德地應對和回報呢？那麼就是響應黨和人民的號召，從群眾中來，到群眾中去，換一句抽象的話就是講政治，有政治頭腦與覺悟，不管是做一顆螺絲釘，還是讓眾人把你踩成一條路的泥土。如果自己不符合黨與人民的要求，存在差距就「改造」自己去彌補，去適應。思想改造和身份的重新確認，成為一種主動性的必然

〔註 73〕許傑：《從今日開始》，《文匯報》1949 年 6 月 25 日。

〔註 74〕靳以：《過去的腳印‧序》，人民文學出版社，1955 年，第 3 頁。

〔註 75〕孟繁華、程光煒：《中國當代文學發展史》（第 2 版），中國人民大學出版社，2008 年，第 8 頁。

〔註 76〕稿酬制度及其演變，可參見陳偉軍：《著書不為稻粱謀——「十七年」稿酬制度的流變與作家的生存方式》，《社會科學戰線》2006 年第 1 期；張均：《中國當代文學制度研究（1949～1976）》，北京大學出版社，2011 年，第 31～44 頁。

選擇，加上當時灌輸的因為剝削階級出身的「原罪」。因此，投入火熱的生活，從改造自己開始，成為一個時代的絕對主題，成為作家們日常生活的一部分。

回顧歷史，改造思想作為領導統治的策略之一，在延安時期便廣為流行、形成範式。共產黨領導的邊區政府把人的思想改造打造成一種有效、直接的實踐，哪怕要經過長期的陣痛。「我們知識分子出身的文藝工作者，要使自己的作品為群眾所歡迎，就得把自己的思想感情來一個變化，來一番改造。沒有這個變化，沒有這個改造，什麼事情都是做不好的，都是格格不入的。」〔註77〕對於階級出身來說，作家們大多數來自剝削階級，丁玲曾說「我們從什麼地方來？不可否認我們一般都是小資產階級出身，當我們還沒有決定自己要為無產階級服務，要脫離本階級，投身到無產階級中來以前，我們的思想言行是為小資產階級說話的，帶有本階級的一種情緒。但進步理論的接受，社會生活上的黑暗，使我們認識了真理，我們轉變了。然而要真正地脫去小資產階級知識分子的衣裳，要完全脫去舊有的欣賞、趣味、情致是很難的。我們的出身限定了我們不能有孫悟空陡然一變的本領。加上我們的知識、文學教養裏面也包含了很多複雜的思想和情趣……這一些沈澱在我們的情感之中的雜質，是必須有一個長期而刻苦的學習才能完全清除乾淨的。」〔註78〕「既然要寫工農兵，就不能不熟悉工農兵；不但要熟悉他們的生活的表面，尤其須要深入他們的生活，在思想、意識、情感、趣味等等方面，和他們結合。這就是所謂作家的自我改造。這一改造的過程，有兩面：思想改造和生活改造。兩者須要同時進行，相輔相成。學習毛澤東思想，這是搞通思想的必要條件。擴大自己的生活圈子，到農村、工廠、部隊，去和工農兵一起生活，這是生活改造的必要條件。」〔註79〕階級出身不能改變，思想檢討、改造成為可能。當檢討自己作為應時的策略，帶動了接踵而

〔註77〕 毛澤東：《在延安文藝座談會上的講話》，《毛澤東選集》（第3卷），人民出版社，1953年，第873頁。

〔註78〕 丁玲：《丁玲論創作》，上海文藝出版社，1985年，第204頁。另外補充一個黃藥眠在1946年關於詩人出身的材料：「我們都曉得目前的詩人們，最大多數都是從學校裏出來的智識分子。他們的父親又大多數都是仕宦之家，地主，商人，和上層份子。」黃藥眠：《論詩歌工作者的自我改造》，選自黃藥眠論文集《論約瑟夫的外套》，人間書屋，1948年，第144頁。

〔註79〕 茅盾：《為工農兵》，《茅盾全集》（第24卷），人民文學出版社，1996年，第40頁。

至的大批後續者。當然思想改造的形式是多樣化的，譬如參加各種政治和業務學習，下放到基層從事生產鍛鍊。1950 年 4 月 21 日，黨中央《關於在報紙刊物上展開批評和自我批評的決定》，提的是批評和自我批評，但在文藝界實施過程中強化的不是批評而是自我批評，從《文藝報》、《人民文學》等中國作協主辦雜誌開始，全國各地握筆為生的作家都有大大小小的檢討。

　　在 1950 年代，作為一項長期的思想工作，作家思想改造最後上升到採取各種各樣的政治運動，從精神到肉體兩個層面全面覆蓋。譬如肉體的折磨就包括由思想改造發展到被劃「右派」，再到「文革」時期下放到各類「幹校」接受生產勞動的改造，乃至被迫害致死。這些人所共知的歷史，按巴金在《隨想錄》裏所說，就是人變成鬼的過程。譬如，沈從文的改造與適應就是一個長期的過程，貫穿了整個五十年代，沈從文自己也積極反思自己的過去，努力改造自己以適應新的形勢，做一個毛澤東時代的新知識分子，參加全國政協，開始艱難的蛻變之旅。按他的自傳叫「沉默歸隊」。1955 年前後，為了重新考慮沈從文的工作，組織上根據沈從文自己的意見，一是從事寫作，二是搞中國工藝美術史的研究工作，如果是前者，則調到作協專門從事寫作，周揚批示認為能「把這樣一個作家改造過來，也是一件值得做的事。」〔註80〕

二

　　事實上，語言及其形式的改造如果不越位的話在當時並不佔據中心位置。在 1950 年代社會政治思潮過程中，先後有對《武訓傳》、《紅樓夢》研究的批判運動，有對胡風、丁玲、馮雪峰等為主的所謂集團的批判與掃蕩，也有雙百方針的打壓……可以說，這些事關大局的論爭差不多年年都有。關於思想、黨派、主題、題材等壓倒了對語言的真正關注。以 1955 年前後為例，1954 年下半年批紅樓夢研究，清算《文藝報》的錯誤；1955 年 1 月，開始由清洗胡風文藝思想到肉體上懲戒胡風反革命集團，8、9 月份連續批判丁玲、陳企霞反黨小集團。1956 年主要以雙百方針為導火線，進行錯綜複雜的大面積的攻防戰。因此，1955 年 10 月召開的全國文字改革會議與現代漢語規範學術會議，以及在全國鋪開的推廣普通話運動，真正不會使知識分子產生危亡之感，也不會造成實質性的懲罰影響。因為語言的改造是循序漸進的，逐漸

〔註80〕吳世勇：《沈從文年譜》，天津人民出版社，2006 年，第 369 頁。

進入一個人的意識深處；同時它又是如影隨形，好像空氣一樣彌漫開來的。

　　透過重重疊疊的山頭，遠在國統區的郭沫若似乎聞到了趙樹理小說的語言「全體的敘述文都是平明簡潔的口頭語，脫盡了五四以來歐化體的新文言臭味」〔註 81〕，這表面是對趙樹理小說語言的褒獎，實質是對知識分子腔調的無情嘲諷。這一正一反的思維，使知識分子改造語言，不要忘記這一領域成為一種必然。當然郭沫若的評論與毛澤東的「講話」密不可分。作為一個特別密切關注文藝動態的政治領袖，毛澤東始終對文學作品的時代背景、主題、思想、題材、人物等方面有靈敏的政治嗅覺，在語言問題上也同樣如此，這就使得作家們必須隨時予以高度重視，時刻與權威的聲音保持一致。1955年，毛澤東在《關於文風問題》中仍然這樣立論：「我們的許多同志，在寫文章的時候，十分愛好黨八股，不生動，不形象，使人看了頭痛。也不講究文法和修辭，愛好一種半文言半白話的體裁，有時廢話連篇，有時又盡量簡古，好像他們是立志要讓讀者受苦似的。……向作者提出寫生動和通順的文章的要求。」〔註 82〕與此步調一致的是，語言學家越界具體批評文學創作，成為一種習以為常的現象。作為語言學家的呂叔湘，在 50 年代相當活躍，譬如在吳強的《紅日》甫一出版，他就及時閱讀了。呂氏認為最近讀了《紅日》，感覺是一種好小說，很受感動，可是覺得在語言上還有些不很妥貼之處，認為主要毛病有五點：一是詞語重複；二是形容不恰當；三是用詞不妥；四是生造雙音詞；五是花腔。他進而認為並不只是《紅日》有此毛病，而是這種種情況在一定程度上是文壇的「通病」。〔註 83〕

　　新中國成立後一度炙手可熱的丁玲，在文學界的直接影響比政治家、語言學家們甚至更顯著一些。她曾對語言的階級性進行過分析，在第一次文代會上的書面發言中，丁玲就這樣認為：「老百姓的語言是生動活潑的，他們不咬文嚼字，他們不裝腔作勢，他們的豐富的語言是由他們豐富的生活產生的。一切話在他們說來都有趣味，一重複在我們知識分子口中，就乾癟無味，有時甚至連意思都不能夠表達。我們的文字也是定型化了的那麼老一套，有的特別歐化，說一句話並不直截了當，總是拐彎抹角，好像故意不要人懂一樣，

〔註 81〕郭沫若：《讀了〈李家莊的變遷〉》，《北方雜誌》第 1、2 期，1946 年 9 月。

〔註 82〕毛澤東：「中國農村的社會主義高潮」「合作社的政治工作」的按語。

〔註 83〕呂叔湘：《文章「通病」舉例》，《語文學習》1958 年 5 月號。另外還補充一個案例，在 60 年代，呂叔湘把早已成名的作家、評論家馮牧的散文《瀾滄江邊的蝴蝶會》，大刪大改，刪去將近一半。

或者就形容詞一大堆，以越多越漂亮，深奧的確顯得深奧，好像很有文學氣氛，就是不叫人懂得，不叫人讀下去。因此我們不特要體會群眾的生活，體會他們的感情，而且要學習他們如何使用語言。」〔註84〕如丁玲不僅在當時舉過手，還身體力行，在名作《太陽照在桑乾河上》創作之初，便記錄當地農民用語的詞彙、說法等幾十條〔註85〕，在小說的屢次修改與再版中，修改之處也達五百多處，少到字詞，大到句子段落，都有不少從語言角度改變知識分子語言爲群眾語言從而進行思想改造的痕迹。如一九四九年人民文藝叢書本的小說開頭「膠皮大車」，講濺到車子上來的泥漿水，打在光腿上也是「暖熔熔的」，一九五一以後版本就改爲「熱呼呼」（包括改正別字「熱虎虎」），由知識分子的話，書卷氣的話，改爲群眾語言，吻合四十年代桑乾河邊「暖水屯」一帶的實際，也吻合不識字的顧湧老漢的直觀感受。這體現了知識分子腔向群眾口語的轉變。又如把一些句子開頭的副詞「打」改爲「從」，通過去方言化呈現一種語言規範化意識。

　　文學創作如此，文學理論方面的書籍也是如此，在語言理論的修訂與向蘇聯學習的過程中，艾蕪的《文學手冊》有典型性。初版於1941年的《文學手冊》，是艾蕪於桂林出版的一本關於文學修養、作家創作經驗談的一本小冊子。40年代發行甚廣，大受歡迎，建國前累計印行近十版，後來除1951年在北京加印1500冊後，直到80年代才重印。原因是不合時宜，需要大量修改才能再版。1951年年底，何其芳有一封專談此書的長信，認爲要從意識形態、思想方向、理論資源方面進行修改。除了應把馬列毛的文藝理論摻進去、強調文學的階級性、站在人民大眾的立場、以反映工農兵爲內容的作品爲對象、近來蘇聯的文藝理論等之外，在語言方面要「參照毛主席在《反對黨八股》中的關於語言的說明，斯大林的《馬克思主義與語言學問題》」來「改寫」，參照「人民日報6月6日關於語言的社論」（即《正確地使用祖國的語言，爲語言的純潔和健康而鬥爭》——引者注）。〔註86〕艾蕪在思想改造的過程中，也想緊跟時代形勢，根據何其芳的意見進行修正，不過後來不知爲何，沒有改完，也沒有在五十年代刊印出來。艾蕪在五十年代一直從事創作，不可能

〔註84〕丁玲：《從群眾中來，到群眾中去》，《中華全國文學藝術工作者代表大會紀念文集》，新華書店，1950年，

〔註85〕龔明德：《〈太陽照在桑乾河上〉手稿的報告》，《新文學散箚》，天地出版社，1996年，第276～278頁。

〔註86〕轉引自龔明德：《昨日書香》，東南大學出版社，2002年，第225～226頁。

沒有時間與精力。可以推斷，置身於 1942 年延安文藝座談會講話這一分水嶺之間，拿延安文藝座談會後以及五十年代的精神、標尺去衡量《文學手冊》，確實等於推倒重來，對於這一點艾蕪是有所牴觸的。不過，艾蕪做不來的事，總得有人去做，譬如徐中玉的《寫作和語言》〔註87〕整理和闡述了毛澤東、高爾基等對於文學語言的見解，屢次再版，發行甚廣。北大中國語言文學系語言學、漢語教研室編的《「文學語言」問題討論集》〔註88〕則主要爲推廣普通話寫作而編寫。類似的著述，自然影響到作家的語言取向，特別是初涉文壇的文學青年們。

三

「語言是思想底直接現實。」〔註89〕思想改造「改造」到語言上，是相當徹底的。從 50 年代初的知識分子語言改變成爲群眾語言，慢慢地群眾語言也不怎麼吃香了，標準、規劃的民族共同語——普通話成爲全國性的文學語言樣本。大面積的語言規訓，則要到 1955 年前後幾年之間，不論是發表文章，還是修改舊作出版，語言的掉換蔚然成風。「換語」的要求，體現在對知識分子個人寫作的徹底取代，並最終達到 50 年代文學語言硬朗與剛性的風格。

從普通話寫作的思路來看，當時主要體現在詞彙與語法兩方面：即在詞彙方面達到與實際事物的單一對應關係，在詞與物之間不可能出現別的關係；語法表達上也是力求一種說法符合規定，後來更是發展到毛澤東政論式的語言成爲作家模仿的典範，這樣往往在理論上有所偏頗，在具體執行時更是無限擴大化了。譬如當時流行的說法，在語彙上要充分調查，在全國範圍要取一個最有代表性、使用最爲廣泛的語彙，而不允許別的語彙，即使有也要淘汰。譬如，只能用「玉米」，不能用「苞谷」、「棒子」、「苞米」之類；只能說「醫生」，不能說「大夫」、「郎中」便是。如果不這樣做到整齊劃一，很難讓全國讀者都能讀懂，「懂／不懂」成爲直觀的評價尺度。

趙樹理當時作爲「方向」作家，語言相對比較有個性，在語言規範化要求下，也顯得有些艱澀、呆板。在 30 年代早有文名的作家廢名，可以說是周作人的入室弟子，他在新中國成立後基本擱筆，後迫於形勢自願去東北人民

<hr>

〔註87〕最早出版是東方書店，1955 年。
〔註88〕文字改革出版社，1957 年。
〔註89〕斯大林：《馬克思主義與語言學問題》，人民出版社，1953 年，第 39 頁。

大學當教授。雙百方針提出後他有了一些幻想與信心。他打算寫作兩部長篇小說，一部寫中國幾代知識分子的道路，另一部準備以個人的經歷，反映江西、湖北從大革命開始，經過抗日戰爭、解放戰爭，到解放后土改、農業合作化爲止社會面貌的變化。不過在具體構思時，他意識到有一個困難先要解決：「表現個人的思想感情變化還容易，也能表現得眞實，但是是不是工農兵也喜歡看呢？怎樣達到普及的目的，是個問題。另外，我所掌握的語言，在漢語中是很美麗、很有效果的，但是，是不是適合表現生活，也是個問題。」〔註90〕

　　其次，我們還可以通過比較發現 40 年代與 50 年代在語言維度上的差異。現代文學最後十年即 40 年代文學，文學語言的發展與變化是多樣化的。解放區工農兵文學中有兩種語言傾向：周立波式和趙樹理式；其它如張愛玲的語言試驗、廢名自覺把古語引入小說，化用典故的語言試驗；路翎歐化的語言形態，不一而足。可見在日常生活的白話口語基礎上，創造富有藝術表現力的純淨的語體的努力，是現代漢語文學語言開始成熟的標誌。此外如蕭紅、駱賓基、老舍、馮至、曹禺、穆旦等小說家、詩人的語言試驗也有自己的特色。〔註91〕到了五十年代，語言由多樣化逐漸變成單一化，落入窠臼之後的寫作，失去了生機，也留下了深刻的教訓。越到後來，語言的粗糙化現象也就越典型。文學語言的一體化、同質化泯滅了作家風格、個性的多樣化，源頭活水似乎也同時被淤泥堵塞住了。不但成名的現代作家在轉型中改寫得中規中矩，生氣不足，而且在此語境下學著寫作的新手們，所仿傚的對象、寫法、技巧也因雷同化而顯得單調。譬如高玉寶、陳登科等一大批作家，基本上從零起步。這些作家筆下的語言主要剩下的也只有樸素、通順之類的特徵。這自然也是後來人對此非議與批評的根由之所在。

　　這種像政治統一、國土統一一樣的語言統一，做到高度一一對應關係，不論是從語彙上，還是語法上，都可能只是一種烏托邦式的幻想。雖然語言學家們在許多場合說這樣做並沒有妨礙作家的語言表達，但實際上左右了作家選擇語言與運用語言的能力。高度同一化並不能帶來語言的繁榮，恰恰相

〔註90〕沛德：《迎接大放大鳴的春天——訪長春的幾位作家》，《文藝報》1957 年第　　11 號。
〔註91〕參見錢理群：《關於 20 世紀 40 年代大文學史研究的斷想》，《中國現代文學研　　究叢刊》2005 年第 1 期。

反只能導致萎縮的結局。語言是不同作家的生命，是作家風格的根本，也是不同思想彙聚的載體，不能通過多重捆綁、劃分禁區的指令方式約束作家們的寫作。後來在 1950 年代中期所批判的公式化、概念化，這些消極性後果某種程度上也是因爲在語言維度上不斷板結而導致而成。語言的教條與各種清規戒律助長了這一趨勢，留下的教訓催人深思。可以說，通過思想改造，直達「換語」轉型，這樣換掉的是創作者主體的自信、能力，是扭曲了作家思想自由狀態，並最終使中國新文學陷入全面危機之中。

第五節　蘇聯經驗與普通話寫作——以郭沫若爲中心的考察

　　二十世紀四十年代後期，國共內戰角逐以國民黨蔣介石集團的失敗而告終，共產黨以勝利者的身份領導全中國人民建立了統一而集權的新生共和國。這樣，經歷戰亂的中國翻開了改天換地的歷史新篇章。在此時代巨變中，也水到渠成地翻開了文學歷史的新篇章，文學語言的面貌也煥然一新。整個五十年代，由於共和國政體下黨和國家領導人的統一籌劃與安排，包括文學界在內的文化界積極參與文化重建，出現了力推普通話爲標準語的民族共同語的建構與推進這一思潮，普通話寫作成爲時代的主流。這一思潮、主流的形成與壯大，離不開對蘇聯語言學資源的借鑒與挪用，也離不開像郭沫若這樣的文化領導人的參與和貢獻。今天，在新的學術話語中尋思普通話寫作的淵源、進程、特徵與優劣時，我們不能不發出人爲力量在短時期內徹底改變語言之流的蒼桑之感。疑問也由此而生，中國新文學向 50 年代文學發生轉折時，究竟是哪些因素構成並決定了 50 年代文學與語言的內在脈絡？蘇聯語言學理論又是如何深入影響這一進程的呢？具體聚焦於這一時期過問政治最爲頻繁的郭沫若個案身上，他在五十年代又是如何有效參與普通話寫作的建構的呢？下面圍繞這幾個話題逐一展開論述。

一

　　隨著四十年代末尾國共三大戰役的結束，國共雙方實力發生了新的質變。硝煙剛剛散去之後，和平解放的北平古城，迎來了各界知名人士，他們陸續在社會場域中占好位置，開始新的政治生活與職業生涯。與漢語規範化

緊密聯繫的文字改革最先被動議起來，其起點頗高，一動議便牽繫到黨和國家最高領導人身上。因爲語言問題並不是可有可無的芝麻小事，而是涉及一個民族國家的大事。按照馬克思主義的觀點，共同的語言是民族的重要特徵之一。以漢民族爲主的新中國以統一的新面貌屹立於地平線上，自然會對民族共同語的建構提出新的要求。這一點，最先被有從事語言運動經驗的革命元老們所倚重。1949 年 8 月，革命元老吳玉章寫信給毛澤東，請示文字改革問題得到全面支持。〔註92〕聯繫到革命元老吳玉章與毛澤東、林伯渠、周恩來等領袖們的私交關係，吳玉章在延安文教界的影響，以及他在延安所長期進行新文字改革與運動，我們不難發現吳玉章的主張是一以貫之的。在思想與立場上均得到肯定的吳玉章，後來主要負責了文字改革的相關事宜，基本框架與思路大體確定後沒有大的改變。特別是在機構設置與人員安排方面，佔據要津的各路人馬紛紛加入，助推文字改革、漢語規範化進入不斷向前推進的歷史軌道。譬如專門負責的行政機構上，便及時地由吳玉章、黎錦熙、范文瀾、成仿吾、馬敘倫、郭沫若、沈雁冰等七人組成專門的委員會，統籌領導安排文字改革一切事宜。後來在建國前後一二年之中，全國文字改革委員會會議召開很是頻繁，上至主席總理，下至語言學家、作家、普通教師等，全都捲入進來。在這一歷史進程中，郭沫若身體力行、出謀劃策，在大政方針的掌舵方面居功甚大。雖然郭沫若在 1941 年 6 月在國統區重慶曾作《今日新文字運動所應取的路向》一文來紀念香港新文字學會成立兩週年，認爲學習和宣傳新文字是「最好的路向」，便對新文字運動甚少瞭解與接觸。從高屋建瓴的視野看待新文字問題，要待到五十年代。自郭沫若於 1949 年初由黨安排自香港去東北解放區，並在逗留不久後進入北平始，整個五十年代，居廟堂之高的郭沫若已是日理萬機，是文化人中官職最高者，與文化事業相關的職位有副總理兼文化教育委員會主任，中國科學院院長，人大常委會副委員長等。因此，郭氏雖然不可能親自具體操辦，但總的設計安排是少不了他的。當然，不論是吳玉章也好，還是郭沫若也好，從歷史事實的身後來看，他們也還受到毛澤東等領袖人物關於語言、文字等觀念的影響，或者說毛澤東反過來也受到他們的影響。譬如早在 1940 年，毛澤東在《新民主主義論》中指出「文字必須在一定條件下加以改革，言語必須接近民眾」，這一點反覆被吳

〔註92〕吳玉章：《關於文字改革致毛主席的請示信》以及「毛澤東、郭沫若等的覆信」，《吳玉章文集》（上），重慶出版社，1987 年，第 655～660 頁。

玉章們所引述；1951 年，毛澤東則指示「文字必須改革，要走世界各國共同的拼音方向。」這些既定的大政方針，在五十年代從來沒有發生過變更，為後來的漢字改革、漢語規範化，也就是本書中統稱為普通話寫作運動的發展全局埋下了基石，定下了主調。

另一方面，文字改革、以及尾隨於後的漢語規範化，還廣泛受到友邦蘇聯斯大林言論以及蘇聯主流語言學的深入影響。不論是三、四十年代，還是五十年代。三十年代「普通話」概念的充實，普通話運動的發展，與瞿秋白不無關係；在延安時期，吳玉章則是領頭羊。瞿秋白與吳玉章，則都受益並取決於蘇聯語言學的資源。1927 年國內革命失敗後，大批中共黨員遠走蘇聯，其中一部分包括瞿秋白、吳玉章等先驅開始了根本改造中國文字的工作。瞿秋白華麗轉身兼職成為一名語言學家，著有《中國拉丁化字母》等書，主要觀點有以下諸端：一是認為漢字難寫難認，必須從簡從俗，廢掉漢字改成拼音化；同時受蘇聯語言學家馬爾影響，在普通話與方言的關係上，採取語言融合論，因此在瞿秋白的普通話建構理論中，並不看重北京語音與北方話。吳玉章與瞿秋白相比有些共同之處，例如主要關心漢字的難易之轉換，從掃除文盲入手，一心作新文字（即將漢字簡化或拉丁化）方案之改革。到了五十年代，瞿秋白的語言學遺產部分被繼承，部分則被刪改，刪改最顯著的是語言融合論；吳玉章則在與時俱進中成為當時普通話運動中的執牛耳者。其中佔據普通話運動內核的除簡化漢字、文字拼音化之外，則莫過於普通話與方言之關係了。普通話與方言的關係，一直左右搖擺不定，直到 50 年代初斯大林語言學說發表後被立刻譯介到國內，問題被輕易裁決成為定論。「方言習慣語和同行話只是全民的民族語言的支派，不成其為獨立的語言，並且是注定不能發展的。……馬克思承認必須有統一的民族語言作為最高形式，而把低級形式的方言、習慣語服從於自己。」正是在這一背景下，國內嗅覺靈敏的語言學者最先附和斯大林的觀點，集體改寫了方言與共同語的關係。

吳玉章、郭沫若等為代表的中堅人物的首倡，以及蘇聯語言學資源的大面積介入，加速了語言同一化的進程。〔註93〕1955 年 10 月全國文字改革會議與現代漢語規範問題學術會議的主要議題便是普通話建構。參會代表一百二十多人，其中包括數位來自前蘇聯、羅馬尼亞、波蘭、朝鮮等兄弟國家的語

〔註93〕參閱拙文：《普通話寫作的倡導與方言文學的退場》，《廣播電視大學學報》2011
年第 4 期。

言學家。值得補充的是，蘇聯科學院派遣了漢語研究專家鄂山蔭、郭路特等人，另外與會的還有當時就在國內的國務院蘇聯文教總顧問馬里采夫，中國科學院語言研究所蘇聯顧問格‧謝爾久琴柯。羅馬尼亞、波蘭科學院也派遣了幾名語言學家，但從其發言來看，也都是圍繞斯大林語言學說而言說。另外，這些外國語言學者除參加這次會議之外，或者與國內最能影響普通話運動的語言學家進行座談，或者在全國一些大中城市講學，擴大了國人對語言統一的認識。〔註94〕

二

　　春江水暖鴨先知，隨著國家領導人與文化界高層官員的表態與定性，全國文教界各級官員與語言學家最先行動起來，目標瞄準了以文字改革、漢字拼音化、漢語規範化等議題的普通話運動上。

　　其中，郭沫若在普通話運動中是十分積極、有所作為的。郭沫若身兼數職，一個身份是古文字學家，對文字改革最有發言權。所以漢字簡化，語言規範化，首先是一個專業問題。而且，語言研究所是郭沫若任院長的中國科學院的下轄機構，於公於私，都與郭沫若有切切實實的業務聯繫。作為一個事關國家前途與發展的宏大議題，語言研究的學術問題在郭沫若等人眼中不斷被政治化，並不斷被擴大化，成為一個有關於社會主義國家文化、思想建設的上層建築問題。郭沫若曾經舉例說「語言研究在舊時代是一個冷門，是不被重視的。有過一個醜惡的反對分子，曾經大言不慚地這樣公開的嘲笑：『只要有十來個書院的學究點綴點綴就夠了。』可是，今天的情況是完全不同了，語言研究成為了祖國建設事業的重要一環。」〔註95〕積極參與此事的語言學家王力後來也附和此議，說當時所說在 50 年代「中國語言學不再是冷冷清清的少數幾個『專家』的為學術而學術的『學問』，而是有巨大實踐意義的、為語言教育服務的科學了。」〔註96〕可見，普通話運動的重要性已不言而喻，關鍵是如何朝既定的方針努力執行。

〔註94〕參閱《現代漢語規範問題學術會議紀要》，《在語言科學的研究中體現了深厚的兄弟般的友誼》，均見《現代漢語規範問題學術會議文件彙編》，科學出版社，1956 年。

〔註95〕郭沫若：《現代漢語規範問題學術會議開幕詞》，《現代漢語規範問題學術會議文件彙編》，科學出版社，1956 年，第 3 頁。

〔註96〕王力：《語言的規範化和語言的發展》，《語文學習》1959 年第 10 期。

其次，語言文字問題，其成敗榮辱最終會通過文學藝術的形式具體而形象地呈現起來，郭沫若還是現代文學創作的旗幟，在 30 年代魯迅逝世後就被延安樹立起來了，因此，在文學創作領域，自然會有相應的變動。再次，郭沫若當時置身於黨和國家領導人行列，特別是在科教文化領域上位居要衝。這幾個雙重身份，都使郭沫若與普通話運動有著難以割捨的聯繫。不論是他以身作則處處為人作模範，還是帶領各個階層人人物共同為之奮鬥，都可以說成敗均繫於此。就郭沫若當時分管的工作而言，像中國文字改革委員會掛靠於他任主任的政務院文化教育委員會一樣，有關普通話運動的革命事業只是其份內工作的一部分。在五十年代除一直擔任全國文聯主席外，還有以下比較典型的事件與此密切相關：

1949 年 7 月 13 日、14 日，分別出席中華全國第一次自然科學工作者代表大會籌備會，並講話；出席中國社會科學工作者代表會發起人會議，致開幕詞。

1949 年 7 月 16 日，出席中蘇友好協會發起人會議，致開幕詞，並被選為副主任。

1949 年 10 月 20 日，在中國文字改革協會第一次理事會上，被選為常務理事。

1950 年 5 月 11 日，任學術名詞統一工作委員會主任委員，負責統一學術界、出版界常用的翻譯名詞。

1952 年 2 月 5 日，出席中國文字改革研究委員會成立會，「建議將來拼音化了的中國文字宜橫寫右行」。

1952 年 4 月 23 日，主持獎勵祁建華創造的「速成識字法」給獎典禮，親授獎狀並講話。

1955 年 10 月 15 日，出席全國文字改革會議，發表《為中國文字的根本改革鋪平道路》的講話。

1955 年 10 月 25 日，出席現代漢語規範問題學術會議開幕式，致開幕詞。

1956 年 3 月 5 日，出席政協全國委員會常委會擴大會議，聽取吳玉章《關於漢語拼音方案（草案）》的報告，並發表《希望拼音方案早日試用》的講話。

1957 年 9 月，發表《文字改革答問》，分別載《文字改革》與《人民日報》。

1957 年 10 月 24 日，在政協全國委員會常委會會議上，代表漢語拼音方

案審訂委員會作關於漢語拼音方案修正草案的說明。〔註97〕

　　以上是郭沫若在五十年代繁忙的政務、文化交流、學術等諸多活動之餘的一個個側影。不同條目還有相應的延伸性、拓展性，可以想像郭沫若參加各類會議活動中進行發言、講話時的身份轉換與崗位意識。

　　其次，不可忽略的是，在五十年代所有的活動中，郭沫若的蘇聯經驗也是最爲豐富的。爲什麼說他的蘇聯經驗是有代表性的呢？要回答好這一問題還需追溯到他於抗日戰爭初期的人生經歷。由於地處兩國相鄰的地緣優勢，以及同處社會主義陣營，蘇聯的很多經驗被中國所吸收。就郭沫若而言，當時生活於重慶這一陪都之中，但一直是延安方面在重慶的代言者，有機會常與不同的蘇聯人打交道。譬如抗日戰爭期間，郭沫若與蘇聯駐中國大使館有較多交往，與蘇聯駐中國大使，漢學專家費德林等人也有私人聯繫；每逢蘇聯十月革命紀念日也有文章發表以示紀念，對以蘇聯文化名人諸如高爾基、托爾斯泰、馬雅可夫斯基等爲名舉辦的紀念活動也有詩文回應；此外郭沫若還屢次出席中蘇文化協會舉辦的文化交流活動，1945 年 4 月，在被取消文化工作委員會主任一職後，他提任中蘇文化協會研究委員會主任一職，鞏固與加強了中蘇文化交流的關係。此外，1945 年 6 月，在抗戰勝利前夕，郭沫若受邀親赴蘇聯參加蘇聯科學院成立二百二十週年紀念活動，在蘇聯訪問了五十多天，廣泛深入瞭解了蘇聯各個方面的情形。在郭氏的著述系列中，曾有《中蘇文化之交流》、《蘇聯紀行》等著作問世。可以說，蘇聯對郭沫若而言並不陌生，相反，社會主義國家蘇聯是十分親切熟悉的，向蘇聯經驗學習也成爲郭沫若當時的一種傾向性意見。在五十年代郭沫若的工作與生活中，還可以看到蘇聯經驗的自然延伸。在 1949 年 7 月的第一次文代會上，郭沫若就曾主張「充分地吸收社會主義國家蘇聯的先進經驗」。〔註98〕建國前後，由於中蘇關係的密切，郭沫若去蘇聯參加外事活動，或經過蘇聯外出其它國家更是頻繁。向蘇聯學習、向蘇聯看齊，成爲一種科技、文化、和平等事業上的內容之一。譬如就郭沫若的社會活動與外事活動側影而言，擇出以下：1949 年 10 月，參加文字改革委員會，選爲常務理事，一般在會議上發表講話也成爲習慣，後來主張拼音方案，文改會研究會成立，或是答記者問之類。如 1953

〔註97〕以上部分參閱了龔濟民、方仁念：《郭沫若年譜》（上、下），天津人民出版社，1982 年。

〔註98〕郭沫若：《爲建設新中國的人民文藝而奮鬥》，《人民日報》1949 年 7 月 5 日。

年 1 月，郭沫若在莫斯科參加諸如「加強國際和平」斯大林國際獎金之類的
活動之餘，與同在莫斯科的宋慶齡受到斯大林的接見，聆聽講話兩個多小時，
斯大林向郭沫若等問到中國的一些事情，包括「初級教育和高等教育的發展
程度、漢字改革的問題，為少數民族創制文字的問題」。〔註99〕

<h1 style="text-align:center">三</h1>

　　漢字簡化、文字拼音化、漢語規範化這些議題交錯匯融在一起。例如，
郭沫若在 50 年代初談到兒童讀物時，認為要走文字拼音化的道路，並作了
有力的辯護：「文章不要那麼文縐縐的和語言脫離，要盡可能做到說什麼寫
什麼的程度。舊文言固不用說，『五四』以來的新文言也不用說，近來的理
論文字和文藝作品又顯然有新新文言的傾向了。主要恐怕依然是漢字在作
怪，用漢字來表達，總想要少寫幾個字以求效率，因而有意無意之間便不免
和語言脫離了。」〔註100〕這一立論，繼續著瞿秋白在 30 年代對「五四」白
話不能大眾化的論調，繼續著四五十年代之交的主流論調，在當時頗具權威
性。譬如方言文學的廢棄也是一例。方言什麼時候成為阻力，什麼時候被從
群眾語言中剝離出來的呢？透過重重疊疊的山頭，遠在國統區的郭沫若似乎
聞到了趙樹理小說的語言「全體的敘述文都是平明簡潔的口頭語，脫盡了五
四以來歐化體的新文言臭味」〔註101〕，這表面是對趙樹理小說語言的褒獎，
實質是對知識分子腔調的無情嘲諷，呼應了毛澤東所說的群眾語言的先進
性。又譬如，郭沫若在 40 年代的香港，曾說過「在若干年之後，中國的國
語可能是要統一的，但必然是多樣的統一，而決不是單元的劃一。因為多種
方言是在相互影響，相互吸收之下，而形成辯證的綜合。這樣，方言文學的
建立在另一方面正是促進國語的統一化，而非分裂化。語的統一才是真的統
一，人民的統一。」〔註102〕在 50 年代，置身於普通話運動的他，悄然修改
了自己的觀點。

　　但是，以上都是枝節性的，最為主要的是在文學創作中有所改動。一言
以蔽之則是普通話運動，表面上是幾股語言運動，實際上又落腳於文學語言

〔註99〕郭沫若：《參加斯大林葬禮的回憶》，《人民日報》1954 年 3 月 5 日。
〔註100〕郭沫若：《愛護新鮮的生命》，《人民日報》1952 年 5 月 31 日。
〔註101〕郭沫若：《讀了〈李家莊的變遷〉》，《北方雜誌》第 1、2 期，1946 年 9 月。
〔註102〕郭沫若：《當前的文藝諸問題》，王錦厚等編：《郭沫若佚文集》（下冊），成都：
　　　　四川大學出版社，1988 年版，第 212 頁。

之上，具體反映在五十年代的文學創作領域，包括現代文學名作的重版修訂。

在整個五十年代，郭沫若是重版過去作品集子最多的文人，此外如茅盾、老舍、葉聖陶等作家也有資格不斷重版自己的作品。這些當紅作家一旦有機會就修改作品的語言形態，並給其它後來者作出示範。郭沫若在大量政務之餘，在語言規範化的運動中，自覺進行普通話寫作的轉變，可謂不遺餘力。郭沫若在建國之後重版的數量龐大的著述，大多數經過了自己校閱、增刪與潤飾。從筆者不完的考察來看，郭沫若著述的版本變遷，主要是內容與思想方面，譬如作品篇目的增刪、文章觀念的微調、材料的增補，結構的重組等最爲多見，次要的則是文字的調整與改動。這種落實於文字表述層面的變遷，幾乎都有對歐化、古化與方言化的通盤考慮，相應做了枝節性的處理。這裡不妨從《沫若文集》的出版來略加剖析。1957 年到 1963 年，郭沫若在人民文學出版社出版了《沫若文集》共 17 卷，其中 50 年代出版了前 12 卷。在書前標注的出版社編輯部的「出版說明」中，一般都有交代，說是根據初版本或其它版本校勘，增加一些必要的簡注，有些作品曾由作者親自校閱、修訂之類的說明。這一套《沫若文集》在收入過去出版過的作品時，雖然也有編輯在審稿過程中代爲加工、整理、潤飾的現象，但大多數經過作者修訂、處理。不論是詩歌、話劇、還是文藝性論著，其中增加注釋，增補文字、去文言化、去方言化、去歐化比比皆是。比如收入《沫若文集》（第 3 卷）的《屈原》，「人文本其餘的修改基本上是語句或語詞方面的潤色或調換」、「進一步使《屈原》語言規範化。」〔註 103〕

下面以《女神》爲例詳加分析。從普通話寫作的角度來看，對歐化的清理、對文言的規避，以及對方言的限制，是文集本中《女神》修改的關鍵環節。郭沫若通過修改舊作企求達到思想改造與普通話寫作的目的，對於《女神》而言，「語言的修改與潤色，比之內容變化、結構更改，數量多得多，從首刊到《女神》1957 年本，《女神》的 57 篇作品中，找不到多少在語言上一點兒沒改潤過的。這些改動，有的是改掉使用不當的，有的是將生僻的改換成通俗易懂的，還有將不流暢的語句改得流暢」〔註 104〕當然，也有一些沒有察覺出來的，仍舊保留了舊的不合規範的語彙，個別拗口的句子也還存在。

〔註 103〕金宏宇：《新文學的版本批評》，武漢大學出版社，2007 年，第 141 頁。
〔註 104〕陳永志：《〈女神〉校勘記略》，《〈女神〉校釋》，華東師範大學出版社，2008 年，第 225 頁。

這一種自我修改的過程，既是語言的改動，實際也可以看作思想改造的憑條。首先，《女神》50 年代重版本中啓動了對歐化的清理與整頓。在反歐化的旗幟下，在歐化語言中尋找歐化本身的缺點成爲一種思維定勢。消除歐化的直接手段，是將夾雜外文單詞、句子的現象進行刪改，將翻譯者隨意性的外國地名、人名、術語等的翻譯腔進行校正。在具體處理過程中，郭沫若採取以下幾種方式進行：一是對外文單詞進行刪除淘汰，對引用較長的外文詩節進行漢譯處理；二是在適當保持個別外文單詞時採取注釋方式；三是將一些比較拗口的歐化長句改短，調整句序，努力使語言表述規範化與本土化。譬如，《女神之再生》便對引用歌德的《浮士德》結尾詩句進行中文翻譯，《天狗》一詩中對「我是 X 光線底光，／我是全宇宙底 Energy 底總量！」中「Energy」進行注釋，1953 年版標注爲「能」，1957 年文集本則標注爲「物理學所研究的『能』」。在《女神》中外文單詞主要有英文、德文、日文等，50 年代全部進行了中文釋義處理，外文單詞仍然夾雜在漢字之中。整體而言，《女神》中對外文的釋義，特別是人名的輔助解釋最爲多見，減少了讀者的猜測與不解之處，節約了讀者檢閱工具書的時間。其次，對文言與方言的揚棄，也在《女神》中有所體現。文言詞彙的調整與刪除，主要是變單音字爲雙音字，方言語彙則是調換爲主。《女神之再生》中「奏起」改爲「吹奏起」，「相抒」改爲「對抗」，「儂們」改爲「我們」，「乾休」改爲「甘休」，表助詞「之」也刪掉了。《湘累》中「橫順」改爲「總是」，「酸苦」改爲「痛苦」，「兒女子」改爲「女兒」，「羈延」改爲「拖延」，「不看見」改爲「看不見」。《棠棣之花》中「豐稔」改爲「豐收」，「消殂」改爲「消逝」。《天狗》中「我嚼我的血」改爲「我吸我的血」，「腦經」改爲「腦筋」。《日出》中「運轉手」改爲「司機」，「盡」改爲「乾淨」，「飛紛」改變「飛騰」。《巨炮之教訓》中「酣叫」改爲「喊叫」。《海舟中望日出》中「船圍」改爲「船欄」。……類似的語彙改動，頗爲多見。到了 50 年代，「那兒」與「哪兒」、「底」與「的」、「嗎」與「麼」也分辨得比較清楚，兩者互換改動也較多。

此外，便是注釋工作了，所謂注釋也就是釋義，強調知識的普及性與易懂性。注釋作爲一種普及知識與文化的手段，知識型注釋在 1950 年代新版的《女神》中大量出現。人民文學編輯部在《女神》出版說明的文字中也強調「並加上必要的注釋」來予以辯護。從數量上看，1953 年版的《女神》一共有注釋 43 個；1957 年文集本有注釋 39 個。兩種版本的注釋大多雷同，也有

個別有調整修訂的。1957 年的文集本，是郭沫若生前最後編定的一個本子，明顯借鑒了 1953 年的版本。在出版說明中有這樣的文字：「文集的全部作品，在此次編定時，都根據初版本或其它版本校勘，並增加一些必要的簡注。有些作品曾由作者親自校閱、修訂。」因此可以猜測，除作者親歷親為外，為郭沫若著作充任責任編輯的編輯們也進行了必要的編輯和校勘工作，由作者與編者合力完成。

　　總之，對於郭沫若與普通話寫作運動這一議題而言，主要表現在他身先士卒的示範姿態上。他通過對自己大量作品的修改、潤飾來達到普通話化，便是這樣的典型例子。

結　語

　　總而言之，普通話運動與五十年代的普通話寫作非常密切，可以說是合二為一。郭沫若置身於普通話運動之中，身體力行，不論是對這一運動的呼籲與支持，還是在舊作重版中的修訂，都推動了普通話運動的推進。其中蘇聯資源的借用，則是關鍵的環節。

第二章　從語言「純潔」到漢語規範化

　　1950 年代初，正當新生的中國百廢待舉之際，在語言領域響亮地提出了「為語言的純潔和健康而鬥爭」的口號。當時主要立足於兩個方面：一是力求語言的準確，減少語言混亂錯誤；二是語言的風格，以語言的淨化、統一化為旨歸。前者是針對報刊雜誌新聞傳媒從業人員文字功夫低下而言，這一隊伍因為自身語文素養較差，水平低下，很多沒有受過正規教育與高等教育，所用的語言往往是含糊混亂的，以致語言毛病太多，諸如文理不通、錯別字連篇等低級錯誤屢見不鮮。經過語法、修辭、邏輯等方面的培訓就能避免類似毛病。後者是關於語言的淨化與硬朗、統一風格的形成，則可以歸納到修辭領域進行分析，其中涉及的問題又最具有爭議性和彈性。語言「純潔」，最先來自於對蘇聯尼·奧斯特洛夫斯基一文的翻譯，中國文字一般以「純粹」概括，比如葉聖陶慣用「純粹」類比。既健康又純潔，成為一個特殊時代理想化的規範化語言。對於作家們來說，任務是沉重的也是艱難的。他們肩負著這一責任，在 50 年代的文學創作中有鮮明的反映，如果從這些方面去看，就可以看出它的重要性來。《人民日報》社論在當時提出了兩個人作為典範，一是毛澤東，一是魯迅。毛澤東的著作主要是政論文字，而魯迅主要是文學家，兩位著作家的語言是活潑、生動、優美的。同時，在胡喬木、葉聖陶、鄧拓策劃與支持下，呂叔湘等人的《語法修辭講話》同日在《人民日報》連載，開始啟動語言「純潔」的工程。

　　1950 年代中期現代漢語規範化運動，促使現代作家進一步對自己過去的創作進行一番清理。「五四」以後的現代作家，不同程度存在語言混雜、不甚規範的問題。定義普通話時有語音、語彙和語法三條標準，其中語音以北京音為基準，分歧不大；而語彙方面則以北方話為基礎方言，語法則是「以典範的現代白話文著作為語法規範」，這兩點模糊得很。譬如北方話，雖然

現代漢語規範問題學術會議後，責成中國科學院語言研究所進行現代漢語語典編纂，但也是滯後多年，很難眞正起到導向作用。語言所在接受任務後，成立詞典編輯室，制定規範，商量體例，收集語料，到 1958 年 2 月試編，1960 年出版試印本，1965 年出版試用本，1973 年正式內部印刷發行，正式第一版出版發行拖到了 1978 年年底。就語法而言，「以典範的現代白話文著作爲語法規範」則更鬆馳。在 50 年代的現代漢語語法書稿中，往往選入的作家是左翼作家，比如語言研究所語法小組在《中國語文》月刊連載的《語法講話》〔註 1〕，典範的現代白話文著作是老舍、趙樹理、毛澤東、楊朔、袁靜、魯迅、曹禺、杜鵬程、周立波、丁西林、歐陽山、巴金、葉聖陶等 60 多名作家。1953 年張誌公出版的《修辭概要》〔註 2〕一書例句涉及的現代作家有 30 多名，其中引用魯迅、老舍、丁玲、趙樹理、周立波、毛澤東等人文章作爲例句的最多。引用頻次最多的作品是《暴風驟雨》、《太陽照在桑乾河上》、《新兒女英雄傳》。這些作品的語法是否是漢語規範化的最佳代表，暫且不論，但涉及到所選作家的政治立場超過語言「規範化」卻是無疑的，它與標準語也有一些聯繫。〔註 3〕這兩個主觀性的要求與普通話寫作有千絲萬縷的聯繫。

　　另外，語言純潔也還是一個思想問題。爲了響應人民日報的社論，1951 年創刊的《語文學習》響應這個號召。創刊號上一篇文章直白地說，「詞彙、文理、結構等固然都是檢查語言是否純潔、健康到怎樣的程度的標準；但決定語言是否純潔、健康的，卻是語言所表達的立場，表達成人民立場的語言，是純潔的、健康的；反之，就是不純潔的、不健康的。」〔註 4〕也正如靳以所說「形式不是主要問題，主要是它的思想性和藝術性」。〔註 5〕但問題的關鍵

〔註 1〕語法小組由丁聲樹主持，參與者有呂叔湘、李榮等多人，1952 年 7 月開始連載，到 1953 年 11 月結束，共連載 17 次 21 章。1961 年 12 月，經修訂後改名爲《現代漢語語法講話》，由商務印書館出版。

〔註 2〕中國青年出版社，1954 年。上海新知識出版社，1957 年修訂重版。

〔註 3〕丁景唐：《忽視政治的惡果——評〈修辭概要〉重版本》，《文匯報》1958 年 8 月 18 日。文中稱：「是一本印數很大的書，累計達到 21 萬冊。1958 年 5 月重版時，作者和出版社編輯部無視這一年來的偉大變革，草率地將一年多的作品重印，竟至在《修辭概要》中將右派分子丁玲、艾青、黃藥眠的文字，和毛主席、魯迅的作品並舉爲修辭的範例。這是一種嚴重的政治性錯誤。」

〔註 4〕孫起孟：《經常正視語言所表達的立場》，《語文學習》創刊號。

〔註 5〕靳以：《過去的腳印·序》，人民文學出版社，1955 年，第 3 頁。

是，如何做到社會所要求的「純潔」呢？如何「規範化」呢？在文學語言身上進行去污、洗練，後來在具體操作時遵從的毛澤東的一段經典論述。「語言這東西，不是隨便可以學好的，非下苦工不可。第一，要向人民群眾學習語言。人民的語彙是很豐富的，生動活潑的，表現實際生活的。這種語言，我們很多人沒有學好語言，所以我們在寫文章做演說時沒有幾句生動活潑切實有力的話，只有死板板的幾條筋，像癟三一樣，瘦得難看，不像一個健康的人。第二，要從外國語言中吸收我們所需要的成份。我們不是硬搬或濫用外國語言，是要吸收外國語言中的好東西，於我們適用的東西。因為中國原有語彙不夠用，現在我們的語彙中就有很多是從外國吸收來的。……第三、我們還要學習古人語言中有生命的東西。由於我們沒有努力學習語言，古人語言中的許多還有生氣的東西我們就沒有充分地合理地利用。當然我們堅決反對去用已經死了的語彙和典故，這是確定了的，但是好的仍然有用的東西還是應該繼承。」〔註6〕毛澤東對語言的把握尺度喚醒、左右了後來的語言「純潔」、「規範化」，兩者一拍即合，即從對歐化、文言與方言的限制與剔除成為三個主要的向度。這三個向度被當時的語言學家、作家與讀者反覆論說，成為一個不可動搖的基座。

第一節　歐化與學生腔：文學語言的疏離和生長

「歐化」是中國新文學發生期的一個重要語言現象，一直貫通20世紀並且延續至今。百事不如人的晚清末期，一切向西方看齊，在當時引發了「西化」的狂潮。在語言領域也是如此，外來語彙的湧入最為突出。在言文一致的總體目標下，一切向西方語言學習成為一種內在的要求，如翻譯領域的直譯，引進西語（特別是歐洲國家語言）的用語乃至語法結構，這樣，原先在漢語書面語的詞語與句式作為「他者」入侵到漢語之中，新文學作家的創作實踐一邊受其影響，一邊也在融通創造，這就是歐化現象產生的根源，也是在中國站穩腳跟之所在。對外來語彙的關注較早，而對歐化語法的注意直到1945年語言學家王力在《中國語法理論》中才闢有專章，以「歐化的語法」相稱，後來陸續有不少文章討論這一問題。

〔註6〕毛澤東：《反對黨八股》，《毛澤東選集》（第3卷），人民出版社，1953年，第860頁。

一

「歐化」是中西文化交流的產物。「茲不論其高下，與夫結果之善惡，但凡歐洲人所創造，直接或間接傳來，使中國人學之，除舊布新，在將來歷史上留有紀念痕迹者，皆謂之歐化。」〔註7〕早在 20 世紀 20 年代，新文學界便有各種「歐化」之稱，比如「英化」、「法化」、「俄化」、「意化」、「日化」。這是國別的方式對「歐化」進行辨析。其中，在 50 年代，似乎談論「俄化」是比較現實的，雖然當時討論的並不多。

在中國新文學史上，「歐化」一詞含納了思想、觀念、習俗、語言形態等多方面的內容，但停留在語言層面的居多。白話文就是借助「歐化」而實現其革命的。胡適認爲：「歐化的白話文就是充分吸收西洋語言的細密的結構，使我們的文字能夠傳達複雜的思想，曲折的理論。」〔註8〕按傅斯年的說法，歐化的白話文「就是直用西洋文的款式，方法，詞法，句法，章法，詞枝，（Figure of Speech）……一切修辭學上的方法，造成一種超於現在的國語，歐化的國語，因而成就一種歐化國語的文學。」〔註9〕這樣的經典論述，學界凡是涉及此話題者一般都會引用。因爲這些論述確實指出了歐化的必要、歐化的好處。歐化的國語，更能適應於現代化的社會，是一種先進的語言，難道還不識貨麼？中國既有的語言，在容納歐化的成分後有了嶄新的面孔，在一種疏離中變得更有生命力了。當然，新的觀念與器物的輸入，自然有利有弊。關鍵是審視的角度與著重點。在解放區文藝發展中，直到 1950 年代，都因爲政治上的「恐歐症」，使排拒歐化成爲一種必然，歐化便成爲一個犧牲品。漢語與西文差別很大，西文作爲他者植入漢語後改變了漢語固有的結構、成分；加之良莠不齊的翻譯者譯介後的語言形態呈現出佶屈聲牙、消化不良、有違國語之處多多，使歐化背上了不好的名聲。

其次，新中國成立後，其語言策略是繼承大眾化和民族化，恰恰與歐化又是背道而馳。毛澤東曾說過句法有長到四五十字一句的話，進行指責。譬如雜誌上有人批評胡風的語言，是翻譯體，歐化厲害，晦澀難懂，彆扭。

〔註7〕 張星烺：《歐化東漸史》，商務印書館，2000 年，第 4 頁

〔註8〕 胡適：《中國新文學大系‧建設理論集‧導言》，《中國新文學大系‧建設理論集》，上海良友圖書印刷公司，1935 年，第 24 頁。

〔註9〕 傅斯年：《怎樣做白話文》，《中國新文學大系‧建設理論集》，上海良友圖書印刷公司，1935 年，第 223 頁。

〔註10〕受此影響甚深的當代當紅作家自然不能免俗。佔據文壇的主流的作家缺乏外國文學翻譯體的素養，或者是不屑於接受，於是歐化成爲一個帶有貶義的詞語。許多作家在回顧各自創作歷程時，提到「歐化」，基調是類似的。資格較老的丁玲50年代在回顧創作時談到：「我是受『五四』的影響而從事寫作的。因此，我開始寫的作品是很歐化的，有很多歐化的句子。當時我們讀了一些翻譯小說，許多翻譯作品的文字很彆扭，原作的文字、語言眞正美的東西傳達不出來，只把表面的一些形式介紹過來了。那時我們寫文章多半都是從中問起，什麼『電燈點得很堂皇，會議正在開始』之類，弄上這麼一個片斷，來表示一個思想。」〔註11〕新中國成立後以《紅旗譜》著名的梁斌認爲，自己在語言問題上走過一段彎路：「最初，由於讀翻譯作品和『五四』時期的新文學比較多，一般的只會使用書面上的語言，沒有自己的語言，寫出的東西不新鮮，不活潑。」〔註12〕吳強認爲《紅日》語言的失誤正是：「在通過作者自己的語言描寫人物、風景事件時，就暴露了更多的缺點。語法不通，辭藻陳舊、冗長，倒裝的歐化句子也很多。」〔註13〕與他們形成對比的是，趙樹理從歐化到民族化，轉型很快也很成功，自然成爲一種榜樣。歐陽山是一個五十年代創作實績突出的作家，文革結束以後，他給邵子南的作品選集作序時，說欽佩邵子南的群眾語言，不論在對話還是敘述中，而且回憶了他當時給自己的影響：「一九四六，我在延安寫《高幹大》的時候，正碰到一個改造風格和改造語言的問題。就是說，我要從以前的歐化風格和歐化語言，努力變成民族風格和民族語言，也就是中國作風和中國氣派。當時，我正在辛勤地勞動和痛苦地掙扎當中摸索前進。」〔註14〕由於受邵氏影響，歐陽山才好不容易轉換過來。不過需要指出的是，上述作家討伐歐化的不是，其實他們對歐化究竟爲何物並不一定知道清楚，或者是略知一二，知其然而不知其所以然。

　　儘管人們對歐化頗有微詞，但歐化進入漢語已是一個不用爭論的事實。對

〔註10〕辛生：《胡風的語言及其他》，《劇本》1955年4月號。
〔註11〕丁玲：《跨到新的時代來——談知識分子的舊興趣與工農兵文藝》，《文藝報》第2卷第11期，1950年8月25日。
〔註12〕梁斌：《談創作準備》，《創作經驗漫談》，人民文學出版社，1979年，第286頁。
〔註13〕吳強：《寫作〈紅日〉的幾點感受》，《創作經驗漫談》，人民文學出版社，1979年，第88頁。
〔註14〕歐陽山：《邵子南選集·序》，四川人民出版社，1980年，第10頁。

歐化完全抵制，更不可能。於是，與歐化相關的文學翻譯，成為重災區。以前的歐化是以前的翻譯造成的，包括魯迅的譯風也是以直譯為主，雖然魯迅時代認為歐化體可以豐富現代漢語的生長佔據主流，但隨著時間的流逝，已沒有當初的好名聲了。到 50 年代的時代環境下，新的翻譯作品必須最大限度克服歐化的毛病，在現代漢語規範會議前後，翻譯界也行動起來，參加到普通話寫作的陣營中去。「凡是寫出來給大家看的東西都要做到口語化和規範化。翻譯也不能例外。」〔註15〕有一些讀者，翻閱最近出版的比較流行的翻譯書刊，發現不合規範的譯語有以下幾種情形：一種是「硬搬」外國的詞彙和語法；另一種情形是濫用古文的詞句；第三種情形是濫用方言。「不健康、不純潔、不合規範的譯語的流行，固然是由於目前漢語本身的缺點，但是，我們不能不承認，其中有一大部分是由於翻譯工作者和編輯工作未能盡到應盡的責任。要改善這種情形，就不能不加強翻譯界的批評和自我批評。」〔註16〕

在反歐化的旗幟下，在歐化後的語言中尋找歐化本身的缺點成為一種思維定勢。消除歐化的直接手段，是將夾雜外文單詞、句子的現象進行刪改，將翻譯者隨意性的外國地名、人名、術語等的翻譯腔進行校正。在 50 年代重版的現代文學名著中，這一方面的「清污」手段比較典型。在具體處理過程中，也有個別是採取在頁下加注解的方式解決的，這樣既保持了歷史原貌，也讓讀者容易明白，在「易懂」方面過關。

二

與「歐化」有密切關聯的恐怕是「學生腔」這一術語。如果說「歐化」是中西文化交流的產物的話，那麼「學生腔」則是依附於歐化的副產品。何為學生腔，沒有學者作過詳細的探究。「什麼叫學生腔？我還弄不大清楚。也許是自古有之吧。看，戲曲裏，舊小說裏，往往諷刺秀才愛說『之乎者也』。秀才口中愛轉文，這恐怕就是古代的學生腔吧。現代學生腔裏，恐怕也有愛轉文的毛病，話說得不通俗，不現成。」〔註17〕此外還有「鬆懈、幼稚、冗長」等毛病，這是老舍簡單的歸納，受政治領袖人物言論影響甚深。趙樹理在談自己的創作經驗時說：「我既是個農民出身而又上過學校的人，自然是既

〔註15〕董秋斯：《改進譯風的一點感想》，《語文學習》1956 年 6 月號。
〔註16〕敬業：《翻譯工作與漢語規範化》，《譯文》1956 年 3 月號。
〔註17〕老舍：《怎樣去掉學生腔》，《中國青年報》1962 年 8 月 18 日。

不得不與農民說話，又不得不與知識分子說話。有時候從學校回到家鄉，向鄉間父老兄弟們談起話來，一不留心，也往往帶一點學生腔，可一帶出那種腔調，立刻就要遭到他們的議論，碰慣了釘子就學了點乖，以後即使向他們介紹知識分子的話，也要設法把知識分子的話翻譯成他們的話來說，時候久了就變成了習慣。說話如此，寫起文章來便也在這方面留神——『然而』聽不慣，咱就寫成『可是』；『所以』生一點，咱就寫成『因此』，不給他們換成順當的字眼兒，他們就不願意看。」〔註18〕學生腔和歐化一樣，以前作為一個中性詞僅僅指出一種現象，在五十年代卻陷它們於不義，它們逐漸淪落成了一個貶義詞。與中國新文學一路伴隨的這一重要語言現象的合理性與積極意義，卻沒有多少人提及。還有受到批評的是「幹部腔」，有地方宣傳工作的幹部，從數十篇群眾文藝作品中看到語言上的幹部腔。〔註19〕這種幹部腔也是知識分子腔，有些場合還和洋腔洋調搭界。

這些以「某某腔」為說辭的說法，帶有明顯的排它性，到底從哪裏來的呢？在我看來，也許與毛澤東的論說有內在聯繫。首先不妨看毛澤東的一段論述。「如果一篇文章，一個演說，顛來倒去，總是那幾個名詞，一套『學生腔』，沒有一點生動活潑的語言，這豈不是語言無味，面目可憎，像個癟三嗎？一個人七歲入小學，十幾歲入中學，二十多歲在大學畢業，沒有和人民群眾接觸過，語言不豐富，單純得很，那是難怪的。」〔註20〕這裡所說的是受學校教育，沒有社會經驗，與群眾語言是隔膜的。其次，學生腔並不一定是僅只與年齡相關，並不是學生寫的就有學生腔，有的中學生能夠寫出很好的文章，而有些四五十歲的人拿起筆來，也會寫出學生腔來。「知識分子極大多數沒有跟人民群眾接觸過，生活圈子小得很。他們的詞彙、句法主要的是從書本兒上學來的，所以語言不生動，乾癟無味，是一種『學生腔』。」〔註21〕

指責「學生腔」的不是，很大程度上是「學生腔」背後站著的主體與廣大群眾沒有接觸，沈於書齋與書本，是 50 年代思想、語言改造的對象。反對

〔註18〕趙樹理：《也算經驗》，《中華全國文學藝術工作者代表大會紀念文集》，新華書店，1950 年，第 412 頁。

〔註19〕石家莊地委宣傳部：《從四十四篇群眾文藝作品中看到了什麼》，《文藝報》第 1 卷第 6 期，1949 年 12 月 10 日。

〔註20〕毛澤東：《反對黨八股》，《毛澤東選集》（第 3 卷），人民出版社，1953 年，第 858 頁。

〔註21〕陳治文：《談寫作的語言》，《中國語文》創刊號，1952 年 7 月 20 日。

學生腔，也就意味著反對知識分子腔，剝奪知識分子老是想去啓蒙民眾的優勢。遵循毛澤東講話指示，與東北農民打成一片的作家周立波，在著述《暴風驟雨》時介紹語言經驗時認爲，農民說話形象，生動、活潑。他舉了許多具體的例子，這裡僅引用一例：

　　學生腔：「看那朵去飛過來了，非下雨不可。」

　　農民說：「瞧那塊雲，我說那傢伙是龍王爺的小舅子，非得下不結。」

　　照周氏看來，農民的語言，是從生產知識和鬥爭知識裏頭提煉出來的，全都是新鮮活潑、簡潔生動的。與農民語言相比，工人、士兵的群眾語言很少得到關注，不過，他們與農民比較接近，其中不少也來自於各地農民群眾之中。這樣，農民語言比知識分子語言要具有先天的優勢，成爲當時文學語言看齊的標杆。作家眼光向下，在向農民群眾學習的過程中，大量記錄、採納群眾語言，適當提煉提煉，便成爲一切文學語言的源泉。

三

　　對文學語言歐化、學生腔的批評一直沒有間斷過，撇開它的生澀與尷尬，實際也還有可取之處。如果拿翻譯的文章來說，在 20 世紀翻譯界有一個共識，其積極作用大大超過消極作用。如果只單純抓住某一點來說，肯定不能說過去。沒有翻譯這一橋梁，中國現代漢語肯定不能這樣迅速發生變化，與世界接軌的能力也大爲下降，更不用說從古漢語到白話的轉型，能否成功都是一個問題。歐化的語彙、句式大量存留在現代漢語之中，已不能完全剝離。

　　這些語言形式，實際上是現代漢語規範化的背景與基礎。周揚後來反思過：「新的字彙和語法，新的技巧和體裁之輸入，並不是『歐化主義』的多事，而正是中國實際生活中的需要。」〔註 22〕歐化增強了漢語的生命力，是一種雜合的優點，像雜交水稻一樣，有助於改良品種。異質文化，是有益的。學生腔，往往也是知識分子腔調，其實也沒有想像的那麼糟糕。

　　在我看來，「歐化」主要爲現代漢語的多樣性發展，提供了一種全所未有的嶄新資源。漢語文學語言在文言、普通白話、方言之外又有了新的選擇機

〔註22〕周揚：《對舊形式利用在文學上的一個看法》，《周揚文集》（第 1 卷），人民文學出版社，1984 年，第 298 頁。

會，這就使得寫作者在面臨不同的對象和不同的體裁進行文學書寫時可以隨時選擇、挪用、借鑒、調整合適的語言形態來操作，展開了文學語言媒介上的多樣性：既可以是完全「歐化」、半歐化，也可以是文白夾雜，還可以是各種語言形態融爲一體，如魯迅的《吶喊》、錢鍾書的《圍城》就顯示出了這種語言操作方式的優勢——語言的多樣性產生出了審美趣味上的豐富性。

第二節　五十年代作家對文言傳統的規避

在語言規範化運動中，普通話的建構面對三種語言資源的清理與選擇，其中文言的處理相對容易一些。經過 20 世紀上半葉放逐傳統、驅逐文言的長時段努力，文言與現代生活漸行漸遠，其地位經歷了從主流到支流再到末流的變遷，差不多成爲人人喊打的「過街老鼠」，威風不起來了。在五十年代的語境下，文言充其量成爲向普通話輸送有生命的語彙的一個被動的倉庫，作爲一個有限的補充蜷縮在語言的角落。文言出現在文學作品中最爲顯著的形態是文白夾雜，攙和在白話之中，半文半白，文白混雜類似的說法就是明證。另一方面，傳統文化遺產的繼承來源於對它的研習，但「五四」以後新式學堂的普遍，使這一情況發生了根本的改變。在三四十年代共產黨領導下的解放區，民眾的掃盲就是一個反反覆覆的工作，避難就易帶有規律性，容易的讀書都成問題，更不用說去掌握有難度的文言。新中國成立後，在有利於通俗化、大眾化的普通話建構中，雖然也提及民族化，但民族化與文言化是兩個不同的概念，文白混雜的因素進一步銳減。加之新中國基礎教育大量削減文言文篇幅，年輕作家的文言修養也降到了低窪之處。

其中，有一支隊伍顯得特別、突出，那就是「五四」時期就開始創作實踐的現代作家，其語言形態就夾雜較多的文言成分。他們或多或少接受過私塾教育，有研讀四書五經的經歷，書面語中的文言氣息很濃，文言化或半文言化思維成爲定勢。只不過大多數或者停筆，或者修改舊作出版，在 50 年代基本上不成氣候了。少數現代作家像葉聖陶一面毫不動搖地支持普通話寫作，大量修改舊作，一面在日記、書信中卻基本文言化；另外像孫犁、汪曾祺等作家也有遺留。後來在雙百方針的刺激下，一批夾雜文言的雜文寫作也有較多的湧現。不過，鹹魚不能翻身，文言的這種存在相當有限，更不用說其積極影響了。

一

　　文言本身的地位是中性的，在特定的時代和語境下，它的歷史面貌會發生變異，美化與妖魔化是兩個極端。有國學根柢的張中行，曾列舉了文言的功過，其中功勞部分有積累了豐富的文化遺產；漢語的威力和同文言有密切關係；文言是好的交流工具和團結紐帶；文言曾是表情達意的好工具；文言爲今人提供了大量值得欣賞的作品。與此相反的是它的過失：助長文白分家；大過是脫離群眾；阻礙白話作品成長；思想方面有糟粕；有些作品華而不實；有些作品是文字遊戲。〔註 23〕從作者列舉的方面看是相當全面的。在文言之「過」中稱之爲「大過是脫離群眾」，這一點在當時頗爲流行。在群眾語言掛帥的時代，文言嚴重脫離群眾口語，難學難懂，難道不在清除之列？一批受普通話寫作影響的作家，在謀求開掘語言表現功能、豐富表現手法時，首先注意到的就是文言存在的缺點，簡直成了洪水猛獸。

　　由於 20 世紀上半葉長時段對文言的放逐與打壓，事實上文言的勢力很少了。文白夾雜倒是保存了一部分文言的成分，文言傳統部分得以承繼。文白夾雜之所以成爲一種常態，原因在於兩者太糾纏不清。從語言流變的角度上說，現代漢語由古代漢語演變而來，白話與文言在古代漢語中就是並行不悖的兩個系統，它們之間一般很難劃出一條涇渭分明的界限。漢語規範問題的主將呂叔湘在四十年代寫過《文言和白話》的論文，他在文章中摘錄出傳統文化古籍中的十二段文字，哪段是文言，哪段是白話，意見並不一致。甚至同一個人，初看與再看的結論也不相同。分辨的方法，普遍的是舉例法，譬如語氣詞不用「的、了、嗎、啦」，而要用「之、乎、也、矣」。

　　五十年代創作並不順利的汪曾祺曾說過：「文言和白話的界限是不好畫的。『一路秋山紅葉，紅圃黃花，不覺到了濟南地界』是文言，還是白話？只要我們說的是中國話，恐怕就擺脫不了一定的文言的句子。」〔註 24〕文言確實是古代書面語的精華，在千百年的雕琢與錘鍊中成熟了，變成了一種極其優美、生動、準確的文學語言。古人在文言作品中留下的語彙、敘事方式，並不是想推倒就可以推倒的。與合法性歷史不足一個世紀的現代白話相比，它還是一個老師。「我們現在用的是現代漢語。可是現代漢語旁邊坐著一位『文言』。」「文言和現代漢語雖然差別很大，卻又有拉不斷扯不斷的關係。一方

〔註23〕張中行：《文言和白話》，黑龍江人民出版社，1988 年，第 33～50 頁。
〔註24〕汪曾祺：《小說文體研究》，中國社會科學出版社，1988 年，第 9 頁

面，兩者同源異流，現代漢語，不管怎樣發展變化，總不能不保留一些幼兒時期的面貌，因而同文言總會有這樣那樣的相似之點（表現在詞彙和句法方面）。另一方面，能寫作的人表情達意，慣於用文言，這表達習慣的水流總不能不滲入當時通用的口語中，因而歷代相傳，到現代漢語，仍不能不摻雜相當數量的文言成分。此外，還有不少的人認為，專從表達方面著眼，文言的財富比現代漢語雄厚，現代漢語想增加表達能力，應該到文言那裡吸收營養；少數人甚至認為，如果不能吸收，現代漢語就寫不到上好的程度。」〔註25〕

二

　　語言的清洗、換語的徹底，都是一種一廂情願的事情，不可能真正做到。在50年代文學語言資源與實踐中，文言的有限存在，主要是通過詞彙和語法來實現。對文言傳統的規避，是其主流；潛流則是文言的風氣仍在小圈子裏流行。五十年代至七十年代文學史中，當代學者陳思和等發現了潛在寫作的存在。這確實是不容否定的事實。在語言領域，適度文言化的潛在式寫作，也同樣存在。在五十年代充當文學語言範例的魯迅，語言並不純潔。「沒有相宜的白話，寧可採用古語」〔註26〕，是魯迅取捨文言的標準。擴展開來，魯迅作品語言的混融性、歐化、古化、日化、土化的語言原貌是普遍存在的。雖然有「煉話」一說，但也只能做到文白夾雜的地步。

　　在五十年代，周作人、胡適、沈從文、張愛玲等現代作家，都有類似的作家傳統現象。下面拈出二三位進行論述。在新中國文學作家中，周作人是一個面目模糊甚至戴著面具的作家。周氏因為在抗日戰爭時的附逆行為，導致他在五十年代生活的暗淡無光。但是，文人生活仍在五十年代繼續著，仿周作人文風在創作界悄然呈現出蔓延之勢。受他影響最大的作家如俞平伯、廢名、冰心、川島、鍾敬文等，在周作人傳統的承襲方面，可謂有口皆碑。「在當代文學裏，存在著周作人的一個傳統，他的審美情調越來越重地暗示著人們，以至一些頗有影響的文化人，在默默地沿著他的思路前行著。……相比於魯迅傳統、胡適傳統，周氏的傳統更多體現在文人的書齋裏。」〔註27〕譬

〔註25〕張中行：《張中行作品集》（第1卷），中國社會科學出版社，1995年，第3頁。

〔註26〕魯迅《我怎樣做起小說來》，《魯迅全集》（第4卷），人民文學出版社，2005年，第526頁。

〔註27〕孫郁：《當代文學中的周作人傳統》，《當代作家評論》2001年第4期。

如俞平伯、黃裳、唐弢等人的書話、隨筆在五十年代有著曲徑通幽的表現，或談論吃食、或憶舊思故，或敘談文化掌故，無不任意而談、無所顧忌。書齋型文人，往往在社會的邊緣，對時弊、流俗、人生百態偶有所悟，於是在溫柔敦厚中品咂出知識的趣味，回歸一種超功利意味的藝術，在社會轉型的浮躁之中，不啻是一種閒適的妙藥。

周氏兄弟是新文學的高峰，影響之深遠不可忽視。與大力提倡向魯迅語言學習的同時，語言的混合性承繼下來了。相反，周作人傳統或明傳、或暗遞，都呈現出現代知識分子的某種共同命運，象徵了動中取靜的人生寓言。在「五四」時期風雲際會的一代人中，周氏兄弟是兩種文化的流脈，雖然兩者相比之下，周作人傳統顯得過於保守、儒雅，同時其影響也不在同一水平線上。但不同文化傳統，依附於具體文人身上，都彰顯了一種文化品位、趣味，都是不可偏廢的。

與周氏兄弟不同，葉聖陶在當時是推行普通話寫作（以修改方式進行）的一員猛將。但是一個奇怪的現象是，他當時的日記、書信都是文言體。在日記、書信中拒絕普通話寫作的作家還比較多，如當時一些潛在寫作的作家便是。這一現象讓人彷彿又回到了清末向「五四」過渡的時代，即白話與文言的不同用途。胡適在論述文學革命的歷史背景時指出士大夫始終迷戀著古文字的殘骸，又想用一種便民文字來教育、開通老百姓，整個社會分成兩個階級：上等人認漢字，念八股，做古文；下等人認字母，讀拼音文字的書報，兩個潮流始終合不攏來。〔註28〕周作人在 20 世紀 30 年代初梳理中國新文學的源流時，也曾有這樣的論述，在清末梁任公充當風雲人物的時期，曾有白話文字出現，如《白話報》、《白話叢書》，但和「五四」以後的白話文不同，主要體現在兩個方面：第一，現在白話文，是「話怎麼說便怎麼寫」。那時候卻是由八股翻白話，即作者用古文想出之後，又翻作白話寫出來的；第二，是態度的不同，現在我們作文的態度是一元的，無論對人對事，都是一律用白話。而以前的態度是二元的，為一般沒有學識的平民和工人才寫白話，如寫正經文章或著書時，當然還是用古文。周作人形象地稱這種現象為「古文是為『老爺』用的，白話是為『聽差』用的。」〔註29〕也許在葉聖陶的眼裏，

〔註28〕 胡適：《中國新文學大系·建設理論集·導言》，上海良友圖書印刷公司，1935年，第 13～14 頁。
〔註29〕 周作人：《兒童文學小論；中國新文學的源流》（周作人自編文集，止菴校訂），

普通話是寫給普通百姓看的，文言仍是自己迷戀的語言，用起來更得心應手一些。這種二元的思想，值得進一步思考。

三

運用文言，不完全是毛澤東所說的那樣簡單。文言的養分被低估，低價賤賣的文言，讓 50 年代的文學語言充滿危險。本來「五四」時期「廢文言，興白話」的舉措就是一次激進的文化革命；延後來看這次轉型，雖然有拉近書面語與口語之間的鴻溝、有助於文化的普及與大眾化，但無疑讓中華文明及其文化傳統變成偃塞湖，阻截了語言正常的流動與生長。

在 20 世紀語言變革史上，作爲象形文字的代表，漢字的優勢經常被忽略，而要走拼音化的道路，到 1950 年代更是如此。放眼世界，漢語仍是人類歷史長河中最爲優秀的語言之一，具有許多世界上其他語言望塵莫及的優勢。因此，偏執性地受到政治人物言論的左右，語言學家沒有堅持自己的立場與操守，異口同聲之中聽不到異議的聲音，這是可惜的。

「廢文言，興白話」，限制文言這樣的行爲，在解放區文學傳統與思想資源中，存在過分破壞和掃蕩的嫌疑。文言是源，白話是流。從源流來看，語言文字工作者，作家們駕馭漢語的能力越來越脆弱。閱讀 20 世紀的文學作品，就會發現越是早期的文字功夫越深，風格多樣，語言豐富，越到後期特別是 50 年代以後的出版物，文字之膚淺粗疏、單薄劃一，便成爲繞不過去的語言瓶頸，給人一種文學語言水平逐步下滑的惡劣印象。

第三節　土語方言的規訓與袪除

在普通話寫作的建構與實踐中，要算普通話與方言的關係更爲複雜。這並不是 50 年代文學出現的問題，實際上在 20 世紀上半葉文學中便埋下了伏線。兩者的關係，直接演化成爲倡導方言與反對方言的一場割據戰，而且問題的關鍵是雙方都有各自的理由、依據。譬如倡導方言一方的往往會這樣認爲：中國是一個地域意識強烈的國家，作家們的母舌都是方言，方言既是口語也是母語。「五四」以來一直倡導「言文一致」，難道不正是在方言的基礎上發展方言文學嗎？恰恰相反，反對方言一方則認爲中國的方言分歧已到了

不可交流的地步，堅持完全用方言創作，就成為一種地方文學，有製造分裂的可能。魯迅曾指出：「中國的言語，各處很不同，單給一個粗枝大葉的區別，就有北方話，江浙話，兩湖川貴話，福建話，廣東話這五種，而這五種中，還有小區別。現在用拉丁字來寫，寫普通話，還是寫土話呢？要寫普通話，人們不會；倘寫土話，別處的人們就看不懂，反而隔閡起來。不及全國通行的漢字了。這是一個大弊病！」〔註30〕這一弊病一直延緩下來了。隨著新的共和國建立後，出於政治意識形態需要，國家機器介入並裁定普通話與方言的衝突，其結果是推動普通話作為民族共同語，方言和普通話再也不是並列的兩元，而是低級形式的方言服從高級形式的普通話。

那些建國後聲討方言文學的語言學家與作家，在三四十年代幾乎都是支持方言文學的。無論是「提倡國語，擁護方言」〔註31〕的王力，還是「雜談」、「再談」方言文學，為方言文學正名的茅盾，哪一個不是如此呢？但是新中國成立後，原先的觀念不合時宜，現代民族國家的建立與推廣共同語成為唇齒相依的關係，這既是政治需要，也是現實需要。在這一過程中，有以下幾個問題凸現出來：一是聲討方言如何成為自上而下的時尚？二、處在打壓狀態下的方言土語如何艱難生存？三是對土語方言的規訓與祛除，到底該如何把握其中的界限？

一

在語言學領域對民族共同語的提倡，對方言從屬於共同語，必將消失的定論，自然蔓延到文學語言的判斷。限於時勢，聲討方言成為一種時尚，不論是文藝官員還是普通民眾，不論是一般讀者還是專業學者，見諸報刊的零星批評文章屢見不鮮。就一般讀者而言，以現代漢語規範化為武器，將幾百字的短文登上各級報刊成為常態。譬如，唐文《作家必須注意語言的規範》〔註32〕，批評秦兆陽《在田野上，前進》一書用方言土語，舉了九個例子加以說明論證；《劇本》1952 年 2、3 合期，有「讀者來信」欄目，其中一條是「關於劇本中方言土語的問題」，有四人反對刊用：其中一個是軍人楊成訓，

〔註30〕 魯迅：《門外文談》，《魯迅全集》（第六卷），人民文學出版社，2005 年，第99 頁。
〔註31〕 王了一：《漫談方言文學》，《觀察》第 5 卷第 11 期，1948 年。
〔註32〕 刊於《語文學習》1957 年第 4 期。

指出應採用國語，盡量避免用偏僻的方言土語；一個是廣東店員，南方人不懂；一個是江西人，北方話不懂；一個是鄭州人，北方土話不懂。

　　一旦「懂／不懂」成為一種直觀的標準，從不懂到懂便交給作家、出版部門來回答了。「有生動的方言，也可以用。如果怕讀者不懂，可以加一個注解。」〔註33〕這是老舍的回答。「使用方言土語時，為了使讀者能懂，我採用了三種辦法：一是節約使用過於冷僻的字眼；二是必須使用估計讀者不懂的字眼時，就加注解；三是反覆運用，使用讀者一回生，二回熟，見面幾次，就理解了。」〔註34〕這是周立波的回答。普通讀者想出的辦法也如出一轍：「在文學作品中如有必要採用方言，應該以全國讀者都能瞭解的為原則。各地區的方言中都有極好的詞和語以及比喻和成語等，這些都能夠豐富成民族的統一語言，而文學作品就應該盡量地採用，使它們在全國流通起來，融合到民族語言中去；初用的時候可以加注。」〔註35〕「加注」給「不懂」的讀者看，達到「懂」的程度，成為適度調用方言的一種曲線救國方式。儘管作家並不承認「濫用方言」的帽子合適自己，但妥協也是一條出路。作家熟悉的方言資源，在作品中仍然存在，源於不同場合或者用群眾語言的招牌抵擋，或者通過注釋的方式存身。在文學作品的文本中，注釋成為一個副文本。

　　五十年代初期，魯研界收集魯迅生平史料的活動，增補佚文、交代背景、介紹典故，人際交往等，都作了詳盡的注釋，在版本、校勘方面都是有口皆碑。80 年代像《魯迅全集》、《郭沫若全集》、《茅盾全集》等都是將注釋列為重要任務，增添詳略不等的注釋。和古代文學的注釋幾乎集中於詞義的解釋和典故的考索不同，現當代文學作品除了增添外國人名、翻譯、地名、書名等譯介外，大多屬於社會歷史事實和文壇掌故的說明，有些風土人情、方言、地名、時令都作解釋，擴大了注釋的範圍。加注的目的是讓讀者容易懂，但這一切要根據作者的常識與想像去斷定哪是讀者所不瞭解的。

　　郭沫若在新中國成立後，位居中央政府的高級官員，在語言規範化的運動中，自覺進行普通話寫作的轉變，注釋工作也是比較多的，如代表性《女神》詩集在五十年代之前印刷甚多，一九五三年重印基數很大，注釋數量也很多，主要是外語漢譯，或去掉多餘的外文單詞，進行釋義、補充。又如《茅盾文集》

〔註33〕老舍：《關於文學語言》，《出口成章》，作家出版社，1964 年，第 75 頁。
〔註34〕周立波：《關於〈山鄉巨變〉答讀者問》，《人民文學》1958 年 7 月號。
〔註35〕李如：《關於語言問題的意見》，《文藝報》1953 年 24 號。

中的《春蠶》小說，共有注釋 16 個，主要是對茅盾家鄉蠶事的解釋。位居廟常之高的作家如此，更何況其它作家呢？可以肯定的是，差不多五十年代中期以後的選集、文集都有注釋，如 1959 年出版的《艾蕪選集》，1958 年出版的《趙樹理選集》。以趙樹理爲列，爲考慮讀者不懂，他一般採取在正文中以對讀者可能不懂的地方進行復述、解釋，重複釋義、解釋民俗等現象，譬如《趙樹理選集》中的《李有才板話》中有一此說法：「小保領過幾年羊」，作注爲「就是當羊經理。」可能這種釋義並不準確，可能還不通俗、生動，是畫蛇添足之舉。其次，單行本也是如此，1955 年，老舍修訂《駱駝祥子》由人民文學出版社出版，除訂正初版本的誤植、潤飾文字外，加了 72 條注釋，主要是針對書中一些方言、俗語、人名等做簡要腳註。〔註36〕還可以比較《暴風驟雨》在 50 年代不斷重版的情況，這裡比較此小說 1949 年新華書店初版本（係豎排本）與 1958 年人民文學出版社初版本。後一版本明顯比前一版本注釋多，差不多大多數頁碼都有注釋；小說分爲上部與下部，上部注釋比下部注釋多，也許是考慮到讀者已熟悉方言語彙了，下部明顯減少注釋也可以「懂」。在所有的注釋中，有些是解釋性的，不一定是針對方言語彙，如「老綿羊票子」指「僞滿鈔票」。這裡具體以全書第一段爲例，這一段改動了少數別字，繁體字減了許多，另外一共加了 4 個注釋：西蔓谷即莧茱；草甸子，長滿野草的低濕地；兒馬，沒有閹的牡馬；牯子，公牛。作爲一個鼓吹方言化的作家，周立波爲了自己的理念不斷加注。爲了給這些方言詞語注釋，周立波不斷修訂，直到作家臨死之前（即 1979 年）在病中還囑咐家屬，在出版《周立波選集》收入小說時要參照東北讀者的意見，對《暴風驟雨》中個別方言口語作了修訂。〔註37〕

二

除了對作家在作品裏運用方言現象，不分清白地以「濫用方言土語」相斥外，致使方言語彙的注釋成爲一種普遍現象，運用群眾語言與口語化，也抵消了部分規訓方言土語的力量。

方言詞彙的吸納，根據表達的需要，有選擇性地將一些地域方言富有表

〔註36〕80 年代老舍女兒舒濟編輯《老舍文集》，《駱駝祥子》被收入第三卷，據卷首說明又「增加了一些必要的簡注」。

〔註37〕林藍：《戰士與作家——〈周立波選集〉編後記》，《周立波選集》（第 6 卷），湖南人民出版社，1984 年，第 586 頁。

現力的、流行較廣的詞接收爲民族共同語的語彙，一般都不可避免。五十年代之前一般評論者以「像煞有介事」是舉例的經典個案，如地域方言，全民性的方言語，但一般以北方爲主。從新中國成立初到改革開放前，在文藝政策和語言政策上過於追求純化，鄉土文學受到排擠，各地方言語彙特別是非基礎方言的方言詞在使用上受到過多的壓制。批評多於肯定，使方言詞的傳播與流匯受到很大影響，被普通話吸收的全民性方言詞不僅數量少，而且主要是通過一些書面文學作品和領袖人物的著作被人們所瞭解和熟悉。大量北京土語進入普通話，則有先天優勢。「北京話是一種方言，但是北京方言詞不同於別的方言詞，它有更多的進入普通話的機會。」〔註38〕眾所周知，吳語方言和普通話都是從古漢語一脈相傳下來的，它們之間有很多共同之點，相同的基本詞語隨處可見。又由於幾十年「推普」工作，某些典型的吳方言詞彙也被普通話吸收，例如「垃圾」、「老闆」、「標致」、「像煞有介事」、「瘟三」等。另外一點是，現代文學史上吳方言區出身的作家最多，人們或多或少閱讀過他們的作品以及作品的評論與注釋，因而逐漸模糊了這一區別。對於北京土白來說，則是批量地化入了普通話。

　　這裡，我們不妨用「土化」來加以歸納，也可以通過卞之琳這位詩人的語言錘鍊加以說明。在現代詩歌語言容納口語的過程，爲了詩歌語言的成熟，施蟄存宣稱過「古化」、「化古」，卞之琳提出過「歐化」、「化歐」等。與這兩種語言演化不同的是，在「化古」與「化歐」之間還存在一個「化土」，即化用土語方言的現象值得關注。卞之琳 80 年代在總結自己的語言創造特色時這樣認爲：「我寫新體詩，基本上用口語，但是我也常常吸收文言詞彙、文言句法（前期有一個階段最多），解放後新時期也一度試引進個別方言，同時也常用大家也逐漸習慣了的歐化句法。」〔註39〕「口語」寫作的路子，摻雜在他另一種「化古」與「化歐」的表述中，無疑有某種內在的衝突：如何創造性地融會貫通、妥善安置「土語」「方言」，如何把自己最爲熟悉的方言中時常掛在嘴邊的口語詞彙、句法，帶有方言、土話色彩的語言資源，安排「進入」新詩創作中去，是卞之琳詩歌的語言特色之一。也許是方言、土語一直受到排擠、影響也不甚大的原因，卞之琳在講到相關的情況時總是喜歡以「口語」或「口語化」來遮掩、替代，正式場合也只是承認在解放後「一

〔註38〕呂叔湘：《大家來關心新詞新義》，《辭書研究》1984 年第 1 期。
〔註39〕卞之琳：《雕蟲紀歷・自序》（增訂版），人民文學出版社，1984 年，第 15 頁。

度試引進個別方言」，而且在 50 年代，詩人也從來沒有這樣承認過或進行辯
護。

卞之琳曾於全國解放後在參加江、浙（因當地是吳語區，係卞氏母語環
境，因方便自願選擇此地）進行農業合作化試點工作時寫了幾首新詩，「多數
是試用一點江南民歌的調子，特別是《採菱》這一首，那卻又融會了一點舊
詞的調子。這些詩都還試吸取了一些吳方言、吳農諺」〔註40〕。具體根據是
依照吳音來押方言韻，如「心」與「印」協（《從冬天到春天》），「一小顆」
與「一小朵」協、「汁」與「色」協（《採桂花》），「閣」與「足」協、「平」
與「勁」協（《疊稻羅》）；「繃」與「當」協韻（《收稻》），「窠」與「果」協
韻（《大水》）。

從卞之琳身上，我們可以看到方言的適當挪用、洗練，能較好地解決方
言入詩的問題。擴展開來，如果從方言入詩到方言入文，也這樣處理的話，
將有助於文學語言的豐富。在小說這樣的敘事文體中，敘述語言與人物對白
便有差異性。農村題材作品在 50 年代佔據中心地位，如何通過農民的對話形
神畢肖地復現農民的思想與靈魂，便成為作家捕捉語言素材的關鍵。「獲得新
的語言，這是艱苦長期的過程。但是，如果我們只是帶一個本子，去記錄工
人或農民的語言，地方土語和成語，俏皮話和歇後語，新名詞和專門術語，
是不是能解決問題？」〔註41〕學習群眾語言，並不能代表作家如何運用，在
哪些地方可以使用，比例是多少。因此，敘述語言與對話，都關係到何去何
從的問題。在敘述中盡量保留方言土語，用經過提煉了的群眾語言去敘述，
似乎太難了，容易的是對白中。這樣，不僅每一個人物的口吻適如其分，塑
造的各種底層人物真實可信外，還保持了各地不同方言土語背後群眾的身
影。寫活農民的對話，這一立場與當時的精神也較一致，只可惜這樣做的作
家還不普遍。

三

「有些作家喜歡在作品裏大量地使用方言，不但用在人物對話裏，也用
在敘述部分，這對於普通話的確定和推廣是有妨害的。這個問題近年來曾經

〔註40〕卞之琳：《雕蟲紀歷·自序》（增訂版），人民文學出版社，1984 年，第 10 頁。
〔註41〕孫犁：《學習問題》，《孫犁全集》（第 3 卷），人民文學出版社，2004 年，第
339 頁。

有過不止一次的爭論。主張用方言的理由是：既然寫的是某地方的事情，這裡的人說的是這樣的話，只有照著寫才有表現力，才能產生眞實感。這個理由是站不住腳的。文學作品並不是事實的呆板描寫，既然情節可以加工，爲什麼語言不能加工呢？如果作品不是寫作一個地方的人讀的，那就不應該使用只有那個地方的人才能完全瞭解的語言。現在廣大讀者對於某些文學作品裏不適當地運用方言很有意見，這種意見是應該傾聽的，──爲了文學語言的健康發展，爲了集體的利益。當然，有時候有表示地方色彩的地方，必須用幾個方言詞語。屠格涅夫、托爾斯泰、高爾基的作品裏，都有這樣的例子。問題在於怎樣掌握分際，這是有修養的作家一定會考慮到的。」〔註42〕

　　所引的一段話比較長，從中可以看出否決作家大量使用方言的絕決，也可以看出主張必要時「用幾個方言詞語」的點綴式彌補處理，更重要的是還提出了一個問題，即「怎樣掌握分際」，怎樣做一個「有修養的作家」。論者在論述時，用注釋的方式分別以老舍大力推廣普通話，《兒女英雄傳》作者點綴幾個方言詞語的做法爲例，隱含著標舉像老舍、文康這樣「有修養的作家」的做法，以便起到示範性作用。

　　與上述引錄的論點略有區別的是，語言學家陳望道在現代漢語規範問題學術會議總結中曾客觀地指出了這樣的史實：這次會議分組討論和大會發言中，接觸到許多比較專門的問題，但是因爲會期短促、未能充分討論，還需要進行深入的研究。換言之，也就是沒有結論。譬如針對標準音、詞彙和語法規範化具體做法問題，規範化是從寬還是從嚴，什麼情況要寬一點，什麼情況要嚴一點，書面語和口語是否要有分別等等問題；普通話和方言的關係問題上，推廣普通話是不是意味著人爲地消減方言。〔註43〕可以看出，在學術會議中，很多問題是停留在學術層面，有不同的意見，甚至有爭議。但在學術會議的背後，或者在召開會議後在政府部門操作與下結論時，則拋開了學術的力量而強化了行政的力量，其結局也就可想而知了。

　　從學術到政治，主流的力量來自後者，對土語方言的規訓與祛除，到底該如何把握其中的界限，則由後者提供了答案：即基本上不使用方言，必要

〔註42〕　羅常培、呂叔湘：《現代漢語規範問題》，《現代漢語規範問題學術會議文件彙編》，科學出版社，1956 年，第 17 頁。

〔註43〕　陳望道：《現代漢語規範問題學術會議總結》，《現代漢語規範問題學術會議文件彙編》，科學出版社，1956 年，第 220 頁。

時用幾個方言詞彙而已。顯然，這一界限過於嚴格。在 50 年代的語言運動中，對標準要求甚嚴，對其它語言成分嚴防死守也成爲一種權宜之策。這種收縮式的圈子，實際上成爲懸在作家頭上的一把刀子。

第四節　語言純潔與歇後語的去留

語言純潔是一個長期的、約定的目標。爲了達到這個目標，不可避免會出現一些有失公允的錯誤觀點，在相當長的一段時期內時時發作。爲了語言純潔，主要從歐化、文言、方言等三個方面來清理的居多。除此之外，還有一些語言因素，因爲這樣或那樣的原因，遭到誤判、中傷。其中，歇後語是不是文學語言、是不是語言遊戲，是當時一個討論的話題。下面這一節清理一下當時的一場筆仗。

在五十年代初期，各種語言觀念都隨著蘇聯語言理論，以及斯大林的語言學觀念與馬克思主義的關係而展開。不知什麼原因，身處文化部部長高位的茅盾先生，拋出了他的語言遊戲說。茅盾於 1953 年 9 月，在中國文學作者第二次代表大會上做題爲《新的現實和新的任務》的報告，對文學技巧上的語言問題發言：

「極大部分的新作家的作品如果沒有從人民語言中吸收營養，那『語彙』恐怕還要顯得貧乏。但是，另一方面，不必要的濫用方言，不經過選擇原封不動的搬用社會生活中一些不健康語言的傾向，也很普遍。庸俗趣味的『歇後語』，也被經常採用。『歇後語』不過是語言遊戲，並不是文學語言。濫用方言和『歇後語』的結果，非但不能達到豐富語彙的目的，反而使得文學語言流於粗糙龐雜。我們要豐富我們的語彙，但同時也要注意保持我們祖國語文的純潔。」〔註44〕

此話一出，立刻引起了許多人的反駁。1954 年 5 月號的《中國語文》雜誌社便同時發表了張壽康《歇後語是不是文學語言？》與朱伯石《歇後語是「語言遊戲嗎？」》的文章，不同意茅盾的判斷。估計兩文發表之前已送經茅盾過目，因此茅盾在看到了這樣的文章後，幾乎同時在 1954 年 6 月號的《人民文學》發表了辯解的文章《關於「歇後語」》。王天石與張鳴春在《人民文學》1955 年 1 月號上作文反駁，不滿意茅盾的自我辯解。雖然後來的結局像

〔註44〕茅盾：《新的現實和新的任務》，《人民日報》1953 年 9 月 26 日。

當時的大多數情況一樣，都是不了了之，但站在今天去重溫這段爭論，倒是有許多值得思考與反省的地方。

一

歇後語是否是文學語言，或者說能否理直氣壯地成爲文學語言的一部分？要想回答這一問題，首先便要對歇後語這一概念有所理解。「歇後語是由近似於謎面、謎底的兩部分組成的帶有隱語性質的口頭用語。前一部分是比喻或說出一個事物，像謎語裏的『謎面』；後一部分像『謎底』，是眞意所在。兩部分之間有間歇，間歇之後的部分常常不說出來，讓人猜想它的含義，所以叫歇後語。」〔註45〕在一般的現代漢語書籍中，歇後語與成語、諺語、慣用語等都包括在「熟語」這一概念中。「熟語」具有豐富的內容和精練的形式，概括了勞動人民的認識和智慧，是詞彙的寶庫，極富於表現力。

分開來討論歇後語，不難發現它是鮮活在勞動人民的唇舌之上，絕大部分是從現實生活中創造出來的，俏皮、形象、詼諧，表現了人民群眾的聰明才智。這樣意味深長、形象生動、精鍊含蓄的語言形式，是否可以完全運用到文學作品去呢？在 20 世紀 50 年代語言規範化中要大加分辨，是否在以前也是這樣的呢？顯然，這個問題太顯眼了，茅盾說歇後語是語言遊戲，抑或是後來修正的只是語言材料、本質是語言遊戲，都與大多數人的認識不符。

朱伯石、張壽康在《中國語文》上發表論文予以反駁，包括此雜誌社編輯部在刊發這些反駁文章前寫信給茅盾，「認爲這是一個語言上的問題，擬對此組織一次公開的討論」，從中似乎也透露了《中國語文》編輯部等語言學界內部對此也存在分歧。朱、張的反駁，基本上站在群眾語言立場，以及文學作品的事實層面。譬如，丁玲的《太陽照在桑乾河上》與周立波的《暴風驟雨》都有不少歇後語的運用，事實上成功地增強了這些名作的語言表現力。朱伯石認爲雖然有些歇後語是有點庸俗趣味，甚至有封建色彩，但不能像茅盾一樣將歇後語一棍子打死。它「和諺語一樣，也是祖國勞動人民從實際生活中創造出來的，應該算是人民語言的組成部分之一」。雖然人民語言並不等於文學語言，其中有一些是粗糙的、鬆散的、帶有封建、迷信、色情色彩，但加工提煉後去其糟粕，取其精華，能使祖國語言更純潔，更健康。結論自

〔註45〕黃伯榮、廖序東主編：《現代漢語》（上冊），高等教育出版社，2002 年第 3 版，第 321 頁。

然是不能全部否定歇後語在文學語言中價值。同樣,張壽康的觀點,也是反對茅盾的說法。舉例的是古代的四大名著運用,以及毛澤東與魯迅的著作與觀點都是,特別是人民群眾的語言,生動活潑。此外,此文還援舉了 50 年代國內語言學權威羅常培肯定歇後語的觀點〔註 46〕。從這些文章觀點來看,討論是針鋒相對地展開了。

針對兩位的質疑,茅盾當時沒有承認自己的錯失,反而是進行強辯。他的回覆文章幾乎同時發表在自己主編的《人民文學》上。茅盾略微修正了自己的看法,認為歇後語經過加工提煉可以採用來作為文學語言,原話是「只是可能構成為文學語言的材料」,但是堅持認為歇後語在本質上,在其起源上仍然是語言遊戲。簡單地說,歇後語是語言遊戲,仍是茅盾的結論。此後,《中國語文》雜誌社不斷收到許多讀者的來信,都是反對把晦澀、落後、庸俗、低級的歇後語濫用到文學作品中來的,但歇後語並不是語言遊戲,也不僅僅是材料。1955 年 1 月號,《中國語文》雜誌以編者按的方式,發表了兩篇與茅盾兩文看法不一致的文章,同時認為歇後語是否是文學語言需要較長時間的深入研究,不再發表有關這類的文章而收攤。

二

茅盾之所以拋出歇後語是語言遊戲一說,是因為他似乎想與當時的主流觀念保持同步。可能是蘇聯語言學界的觀點,如蘇聯的奧斯特洛夫斯基在《爭取語文的純潔》〔註 47〕中,將庸俗趣味的歇後語喻為文字渣滓,使用它就破壞了祖國語言的純潔,將它濫用則更是一種不能容忍的現象。

50 年代文藝界的領導人物周揚,對歇後語也並不看好。周揚在評述解放區代表作家趙樹理時,曾有一段評論:「在他的作品中,他幾乎很少用方言、土語、歇後語這些;他決不為了炫耀自己語言的知識,或為了裝飾自己的作品來濫用它們。他盡量用普通的,平常的話語,但求每句話都能適合每個人

〔註 46〕羅常培:《怎樣學習大眾的語言》,《語文學習》1952 年 9 月號(總 12 期)。此文認為「歇後語的前半截,差不多都是生動活潑的,它能把後半截的意思說得很具體,從這裡咱們可以發現語言的靈活有趣。」「在諺語、歇後語、俏皮話裡尤其充分地表現著大眾的智慧。高爾基為豐富自己的文學語言,經常記錄諺語、成語和俚語。老舍也說:『大眾口中有多少俏皮話、歇後語、成語呀,這都是寶貝。』」

〔註 47〕刊於《文藝報》3 卷 12 期,1951 年 4 月 10 日。

物的特殊身份、狀態和心理。」〔註 48〕

　　因此，茅盾所言的歇後語是語言遊戲的判斷，以及包括茅盾在這兩篇短文中所附帶的一概否認方言、業務上用語、技術名詞等也是文學語言，這種對歇後語的大動干戈都不僅僅只是一種語言規範的需要。——似乎與他與時俱進地追求思想進步、改造相關。聯繫到 40 年代，茅盾是十二分贊成方言文學的，在 40 年代後期的香港，他寫了幾篇長文鼓吹方言文學及其運動。另外他在國統區對解放區的群眾語言也是大加歌頌。在我看來，茅盾的這種自相矛盾，以及擴大化的語言批判與清理，都不能自圓其說，令人費解。

　　事實上，不論是茅盾本人，還是毛澤東、魯迅、趙樹理、老舍等作家，對歇後語的運用也是很常見的。有研究者以熟語這一術語包含成語、慣用語、歇後語、諺語，認為是民族語言的瑰寶。趙樹理十分注意熟語的運用，對他的小說熟語情況進行統計、定量分析〔註 49〕。此外還與孫犁、老舍、茅盾小說〔註 50〕進行對比，結論如下：

熟　語 姓　名	成　語	慣用語	歇後語	諺　語
趙樹理	4.38	0.78	0.16	0.82
孫　犁	4.81	0.81	0.09	0.18
老　舍	8.70	2.47	0.49	1
茅　盾	10.43	1.57	0.029	0.55

注：表中數字係每萬字出現的個數，不含重複出現的。

　　從以上表格數據來看，趙樹理小說與孫犁、老舍、茅盾小說中成語和三字格慣用語的使用頻率相對較低，歇後語、諺語的使用頻率相對較高，體現趙樹理對群眾語言的熟悉，在作品中運用較多較好，是通俗化、大眾化的見

〔註 48〕周揚：《論趙樹理的創作》，《周揚文集》（第 1 卷），人民文學出版社，1984年，第 495 頁。

〔註 49〕高聖林：《趙樹理運用熟語的特色》，《山西大學學報》1995 年第 4 期。

〔註 50〕語料為《趙樹理文集》第一、二卷，山西大學、工人出版社合編，工人出版社 1980 年，共 63.2 萬字。《孫犁文集》第一卷，百花文藝出版社，1981 年，32 萬字。老舍文集中第三卷的《駱駝祥子》，人民文學出版社，1982 年，16.2萬字。茅盾《子夜》（中國新文學大系第二個十年第 8 集），上海文藝出版社，1984 年，34.3 萬字。

證。而茅盾小說成語較多，且古奧典雅，書面語化嚴重。儘管茅盾本人作品中歇後語的出現較少，但並不能說明歇後語不是文學語言，就將它視為語言遊戲，在性質上抱一種歧視的態度，在行為上進行無情打擊。

城門失火，殃及池魚是一句古訓，作為當時語言純潔路線上的鼓吹者與執行者，茅盾以筆走偏鋒的方式，留下了一個熱點中的漩渦。對於方言，對於文言，不也同樣如此麼？

第三章　普通話寫作與編輯工作

　　普通話寫作是一個關於文學生產、流通、消費的系統工程，牽連甚廣。對執筆為文的作家們來說，社會約束其文學創作實踐是第一步工作，緊隨其後的是對作品的整理、打磨、加工、編輯工作。按流通方式來說，在變成鉛字印刷出廠前，編輯工作是關鍵的環節；研究 50 年代的普通話寫作，切不可忽視編輯工作所起的核心作用。

　　50 年代文學報刊和文學書籍出版業與 40 年代的情況表現出明顯的「斷裂」特徵，刊物性質、書局陣營、從業人員、編輯思想等等，可以說今非昔比。經過循序漸進，彌漫著同仁意氣的文學生態，已變得十分遙遠，完全換了一種文學氛圍的 50 年代，改由國家分層分級控制、管理、監督的文學報刊雜誌與出版社，形成一個由上到下帶有壟斷性質的等級秩序，這樣易於在體制內掌控、調遣，有利於按統治階級的意志運行。

　　在以上環節中，具體的從業人員——編輯工作者則被推到了前臺，處於監管、把關的重要位置。不論作家成名先後長久、也不管作家名聲大小優劣，普通編輯似乎都有一種特殊的權力似的能凌駕其上。作為 50 年代的親歷者與出版社領導，樓適夷就直言不諱地承認「作為一個編輯，在工作上，自己所發揮的權力，也是有點可怕的。我們好像一個外科大夫，一枝筆像一把手術刀，喜歡在作家的作品上動刀子，彷彿不給文章割出一點血來，就算沒有盡到自己的責任。這把厲害的刀，一直動到既成老大作家，甚至已故作家的身上。」除魯迅外，「其它作家的作品幾乎全動過一些手術。」〔註 1〕值得追問

〔註 1〕 樓適夷：《零零碎碎的記憶——我在人民文學出版社》，《新文學史料》1991 年第 1 期。

的是，編輯們是否在「動手術」之前能對症動刀呢？是否能勝任根據意識形態與重新賦予的工作職責的需要來進行這一精神醫治工作？事實上，編輯這一隊伍相當龐雜、動手術刀的人員也參差不齊。50 年代以後，編輯行業的從業人員缺口也很大。編輯從業人員不斷增加，機構日趨龐大，可辦事速度反而慢了。在出版總署作領導工作的葉聖陶，自認為幾十年來的真正職業是編輯〔註2〕，他在 50 年代中期曾有一個總結。到 1956 年底，全國共有出版社一百零一家，全國出版社工作人員，根據極不完全的統計，約有 9690 多人，其中編輯人員約 3730 多人。〔註3〕從全國文學期刊來看，也有百多家，譬如文藝報就有七八十號編輯人員。而且，當時對編輯人員素質的提高也似乎是火燒眉毛的大事。1956 年中國作協第二次理事會會議（擴大）通過的《中國作家協會 1956 年到 1967 年的工作綱要》中，其中第六項是關於編輯、出版工作。據綱要規範，1956 年召開全國文學報刊的編輯會議〔註4〕，討論改進編輯工作，提高文學報刊的質量問題；以後每隔兩三年召開一次類似會議。另外，明文規定努力培養文學編輯人材，獎勵優秀的文學編輯工作者，其實也就是穩定這一支隊伍。

其次，編輯工作如果只是改錯還比較容易，但語言規範化並不是改錯。面對不同作家生產出來的文本，報刊雜誌、出版社的編輯同志便要把握好語言規範與語言質量關。在 50 年代，作品一般先在報紙刊物上刊發，然後再出版單行本或作品集。注意語言的準確、少患錯字病句等低級錯誤，成為編輯們的必修課之一，自呂叔湘、朱德熙的《語法修辭講話》列舉不少出現在報刊上的錯誤的句子，一般作者和報刊編輯同志對語言的正確使用比較重視起來，「不少報刊編輯同志，把《語文學習》和《語法修辭講話》作為經常研讀的書刊。」〔註5〕在普通話寫作中，對文學報刊編輯要求提高了，通過編輯工作達到符合普通話寫作的要求，是一個嶄新而又艱巨的任務。書刊報紙的編輯與作家們一樣，在大型、權威黨報左一次右一次的號召，國家最高部門關

〔註 2〕 葉至善：《葉聖陶和編輯工作》，《出版發行研究》1994 年第 5 期。
〔註 3〕 葉聖陶：《解放前後的出版自由》，《葉聖陶集》（第 18 卷），江蘇教育出版社，1994 年，第 50 頁。
〔註 4〕 1956 年 11 月 21 至 12 月 1 日，中國作協在北京召開文學期刊編輯工作會議，47 個編輯部 90 多人參加，是新中國成立後第一次召開這樣規模的文學期刊編輯會議。參見本報記者：《辦好文學期刊，促進「百花齊放，百家爭鳴」》，《文藝報》1956 年 23 號。
〔註 5〕 朱伯石：《報紙語文必須注意純潔和健康》，《中國語文》創刊號。

於推廣普通話的指示中，編輯工作變得尤其重要，編輯們變得謹小慎微起來。加強稿件審查工作、致力於語言規範化，首先便面臨對稿件進行全面修改的程序。當時比較棘手的是對青年作者進行輔導，或者對來自廣大工農兵出身，或者仍是工農兵卻是業餘寫作的作者進行正面對待，成為一個政治性的工作。《人民日報》在報刊評價欄裏，就多次這樣要求過，僅舉一個例子，「根據《劇本》月刊編輯部的統計，在 1955 年發表的劇本中，青年作者的作品佔95%以上，90%以上的作者是第一次發表劇作。」〔註 6〕在創辦初期，類似的工作在《劇本》是以「一般來稿組」接口的，基本上叫做退稿組。這就需要編輯在內容、體例、構思等各方面指導，反覆修改，也要編輯們對稿件的文字進行潤飾。在改動時，一般的原則是潤飾可以直接改動，改動了意思一般要和作家商量，但事實上也沒有做到這一點。作家把這權力完全轉交給編輯了，在當時比較普遍。

再次，刊物的重要性、思想性、戰鬥性也大為提高，同人刊物已被宣佈過時了。聯繫群眾成了刊物的首要任務。「刊物既然是最集中表現我們文藝工作部門領導思想的機關，是文藝戰線的司令臺，那麼從這裡所發出的一切言論，就代表了整個運動的原則性的標準，因此編輯部的負責人和工作人員就不應該是一個普通的看稿人或集稿人。他們就應該具有高度的明確的思想性，最能判斷是非輕重，敢於負責地表明擁護什麼，鼓吹什麼，宣傳什麼和反對什麼，而且是熱烈地擁護和堅決地反對。」〔註 7〕曾負責過人民文學出版社領導工作的韋君宜也有類似的意見。整個大環境是這樣，沒有鬆動的餘地。另外，有些報刊雜誌宣稱刊發的文章由作者、編輯雙重負責。

綜上所述，納入文學體制一體化的編輯人員，與 50 年代作家們一起肩負起了普通話寫作的擔子。

第一節　普通話寫作與編輯工作

像作家寫什麼，如何寫作一樣，編輯工作者也對應著一個編輯什麼，如

〔註 6〕　朱樹蘭：《把培養新作者當作自己的重要職責》，《人民日報》1956 年 1 月 22日。

〔註 7〕　丁玲：《為提高我們刊物的思想性、戰鬥性而鬥爭》，《到群眾中去落戶》，作家出版社，1954 年，第 15～16 頁。後來的刊物一般聲明是文責自負，所刊發的文章不代表編輯部的意見。

何編輯的問題，整個編輯工作也是一個像作家創作一樣既獨具個體性又兼有社會公共性的精神活動。在共和國成立後的 50 年代這一特定歷史時期裏，這一點尤其明顯和突出。——作家創作作品與編輯工作者對它編輯加工的過程，從微觀的一個細節到宏觀的整個理念，都既是它內在的問題，又並非其本身問題所能涵蓋。新中國誕生後所能提供的環境、條件與空間，使它超越了本身所能把握住的一切，其中往往又與政治、經濟、意識形態、文化政策等外在因素相互糾纏，並在與它們自然形成的各種複雜關係中受到種種牽制。

一

不管新中國這一時期的作家們與編輯工作者是否承認，在當時，前者的寫作路徑與方式，後者的編輯方針與模式，是在一個服務於大一統式的「普通話寫作」歷史語境中進行的。僅就編輯工作而言，當時的工作重心是：如何服務、推動標準化與規範化的普通話寫作，既是考驗一個編輯工作者對語言感受、把握、斧削等能力高低的目標，也是考驗他與集權式國家體制共存的試金石，還是他參與文化事業的隱形槓桿。當時客觀背景是，無論是 1955年 10 月連續召開的全國性的「全國文字改革會議」和「現代漢語規範問題學術討論會議」，還是《人民日報》、《光明日報》、《中國語文》等各類媒體紛紛發表的各種社論，或是國務院、教育部等行政機構發表關於推廣普通話的各類指示，可以說整個文字改革工作除簡化漢字外，都是爲漢民族共同語——普通話的推廣與普及鳴鑼開道的。水漲船高、步步爲營，山雨欲來風滿樓之類的概括，也甚是妥切。如《人民日報》社論要求：「語言的規範必須寄託在有形的東西上。這首先是一切作品，特別重要的是文學作品，因爲語言的規範主要是通過作品傳播開來的」，由此「文化行政部門也應當採以一些措施加強廣播、舞臺、電影和出版物語言的規範化，特別是要注意……在出版機關加強文字編輯工作。」〔註8〕又如毛澤東在《中國農村的社會主義高潮》中的《合作社的政治工作》前面加的按語，聲稱：「在這裡要請讀者注意，我們的許多同志，在寫文章的時候，十分愛好黨八股，不生動，不形象，使人看了頭痛。也不講究文法和修辭，愛好一種半文言半白話的體裁，有時廢話連篇，有時又盡量簡古，好像他們是立志要讓讀者受苦似的。本書中所收的一百七

<hr/>

〔註 8〕 《人民日報》社論：《爲促進漢字改革、推廣普通話、實現漢語規範化而努力》
1955 年 10 月 26 日。

十多篇文章，有不少篇是帶有濃厚的黨八股氣的。經過幾次修改，才使它們較爲好讀。雖然如此，還有少數作品仍然晦澀難懂。僅僅因爲它們的內容重要，所以選錄了。那一年能使我們少看一點令人頭痛的黨八股呢？這就要求我們的報紙和刊物的編輯同志注意這一件事，向作者提出寫生動和通順的文章的要求，並且自己動手幫助作者修改文章。」〔註9〕

除了黨報社論、國家領導人這樣反覆要求外，相關會議精神、雜誌辦刊方針也承此而來。現代漢語規範會議決定提出六項具體建議，其中第六條是建議各出版社、雜誌社、報社以及廣播、戲劇、電影部門加強稿件在語言方面的審查工作，並且在讀者、觀眾和聽眾中廣泛進行漢語規範化的宣傳工作。〔註10〕《國務院關於推廣普通話的指示》第五條內容：「全國各報社、通訊社、雜誌社和出版社的編輯人員，應該學習普通話和語法修辭常識，加強對稿件的文字編輯工作。」〔註11〕類似的要求不斷提出，道路已經鋪好。剩下的事情是，編輯工作者，你準備好了嗎？

在漢語規範化內涵不斷添加、豐富中，在各類作家非普通話寫作局面得到牽制與扭轉過程中，一直凝結著廣大編輯工作者的汗水與智慧。顯然，整個過程非常複雜，有反覆、有曲折，有寒流，也有暖流。擇其大略，主要涉及技術、觀念兩重層面和標準如何定位的問題。

先就單純的技術層面而言，漢語規範化原先針對的是什麼呢？還原到當時歷史，以漢字簡化、推廣普通話爲支柱的漢語規範化運動，最早的出發點主要是針對全社會文化水平低下而言。如運用字詞含糊、混亂，多錯別字，亂用標點符號；語法不嚴謹，病句錯句突出，不合邏輯；亂用簡語、自創別字等等。而且，值得一提的是這些毛病還在新聞寫作、公文寫作中蔓延開來。自然，這與新中國成立後提出的過渡路線不相稱，也與通過普通話寫作的提倡達到文化認同的宏圖相背離。——編輯工作者最起碼的工作任務，也由此展開。因類似「技術活」，一條一條處理起來也得心應手：如對濫用或亂用虛詞者加以改削，對表達條理不清者加以理順，對遺漏或錯用標點者加以訂

〔註9〕　引自《語文學習》1956年2月號，《毛主席關於反對黨八股和改進報刊編輯工作的指示》。

〔註10〕　《現代漢語規範問題學術會議決議》，《現代漢語規範問題學術會議文件彙編》，科學出版社，1956年，第217頁。

〔註11〕　見《現代漢語規範問題學術會議文件彙編》，科學出版社，1956年，第250頁。

正。這樣一番去蕪存精工作下來，文化教育不足所造成的低級毛病便自然大為改觀。不過，源源不斷的文學青年湧現出來，又大多出自工農兵基層，使得這一工作一直成為頭等大事。50年代初，黨和政府十分重視新作家特別是工農兵作家的培養，採取了多種措施：成立專門培養作家的中央文學講習所，《文藝報》等當時權威的刊物傳媒設有通信員專欄，倡導從自然來稿中發現苗子加以培養。1954年，中國作協創辦《文藝學習》雜誌，主要是普及文學知識和寫作技巧。1956年，中國作協和團中央聯合召開全國青年作者會議。這些措施鼓勵、扶持了一大批有寫作潛力的作者，但同時因為作者水平普遍偏低，使得編輯們的工作更為辛苦，諸如提升主題、安排情節、疏通語言，甚至代為執筆，都是普遍的現象。

後來，隨著文化生態環境的惡化，語言觀念、等級概念發生了變更，清理的範圍與方式都發生了相應的變化。其中，包括眾矢之的地批判寫作中運用方言土語，喜用半文半白，歐化的表述等傾向。——饒有意味的是這一批判對象的滑動，新的問題也油然而生，如方言土語在文學作品中到底占一個什麼地位？對推廣普通話、漢語規範化的強調，它必然壓制方言、土語嗎？為什麼在建國前的抗日語境中與解放戰爭時期裏，寫作中的方言土語卻得到大力提倡？對隱於民間，在作家筆下普遍存在的方言問題的包圍與批判，絕不是一個單純的語言技術層面上的問題。半文半白的問題也如此。另一方面，當時就這一問題存在著反覆的、長期的、激烈的爭論，加上當時樹立為榜樣的毛澤東同志與魯迅先生的著作，在各個時期對此持保留性意見，闡釋的誤讀帶來結論的不穩定，因此在此方面似乎沒有達成壓倒性共識。——這給編輯工作帶來了難度，變成一個如何處理文稿中不同風格的觀念層面問題。加上缺少現成的語法書或詞典作為參考，也加強了這種搖擺性。時常會出現這種聲音，每個作者有固有的寫作趣味與語言習慣，以此也形成他自己的特色甚至風格，編輯工作者如何保持適度原則，成為令人頭痛的事。譬如，在短暫的「雙百」方針風行之時，作者們的牢騷與抱屈就冒出來了，費力不討好的指責就落在編輯身上。不妨舉兩個個案為證，曾有一個叫杜方明的作者在當時「百花齊放、百家爭鳴」的風潮中，感受到政治鬆動後文藝氣氛的活躍，作《病梅》一文投書《文藝報》，投訴有些編輯同志見風是雨，對待作品像種花人對待梅花一樣斧削他的文章。編輯同志是這樣把不合規範化要求的語言一一訂正過來的：「例如我寫一個農民很怕老婆，老鄉們管他叫『見天兒頂燈

的』，這『見天兒頂燈的』是北方土話，自然不合『規範化』，因此蒙編輯同志改為『非常怕老婆的人』。至於『壓根兒』就給改為『根本』，『咱們』就給改為『我們』，『趕明兒』就給改為『明天』，『有朝一日』就給改為『將來會有那麼一天』……如此這般，語言倒是完全『規範化』了，既沒有方言土語，也沒有半文不白的詞句了，可是全都乾燥無味，像個瘌三。」作者非常擔心這樣「化」來「化」去，會「化」出許多病梅來。因此提議編輯同志對於漢語規範化，「最好不要過於執。」〔註12〕這樣的例子怎樣看待，是個燙手的山芋。從文稿的修正力度看，毫無疑問編輯同志是花了不少工夫與心機，認真對待過的，可見為人作嫁衣之艱苦。就修改效果看，與普通讀者想像中的規範化語言相吻合，對方言土語、半文半白語言說「不」，也是時勢所趨。問題是，這是「過於執」，還是必須這樣「執」呢？是作者對他寫作習慣與趣味的留戀與偏愛，還是無理取鬧式的捍衛呢？不然，為什麼不去求得皆大歡喜之結局。後來《文藝報》有人撰文回應，不同意杜方明作者的結論，認為編輯對方言土語加以適當修改的必要，符合語言規範化的要求。不過在文中也透露出一個信息：「『雙百』方針後，報刊編輯幾乎成了『眾矢之的』，成了作家指責、譏笑的對象。」〔註13〕類似的批評還有，有人當時在《人民日報》上就指出「近年來，有些報刊和書籍出版社，任意刪改文章的風氣頗為流行。」譬如把「姑娘」改做「少女」，把「無濟於事」改做「沒什麼用處」，這樣有損於作家個性的表現。此外，估計此文作者遭遇過他文中所舉的文稿經過編輯之手後面目全非的經歷，還進一步認定：「我們目前的文章風格之所以如此『乾巴巴的』，某些執筆如刀的編輯是出了一把力的。」〔註14〕

　　綜觀整個50年代，在前期這方面的情況並不多見，這得力於當時提倡的思想改造運動，即使是編輯們對作者文章動過手術，作者也噤若寒蟬。50年代中期以後，對社會主義文化建設高潮的期待、雙百方針的實施，使這一情況露出冰山一角。50年代後期，由於文藝思潮工作重點的轉移，使得這一情況一直不明朗，沒有集中爆發類似問題。在總結建國10週年之際，語言學家王力對此有一篇緩和兩者矛盾的文章，對此輕描淡寫了一下：「自從漢語規範化提出來以後，聽說有的作家擔心會妨礙語言的發展，實際上是擔心下筆不

〔註12〕杜方明：《病梅》，《文藝報》1956年15號。
〔註13〕胡谷：《病梅乎？偏愛乎？》，《文藝報》1956年22號。
〔註14〕馬前卒：《關於刪改》，《人民日報》1956年8月7日。

自由。的確，聽說有個別的編輯同志把作家的稿子作了不適當的修改。不過那只是極個別的對漢語規範化工作的誤解。據我所知，對漢語規範化有正確認識的人，誰也不會限製作家的語言。」〔註15〕不過，這種論調似乎並不真實。倒是與時俱進的周揚提出編輯工作者要放開語言問題，轉而主抓思想內容方面的問題。

50 年代由於意識形態領域的鬥爭相當頻繁，思想改造、鬥爭所及，使得編輯工作者疲於奔命。出版社、報刊雜誌編輯部也是只有招架之功，譬如出版社就一次次停產查書，印廠挖改紙型，抽頁排版，有些已出的書還不得不停止發行。這樣比較，編輯在語言技巧、觀念層面的疏忽、錯誤往往容易掩飾，基本上構不成當時文藝運動的核心。它夾雜在一波未平一波又起的文藝思潮運動中，在大風大浪中顛簸，時隱時現成為一種常態。

二

從以上案例可知，編輯加工文稿在當時頗為普遍，相同的口吻是太過了，包括對語言規範的理解在內。——顯然，這是一個值得討論與深思的問題，也許折騰起來仍還沒有答案。據我看來，編輯在處理此文稿過程中，似乎有矯枉過正之嫌。一是作者的寫作水平已超越出現常識性錯誤的地步，他追求的是如何使文章富有生氣、個性，魯迅所說的作家「煉話」的權利和自由應予以尊重；其次，歷史地看，歷代作家在此方面的探索是層出不窮的。如古詩中的方言「入詩」「入文」現象；方言成分本身生生不息的生命力與魅力；現代作家大量的運用家鄉群眾口語的創作事實，都不是規範化所能簡單籠罩與否定的。再次，一切語法、修辭都是根據文學作品，經過人為努力歸納和總結出來的。這裡似乎又涉及一個雞與雞蛋的關係問題，作為約定俗成的規範化事物，事實上一直落後於群眾口語，一直落後於汪洋大海般的各類文學作品，一直落後於語言自身的發展。此外，就民族共同語和方言的關係而言，前者是在某一方言的基礎上發展而來的，它不斷地從其他方言裏吸收營養；前者的形成並不以方言消滅為條件。〔註16〕這是語言的自然規律，不是說一旦大河改道就改得成功徹底的。——當然，這也是一個見仁見智的話題，同一例子與現象，有人會得出截然不同的結論。

〔註15〕王力：《語言的規範化和語言的發展》，《語文學習》1959 年第 10 期。
〔註16〕參見羅常培 呂叔湘：《現代漢語規範問題》，《中國語文》1955 年第 12 期。

依此理路看來，編輯工作者進行語言加工整理時，如何進一步把好「何為標準」的關呢？如何在求穩定、求規範的同時，給求變化、求發展創造條件呢？這才是加強規範化本身一直還在探索的問題，也是編輯工作甘苦自知，何去何從的關鍵。具體落實到每一份編輯工作那裡，一方面是充分調動編輯本身的知識儲備，摸著石頭過河，盡可能地發揮主體積極性，做到既不拘泥於某個文件，又不為作家的意見所左右；在講求規範的同時，也為語言的發展騰出空間。另一方面，編輯工作也是富有創造性的智力活動，長遠的利益與現實目標是有機結合，不可分割的。思想自由與表達自由，寫作自由與多樣化，是作家與編輯工作者所共享的和不可缺少的價值標準。標準、規範的樹立，是作為一個理想的高度，可是並不具體，即使出臺一個大體的規範也可能出現每個人的理解各不相同。因此，這樣的矛盾是不可避免的。

總而言之，對於作家而言，寫什麼，怎樣寫，這是兩個關鍵問題。是否用普通話寫作，是否提煉方言土語，是否夾雜文言成分，是作家風格形成的因素，本身與作家長期熟悉的生活密切相關。普通話寫作，像方言寫作一樣，自有其優劣。如果否認這一點，一刀切，似乎得不償失。相應地，對編輯工作者而言，尊重和採擷花色各異、姹紫嫣紅的作品，也是參與保留豐富的地域文化、追蹤語言自身流變軌跡的方式。只有這樣，才能擺脫編輯工作中技術主義至上的束縛，在一個創造文化、創造文明的時代實現生命個體的價值。

第二節　舊作修改與自我編輯

對於文學青年，或者入行不久的作者，編輯動筆修改的幅度相對較大。而對於在 20 世紀上半葉成名的作家，或資格較老的作家，自我編輯的分量更大一些。這一批作家有不少曾在編輯崗位上長期耕種過，編輯出版過的報紙雜誌也有口皆碑。相比之下，編輯工作者對他們的作品要省心一些。「他者」的力量削弱了，自我修改的份量卻加重了，特別是在重新出版過去的作品時，現代作家們在不斷地反覆修改、自我編輯，試圖通過修改舊作重新發表來脫胎換骨，這一過程中當然也混雜著編輯工作。因此，本節這裡擇取編輯的廣義，並不限定專門的編輯們對別人文稿的編輯加工。

1949 年以後，經過調整與合併，全國性的國營龍頭出版社橫空出世，那就是成立於 1951 年 3 月的人民文學出版社。作為國家級的文學出版社，其權

威性不容置疑，一個直接的結果便是一般作者的作品很難登堂入室，人民文學出版社出版的圖書、推出的作家基本上帶有定評性質。50 年代中期，由人民文學出版社等出版機構，陸續以「綠皮書」、「白皮書」爲標識給「五四」以來的著名作家出版選集、選本和文集。這一工程選錄了一批代表性作家過去二三十年的代表性作品，作品雖然是重版，但作家本人不敢怠慢，對舊作做了不少帶實質意義的選擇和修改。新舊社會變動，所引起的修改舊作，在五六十年代成爲一種風氣與時尚，幾乎沒有哪個作家能夠幸免，幾乎沒有哪個重版的作品能夠免俗。在重版的過程中，出版社的編輯也有權力和義務進行適當的修訂潤色，但當時最多的是作者自我編輯，當然也包括出版範例和出版社事先要求的結果。

沐浴著新時代春風的作家也積極配合這一運動。「作品未發表時，作者可以任意修改，爲什麼一經發表，就剝奪作者修改的權利呢？」〔註 17〕五十年代以修改爲榮的巴金，便將問世以來的代表作《家》先後改過近十次，其理由是「作家寫東西又不是學生的考試卷子，寫出來後不能改。作家經過生活，有些事情過去不瞭解的，現在瞭解得比較充分了，就有責任說出來。爲什麼不能改？爲什麼不讓我進步？」〔註 18〕從他的表述來看，似乎不讓他這樣做是不合情理的。他還宣稱「願意做一個『寫到死，改到死』的作家」。〔註 19〕何其芳有一個對應性的說法，「怎樣才算修改的功夫用夠了呢？改的遍數多還並不就等於改得夠。衡量夠不夠的標準我想有兩個：一個是內容正確，一個是讀者容易接受。」〔註 20〕這樣看來，修改並出版自己的作品，變得複雜起來。

一

文章不厭千回改，本是文學史上的常識。中國人講究立德、立功、立言的「三不朽」，事關「不朽之盛事」的文學，是立言之事業，不可等閒視之。杜甫、賈島的苦吟，歐陽修、王安石的推敲，都是千古流傳的文壇佳話。在沒有編輯的年代，曹雪芹在悼紅軒裏，對他的《石頭記》披閱十載，增刪五次。無論古

〔註17〕馮至：《詩文自選瑣記》（代序），《馮至選集》（第一卷），四川文藝出版社，1985 年，第 4 頁。

〔註18〕葉中敏：《巴金談寫作與生活》，香港《大公報》1984 年 10 月 27 日。

〔註19〕巴金：《談〈秋〉》，《收穫》1958 年第 3 期。

〔註20〕何其芳：《談修改文章》，《西苑集》，人民文學出版社，1952 年，第 2 頁。

今，正常狀態的修改，是一種無可非議的生命投入，是一種打造精品的寶貴意識。然而，作家們在 50 年代對舊作的大修改，大多已經偏離了正常狀態的修改，往往在倒髒水的同時把孩子也潑出去了。在急遽的社會文化變遷中，現代作家在無所適用中想改造自己，抓住的救命稻草是企求通過重新出版著作來換取，這樣就出現了裂縫與錯位。這一縫隙在今天質疑昨天、明天會更美好的進化論中越拉越寬長，這一錯位在體力勞動與腦力勞動的尊卑中越來越明顯。

20 世紀 50 年代的知識分子思想改造運動，以及文藝界波瀾迭起的批判《武訓傳》、批判胡適、批判胡風和反右派鬥爭中，文藝的政治標準逐漸被強化、片面化和極端化，導致作家調整內容、觀念。五十年代作家對內容的修改，就涉及到詞句、段落、結構、主題和人物。現代漢語規範問題學術會議等，導致了對語言的規範化認識與修改。為了語言表達的準確規範，老作家出版舊作，都對語言進行了修改。作家修改語言，以葉聖陶最具有代表性。作為語言學家和教育部副部長，葉聖陶在漢語規範化進程中，一直走在最前列。新中國成立後便開始了這一工作。其子葉至善是這樣為他辯護的：「他在學校讀的是文言，寫的也是文言。『五四』前後提倡寫白話文，寫出來的其實是四不像：文言的成分還相當多；又摻雜些外國腔，是從當時那些生硬的翻譯文字學來的；再加上些舊小說中的古代口語和別地方人不能懂得蘇州方言。這樣的文字不整理一遍，叫人怎麼看得下去呢？」〔註 21〕1954年，葉聖陶在編選他的短篇小說選集時，對每個作品都做了語言上的打磨。1957 年，葉聖陶在編選《葉聖陶文集》（共三卷）時更加努力。他在前記中是這樣說的：「這回編這個第一卷，我把各篇都改了一遍。我用的是朱筆，有幾篇改動很多。看上去滿頁朱紅，好像程度極差的學生的課卷。改動不在內容方面，只在語言方面。內容如果改動很大，那就是新作而不是舊作了。即使改動不大，也多少要變更寫作當時的思想感情。因此，內容悉仍其舊。至於舊作所用的語言，一點是文言成分太多，又一點是有許多話說得彆扭，不上口，不順耳。在應該積極推廣普通話的今天，如果照原樣重印，我覺得很不對。因此，我利用業餘的時間，諸篇改了一遍。改了之後不見得就是規範的普通話，我還抱歉。」〔註 22〕另外第二卷和第三卷都是以同樣方式進

〔註21〕葉至善：《編後絮語》，《中國現代作家選集・葉聖陶》，三聯書店香港分店，1983 年。

〔註22〕葉聖陶：《〈葉聖陶文集〉前記》，《葉聖陶文集》（第 1 卷），人民文學出版社，

行，據考據家所言，印行時還有部分系編輯所改動。葉聖陶不僅把收入文集中的短篇小說修改了一遍，還把長篇小說《倪煥之》也做了字斟句酌的修改。〔註 23〕一位長於史料辯證與版本發掘的學者就認為人文社《葉聖陶文集》三十章本的《倪煥之》，不但不是原貌版本的還原，而且改動最多，「不詳細察看發排原件手迹，就無法判定哪些改動係作者親筆、哪些改動為出版社編輯所做。」〔註 24〕

　　與葉聖陶的自覺帶頭不同，茅盾修改作品，既有審稿的責任編輯的提示，也有自己半推半就的自我編輯思想在起作用。剛從文學講習所出來的龍世輝，在成立不久的人民文學出版社書稿整理科工作，接受的第一個審稿任務是茅盾的《子夜》。1951 年 9 月，人民文學出版社根據開明書店的紙型，重新印刷出版茅盾代表作《子夜》，作者當時在文化部部長的職位上。涉世不深的龍世輝接受任務後，受當時思潮影響，對《子夜》大刀闊斧地提出傷筋動骨的意見，或是思想，或是情節安排，或是語言表達。身居廟堂之高的茅盾十有八九從之，1954 年重版說明中，修訂總計達 620 餘處，所有章節均有不同程度的修改，如第十五章修訂最多，達 60 處之多。〔註 25〕從舊中國過來的現代文學作家，在新中國再版他們的作品，成為黨的行為。黨運用出版的手段重新審查他們的作品，賦予它以合法性，宣示黨的文藝方針和政策，確立黨的導向。作家對原作的修改，是接受黨的領導，彙報思想改造狀況的成績單。」〔註 26〕這似乎不只是一份成績單，倒像是一份展覽的標本，供後人評說的話題更多了，更雜了。

1958 年。

〔註 23〕 1953 年人民文學出版社出版《倪煥之》（刪節為 22 章），由方白和馮雪峰負責編輯，葉聖陶有日記記之：「人民文學出版社送來整理過之《倪煥之》一本，於不甚妥適之語句，故意用古寫之字體，皆提出意見，囑余自己定之。余十之八九從之。」

〔註 24〕 龔明德：《葉聖陶〈倪煥之〉的版本》，《昨日書香》，東南大學出版社，2002 年，第 69 頁。另外，該學者認為「《倪煥之》1928 年誕生，到現在已超過七十年的歷史了。可是至今還沒有一個校勘精良的版本，這不能不說是出版從業人員的失職，至少也算盡職盡責不夠。」希望有一個經得起檢驗的編校精良又具有版本學價值的優質圖書，「告慰於終其一生對圖書編校質量十分關心並身體力行的作者」。出處同，第 72 頁。

〔註 25〕 孫中田：《〈子夜〉的藝術世界》，上海文藝出版社，1990 年，第 223 頁。

〔註 26〕 王得後：《中國現代文學作品的彙校和校記問題》，《中國現代文學研究叢刊》2005 年第 2 期。

　　50 年代重新出版著作最多的是郭沫若，此外，如茅盾、老舍、葉聖陶等作家也有資格不斷重版自己的作品。與這些當紅作家不同，有些被新中國文藝政策篩下來的作家機會則少得多，但一旦有機會，他們也是依樣畫葫蘆，全都如此照辦。馮至在 50 年代中期編選出版過《馮至詩文選集》，這位低調的詩人有機會編選自己的詩文時，也免不了作了不少刪改與自我編輯工作，在改動字詞與句子時，他當時定了三條，其中兩條是這樣的：「第一，二十年代有人寫作，有時在文句間摻入不必要的外國字，這樣就破壞了語言的純潔性，我當時也沾染了這種不良的習氣。如今我讀到這類的文句，很感到可厭。因此我把不必要的外國字都刪去了，用漢字代替。」「第三，文字冗沓，或是不甚通順的地方，我改得簡練一些，舒暢一些，但是另作修飾。還有古代的用詞，必要時我改爲今語」。〔註 27〕

二

　　以人民文學社爲例，白皮書、綠皮書是五十年代所出版的現代文學名著重版，數量較多，幾乎沒有一本沒有類似「經作者修訂、重排出版」字樣。當時編輯在行使自己的權力，一般是委婉提出，但作者無不遵命，一律照辦，知識分子人人自危，最害怕自己思想上的餘毒未清。作家既然小心翼翼，當然，儘管心裏對編輯意見未必同意，也只能唯唯諾諾，表示同意。否則就不可能出版。

　　鄭振鐸於 1959 年出版文集，扉頁之後影印了作者手迹給人民文學出版社二編組的一封信：「我的文集第一卷，已經編好。在文字上，曾經作了一些修改，並刪除了些。你們如認爲仍有須斟酌處。請告知。最後一篇《訪問》，請看看，要不要加入？《向光明走》雖是斷片，但沒有發表過，是描寫五四運動的，似還可用。」不久鄭振鐸因飛機失事去世，沒有親眼見到自己文集的出版，後來出版的文集第一卷卷首有這樣的說明：《訪問》是否曾經發表，一時還未查明；編輯在作者編好的稿子裏增加四篇，分別是《朝露》、《七星》、《風濤》和《汨羅江》，說明當時編輯工作做得很細，也可以代筆，有高於作者的選擇與取捨權利。另外如《靳以文集》（上卷）也是作者生前編訂後因去世而沒有見到書的面世。據內頁的編輯校勘說明，除《造車的人》、《渡家》

〔註 27〕馮至：《詩文自選瑣記》（代序），《馮至選集》（第一卷），四川文藝出版社，1985 年，第 4～5 頁。

兩篇曾經作者作過較大的修改外，《生存》、《小紅和阿藍》、《跟著老馬轉》等篇個別詞句，「我們編輯時略作了一些必要的修改。」

對於已經故去的著名作家，出版社編輯根據需要「作了一些必要的修改」。有些是在告知欄目裏，但並不是所有的這類「必要的修改」都會公之於眾。

三

對方言土語的修改，這種改變主要集中在那些地域性比較強的作家選集。黃谷柳在 1957 年由通俗文藝出版社重版《蝦球傳》時，自己把其中的廣州方言全部改成普通話。〔註 28〕丁玲獲斯大林文藝獎的《太陽照在桑乾河上》一直在語言的群眾性、純潔性和規範化方面進行探索，在 50 年代的不同版本中有具體的反映。1955 年 10 月出版的修改本，正文改動處達幾千處之多〔註 29〕，主要涉及群眾語言和語言規範化，也就是通過實踐行動為普通話寫作添磚加瓦。50 年代四川作家李劼人修改《死水微瀾》、《暴風雨前》、《大波》三部曲時也是如此處理。譬如《死水微瀾》是 1935 年發表的，當時出版後避居日本的郭沫若讀完此書後揮筆寫成《中國左拉之待望》一文，認為其中「用四川土語，尤倍覺親切」，李劼人是「寫實的大眾文學家，用著大眾語寫著相當偉大的作品的作家」。1955 年 10 月作家出版社出版作品的修訂本，作者在內容上幾乎未做任何改動，不像某些作家大肆修改舊作以跟上時代，但語言風格迥然不同，有研究者對此表示過不滿，「修訂本主要的改動，是把初版大量成都官話與方言換成五十年代普通書面語，我覺得真是大可不必，因為成都官話和方言並不難懂，再加上作者原來的注釋，完全有資格作為文學語言而獨備一格。改成普通書面語，味道全失。」〔註 30〕這是一種指責。新中國成立後，普通話代替方言土語，借助語言的統一來抵擋地方文化的分離，對作家而言，以前以地域文化著稱，現在一切皆全國化，為了便於達到這一目的，不得不改變文學語言；某一地方的群眾，也不再具有地方性，整齊劃一地強硬要求全國化，類似的修改也就一點也不奇怪了。

〔註 28〕 黃谷柳的親屬在作者去世後，在《蝦球傳》再版時則是這樣說的：「全國解放後，五十年代後期，谷柳把用廣州方言寫的《蝦球傳》改寫成現代漢語。」黃力：《〈蝦球傳〉再版後記》，花城出版社，1985 年，第 388 頁。

〔註 29〕 詳見龔明德：《〈太陽照在桑乾河上〉修改箋評》，湖南人民出版社，1984 年。

〔註 30〕 郜元寶：《想起了〈死水微瀾〉》，《讀書》2004 年第 11 期。

第三節　《虎符》版本校釋與普通話寫作

　　現代作家跨越一九四九年第一次文代會之後，便逐漸步入不同尺寸的文學軌道。新中國成立初期，整個文學創作、傳播、接受的生態大環境，都發生了河流改道式的翻天覆地之變化，深入而全面地影響了作家們的耕作與收穫。作為文學體制的內核之一，「普通話寫作」成為五十年代文學的主要範式。從五十年代初期開始，伴隨著對作家思想改造運動展開的是對方言文學的遺棄、對歐化與文言的清除，全力加速了語言的統一化、規範化進程，這一過程幾乎可以概括為朝普通話寫作方向邁進。具體到郭沫若《沫若文集》的出版，就相當典型地體現了普通話寫作的意圖與規約。此套文集一共十七卷，大部分出版於五十年代中後期個別延到六十年代初出版，差不多成為郭沫若作品的定本。《沫若文集》絕大多數作品中，「經作者校閱」、「全部經過作者修訂」是每一卷編輯說明中的常見語彙，普通話寫作一以貫之。現就《沫若文集》第三卷中的歷史劇《虎符》為例，試圖揭示這一歷史劇是如何修改的，作者在哪些層面適應了新的文學體制與語言規約。也就是說，《虎符》在五十年代的版本校釋所呈現出的版本變遷，與普通話寫作具有怎樣複雜的關聯呢？

一

　　作為一個橫跨 20 世紀不同時代而又不斷與時俱進的作家，郭沫若選擇的途徑之一便是通過文學作品的修訂與重版來實現這一理想，因而其作品版本大多比較繁雜，比如戲劇版本便很典型〔註31〕。作者根據不同時代的要求一直不斷地修訂、改動舊作，構成其文人生涯的主要側面。其中有些是主動追求，有些是被迫捲入，哪怕在五十年代以後，當他在居廟堂之高時，也均是如此。在他的整個作品體系中，《虎符》雖然在版本上不算最複雜的，但也屢經修改，幅度有大有小，版本校釋與修訂中傳遞出的信息相當豐富而且蕪雜紛呈。

　　從版本譜系來看，郭沫若於 1942 年 2 月 2 日開始創作，歷時十天至 11 日全部完成，隨後在重慶的《時事新報‧青光》副刊發表。初刊本面世不久，1942 年 10 月，重慶群益出版社出版單行本，其中還納入了《〈虎符〉緣起》、《〈虎符〉後話》諸篇，此版本再版（即再次印刷）過一次。1948 年，郭沫若避居香港時審時度勢地修訂了一遍，由上海群益出版社重新出版，其中包含

〔註31〕彭林祥：《郭沫若戲劇版本譜系考略》，《四川戲劇》2009 年第 4 期。

有作者標注在香港所作的《〈虎符〉校後記》一文，說「此次改版，我把本劇重新校閱了一遍，添改了一些字句。第五幕實在是蛇足，應該刪掉。」這一修訂過的版本又在 1949 年 8 月和 1950 年 2 月先後再版（即再印刷）。1951 年 7 月，上海的新文藝出版社（前身包括群益出版社）根據群益出版社 1946 年 6 月紙型重印，繁體豎排，累計印刷多次。從版本來看這次則是從頭再來，係根據初版本而不是修訂本重印。1951 年 7 月，《虎符》收到《郭沫若選集》由北京開明書店出版，也是以初版本收入。1957 年 3 月出版的《沫若文集》（第三卷），收入了《虎符》，此次是作者 1956 年 7 月 30 日前後在北戴河休假期間親自修訂改定的，修改幅度最大，後來成為該劇的定本。

　　人民文學出版社在《沫若文集》第三卷說明中是這樣介紹的：「《虎符》是 1942 年的作品，初版於 1942 年，現在是根據 1954 年新文藝出版社版並經作者作了較大的修訂編入的。」而這裡所說的「1954 年新文藝出版社版」恰恰是根據 1946 年群益出版社的紙型重印。換言之，郭沫若捨修訂版而取初版本來進行修訂與重構。在《沫若文集》第三卷的《校後記之二》中，郭沫若自己這樣夫子自道「這次改版，我又把全劇校閱了一遍，刪去了好些冗贅的話。第五幕我也加了一些修改。在第一景的末尾，我終於讓信陵君的幻影出現了一次（寫作期中本有此意），使如姬最後說了幾句話。經過這樣的修改，我覺得第五幕依然可以保留。」在此後記中，還有二段短的話，都集中於對第五幕內容去留的辯駁。落實在其它內容與語言表述上，「添改了一些字句」，「刪去了好些冗贅的話」是郭沫若對大力修改此劇本的交代，從字面來看作者說得很輕鬆，一筆帶過，研究者一般也忽略過去。但事實上，我們到底該怎樣理解這些說法的所指呢？在我看來，具體比較郭沫若當初修改時用的底本，以及修改後的版本，一一對校便可以詳細地得知這一情況，瞭解其「添改」之內蘊，「冗贅」之所指。

　　正是因為這一想法，當筆者將 1954 年新文藝出版社出版的《虎符》複印一份作為底本，用紅筆標識出它與《沫若文集》（第三卷）中《虎符》的差異時，在這一歷史還原與搜索的過程中，發現到處是紅筆字體的狂舞，而且並不均勻。換言之，郭沫若從內容到語言對此劇修改的幅度是相當顯著的，遠非郭氏所說的那樣輕鬆與簡單，其修改的心態也較為複雜。〔註32〕《虎

〔註32〕葉聖陶：《〈葉聖陶文集〉前記》，《葉聖陶文集》（第 1 卷），人民文學出版社，1958 年，第 1 頁。

符》是一個不足十萬字的劇本，但修改之處高達一千多處，修改字數達萬字以上；有些段落幾乎是重寫，有些頁面修改的文字超過了原來的文字；沒有哪一頁紙沒有改動過，一次刪改三十字以上的部分就有三四十處。早先也曾有研究者發現《虎符》從初版本到群益版共修改了 190 餘處，從 1948 年群益版到 1956 年文集本共修改了 930 餘處。〔註33〕

回顧歷史，我們可以看到從 1953 年到 1957 年短短的幾年之間，新中國作家的思想改造、普通話寫作的興盛，是其中的主要事件，思想改造與普通話寫作又相互糾纏，難以分離。這一切無疑造成了《虎符》在新的歷史語境下的版本變遷，其校釋及其版本文化充分反映了五十年代社會思潮與政治思想文化的嬗變。新中國成立開始的隨後幾年之中，思想改造成為一種社會運動，席卷全國，久久不肯停息。「思想改造」意謂思想的洗澡，它作為當時最為流通的中性詞，隨後卻變成了一個讓人退避三舍的貶義詞。1950 年代中期現代漢語規範化運動，促使現代作家進一步對自己過去的創作進行一番清理。「五四」以後的現代作家，不同程度存在語言混雜、不甚規範的問題，與普通話寫作要求相距甚遠。在以上歷史大事件中，都不可能離開郭沫若的身影，相反而是他時時處處會成為適應新社會規範的作家們的榜樣。譬如郭沫若在思想改造的運動中身先士卒，不但在講話與報告中決然告別舊我，而且在作品重版中大量修改以便矯正修飾自己的文學形象。50 年代初接受毛澤東交代的任務，為文字的拼音化、現代漢語規範化定調宣傳，指南針式地參與普通話寫作的建構。五十年代中期以後人民文學出版社出版現代作家的文集本，當時僅僅是郭沫若、茅盾、葉聖陶、鄭振鐸等少數作家享有此一殊榮，除鄭振鐸因飛機失事去世無法舊題新作外，其它幾位作家全都順理成章地按照思想改造與普通話寫作的要求大量刪削修訂舊作，以新的姿態凝定於紙墨之上。

《虎符》歷史劇從四十年代到五十年代，形象地說是此《虎符》不是彼《虎符》，它是以上所述語境中的標本之一。對於郭沫若《沫若文集》這樣的繁浩工程，非本人能力所及，也不是這一篇短文所能承載，這裡僅僅選擇《虎符》為樣本，試圖作一切片式或以管窺豹的分析，以便拋磚引玉引起學界的關注與思考。

〔註33〕李暢：《歷史劇〈虎符〉的版本與修改》，《四川戲劇》2008 年第 3 期。

二

　　作家思想改造的首要方式當然是作品內容與主題。郭沫若在《虎符》修改中，對作品原有主題思想的適當偏離，對正反人物形象與性格的部分重塑，對歷史觀念的微調細改，都隨處可見，因爲不是本書的重點，暫且不予詳述。可以肯定的是，思想改造可以通過文學作品的語言形態變遷來承載，思想改造抵達語言層面，迫使作家改變並接受一種新的語言形態，就意味著改變並接受一種新的生存方式。由國語而普通話，便是上個世紀四五十年代之交的主要環節。從壓制知識分子語言，到提升勞動群眾語言，從漠視群眾語言，到力倡標準而規劃的民族共同語——普通話，都是短短數年之間水到渠成之事。大面積的語言伸縮與規訓，我們通過五十年代現代作家忙著修改舊作，改頭換面之後以新的語言形態與文學形象重新面世，便可一覽無餘。〔註34〕

　　郭沫若通過修改舊作企求達到思想改造與普通話寫作的雙重目的，在詩歌、小說、散文、歷史劇中是如此，在文論中也是如此。以同樣的眼光來看《虎符》，情況大體是類似的。在重版中，有校正誤植、錯漏的，如改「攀析」爲「攀折」，作動詞用時改「槌」爲「錘」，改虎符上錯金書文字個數「十二個」爲「十一個」。爲了第五幕的合理性，刪去原版第五幕下說明「（此幕應刪，姑存原樣，以供讀者參考。——作者。）」劇尾寫作日期中的「三十一年二月二起稿」係指民國紀元，也已改成 1942 年。在內容上，抵毀秦國的部分得到了刪節處理，以「虎豹豺狼」、「洪水猛獸」譬喻秦國的語句基本刪除了，主觀性極強的語氣也溫和而節制了些。劇本擴展了信陵君臺詞部分，其主見性、預謀性有所加強，明君形象開始清晰、高大起來，而不是一個言聽計從、毫無主見的空洞形象；把中國改定爲中原，將偷符救趙的主題進行縮小化處理。另外，標點符號改動大概有五十處以上，主要是把逗號改爲句號的最爲普遍，這自然與五十年代初新的標點符號使用法的頒佈與流行相關。

　　從普通話寫作的角度來看，對歐化的清理，對文言的規避，對方言的限制，均是其中的核心環節。首先，文集本中的《虎符》版本啓動了對歐化的清理與整頓。在反歐化的旗幟下，在歐化語言中尋找歐化本身的缺點成爲一種思維定勢。消除歐化的直接手段，是將歐化腔進行自我辯識與修改。在具

〔註34〕《爲促進漢字改革、推廣普通話、實現漢語規範化而努力》，《人民日報》1955年 10 月 26 日。

體處理過程中，郭沫若採取以下幾種方式進行：一是對長句進行壓縮處理，調整語序，大體符合中國人說話的習慣。漢語中的歐化句特別是複句之中，各分句層層增添，使句子變得累贅，將此類比較拗口的歐化長句改短，調整詞序與句序，努力使語言表述規範化與本土化，達到去歐化的目的，這是五十年代去歐化的習用法。在《虎符》中到處可見此類方法的沿用。二是對歐化句式進行「清污」，典型的是「是……的」這一句式的大量刪改，另外還有「假使……的話，就怎麼」或「……的時候」這些句式也減少了不少。在《虎符》中將判斷句改為描寫句，去掉歐化的「是……的」這一造句結構的就有四十六處，將「是……」或「……的」改動的有二十五處，將「……的時候」改動的有七八處之多。譬如：「我是沒有告訴別人的」改為「我沒有告訴別人」，「萬一有人來的時候，還是以咳嗽為號」改為「萬一有人來，還是以咳嗽為號」。從全劇來看，改「假使」句為「如果」句貫穿始終，這樣英文「when」、「if」的翻譯型句子便大量沖淡了。

　　其次，對文言的揚棄也在《虎符》中全面體現出來。具體表現之一是將文言詞彙刪除，改為現代人的口語，包括實詞與虛詞兩類。比如：姊妹──姐妹（箭頭前為《虎符》原版語彙，箭頭後為文集本語彙，全文均此），黥墨──黥刑，投之──投擲，子息──兒女，頑囂──不好，乖僻──不好，劫取──打劫，兵士──士兵，人眾──眾人，拜見──請安，丫嬛──丫頭，忖度──揣測到，反為不美──反而不好，在所難免──難免，祖宗所留下的國祚──祖國，來蹈你們的覆轍劫取──來做替死鬼，分工而作──去工作，血食──江山社稷。另外刪去表連屬關係的文言「之」共五處，如左側之一半──左側一半。表現之二是調整語彙，主要是變單音字為雙音字，比如：叩──叩頭，如──如果，受──遭受，救──援救，恩──宏恩，疲──疲敝。表現之三是將古代的說法，換成現代的說法，顯得通俗易懂，便於普及大眾。在第一幕開頭魏太妃與如姬談話中談到邯鄲被圍的嚴重困境時，有這樣的話「他們竟鬧到『易子而食，析骸而焚』的地步了」改為「沒有東西吃，有時吃死人肉，沒有柴燒，有時燒骸骨。」另外是將劇中人物的名稱全部添加成完整的人名，不但在安排人物臺詞時標識這樣，而且在正文臺詞之中，也同樣類似處理。譬如，母──魏太妃，信（信陵）──信陵君，夫人──平原君夫人，姬──如姬，侯──侯嬴，這樣帶來一個好處是比較清楚人物的言行，特別是遇到兩人同姓時不要去費力辯識了。表現之四是歷

史劇的人物對白大面積地現代口語化。仔細分析《虎符》的語言風貌，大體介於現代語言與淺顯文言之間，沒有古化，也沒有現代摩登語言。雖然布景介紹、戲劇動作、神情暗示，以及第二幕中大梁市民為信陵君等餞行的祝詞是文言化了的，但考慮到歷史劇的語言觀，似乎略有存在的理由；而且郭沫若也沒有推倒重來之意，保留了一部分。

再次，減少方言成分。表現之一是刪除方言語彙，典型的莫過於刪吳語語彙「事體」，事體──事，事體──故事，事件──事情，顯得比較頻繁。這一帶有吳語標誌的名詞，郭沫若在四十年代也有刪除調整的，但沒有清除乾淨。另外譬如曉得──知道，打救──搭救，等起──等，好多──多少，也甚常見。刪除的虛詞有連詞「而且」、「因為」、「但」，副詞「其實」、「大概」等。句尾的語氣詞「吧」、「啦」、「嗎」等改動甚多，其中以語氣詞「啦」結尾的句子改動最多，一共達 50 餘次。表現之二是作者私人性的一些不太準、帶有未定型的語彙大量微調，如：整理──整頓，最終──最後，蒼皇──倉皇，不只──不止，坐位──座位，援救──救援，帶面具──戴面具，那──哪，分──份，像──象，他──它，得──的，好的──好，吧了──罷了，的──地，他們──她們，絡續──陸續，攻擊──攻打，打戰──打仗，便──就，笨──愚蠢，疲──疲敝，窘迫──危險，攪──搞，講話──說話，好多──多少，利害──屬害，雄壯──英勇，章法──調子，那嗎──那麼，花子──叫花子，黑狗──黑狗肉，殲滅──打敗，亂子──岔子，大口──海口，法術──本領，黑巾──黑紗，恐駭──恐嚇，要得──好，狗子──狗，便──就，每每──往往……類似的語彙改動頗為多見。在這諸多改動中，可以看到語言隨時代的變化而發生的變革，比如到了 50 年代，「那兒」與「哪兒」、「底」與「的」、「嗎」與「麼」就分辨得清楚了，導致郭沫若修改時在兩者互換改動就較為頻繁。表現之三是大量減少口語表述，大多數句式從舒緩、遲疑的口語狀態變成了陳述句或肯定句，乾淨利落的句子大量增加，有語言體溫的感性的句子自然減少。這一變化估計受毛澤東政論性的語言影響較大，當時毛澤東的政論語言被奉為普通話的標本。像「慷慷慨慨地送死」改為「慷慨犧牲」，意思沒變，但整體給人感覺語言質地變動顯著，句子節奏、伸展程度、語言韻味完全不同了。另外句首表示判斷、商量、猶豫、不太確定的語氣成分大多被刪，「我看」、「真不知道」、「差不多」、「恐怕」、「我是聽說過的」、「本來」、「你怕還不知

道」等大量被砍掉，便可略知此端。表口語狀態的句子還涉及到大量語氣詞的去留，改動較多的句子結尾是「啦」字與「呢」字，前者減少 54 個，後者減少 29 個，這樣撒嬌式的、詼諧式的口頭語減少了，語言的質地趨於板結與硬化。

眾所周知，在普通話寫作的建構與實踐中，要算普通話與方言的關係更為複雜，比較語彙與語法兩個方面，明顯是後者最難處理。口頭語與方言比較接近，政論式的書面語則離方言較遠。由於去方言化，口語形態則逐漸被淘汰，一方面是句子不斷生硬化，韌性減弱，語言形態變得單薄而貧瘠，一方面是有頭有尾、語言成分完備的規範句子擁擠到一起。在現代詩中以口語寫作著稱的于堅，曾稱「普通話把漢語的某一部分變硬了，而漢語的柔軟的一面卻通過口語得以保持。這是同一個舌頭的兩類狀態，硬與軟，緊張與鬆弛，窄與寬」。〔註35〕于堅指出的這一狀況，其實是很普遍的，在郭沫若五十年代的修訂中便開始蔓延了。

三

人民文學出版社將郭沫若大量修改的《虎符》納入《沫若文集》出版，在郭沫若生前，《沫若文集》的諸多作品入集便具有定本的性質，自然喚來學術界的喝彩聲。不過，在我看來，像當時的許多同道一樣，在新的時代語境與意識形態下，反覆修改舊作帶來一個潛在的問題，即是改好了還是改錯了呢？是改多了還是改少了呢？也許從版本學考察，僅僅是版本本性發生了變化而已。但不容否認，五十年代匆促上馬的諸多文集出版，存在良莠不齊現象，許多修改也並沒有起到積極的正面效應，有好有壞。而且這一修改變化的背後，我們不能不深思其中潛伏的思想根源。每一次改動都殘留著思想的痕迹，正確與錯誤、前進與後退，都攪和在文本之中。

郭沫若當時創作《虎符》歷史劇只用了十天時間，而且這十天時間大體還有應酬與工作，一天大體完成七、八千字，可以看出當時郭沫若寫作時痛快淋漓的快感，也大體可以洞悉郭沫若的語言功底與文采風流。郭沫若在寫作時，一般具有驚人的寫作速度，加上作品發表的便利，郭沫若在二十世紀上半葉很少大量修改。而納入文本的《虎符》，作者大量修改之時實乃 1956 年 7 月郭

〔註35〕于堅：《詩歌之舌的硬與軟》，《拒絕隱喻》，雲南人民出版社，2004 年，第 137 頁。

氏在北戴河休假之中。查郭沫若年譜之類資料，這一次他在北戴河只呆了幾天，給人一種幾乎是在改稿而不是休假的印象。從改筆來看可以看出作者心情的好壞與起伏。作者在校後記中強調修改過的《虎符》第五幕，其實修改幅度是比較少的，比較而言，修改幅度最大的是第二幕，其次是第一幕、第三幕、第五幕、第四幕。從每一幕內部來看，也不均勻。比如第一幕開頭二、三頁修改不大，隨後幾頁開始逐漸加大了修改力度，到此幕最後又修改不多；第二幕第一景修改少，第二景則大改特改；第三、四幕則是前一半改動多而後一半改動少；第五幕是前後改動多而中間部分改動少。通過這一改動的痕迹，可以適度推測郭沫若在修訂時的心態與心情。在五十年代繁重的政務活動與政策性的講話稿寫作之外，郭沫若承擔著對自身文學歷史的重塑，心態時見煩躁，改筆輕重、厚薄不一。從作者文筆來看，郭沫若在五十年代以後，因受理性化因素加強的影響，他逐步疏離或不能適應自己原先浪漫而抒情的詩化風格，文筆略顯板滯、流暢性減弱，筆端常帶感情也在下滑。在我看來，三、四十年代是郭沫若文學創作的盛年，其語言質地處於巔峰狀態，既不似初期那樣汪洋恣肆，不加節制，也不似後期那樣尚雕琢，有呆板之嫌。郭沫若在他第一個歷史劇創作高潮階段，劇本中臺詞相當飽滿、充滿水分，語言張力控制有力、張馳合度。比如，語彙就相當豐富，語言的修飾甚多，形象化成分濃，顯得生動準確，與後來在普通話寫作指導下的語彙單調、個性語言缺失相比，不可混為一談。——這一點可能與作者當時對普通話概念的理解偏至有關。譬如表達「說」的意思，原版中就有「講」、「主張」、「追述」、「吐露」等說法，文集本中就只剩下「說」；原版中有「假如」、「假使」、「如果」、「如」等語彙，在文集本中大多只留下「如果」了。隨便舉一個例子，第一幕中魏太妃勸如姬不要對魏王不滿的臺詞中有這樣一句：「父母縱使是頑囂，子道不可不講；丈夫縱使是乖僻，婦道不可不守啦。」文集本《虎符》中便把「頑囂」、「乖僻」全部改成「不好」，語言質地大打折扣，給人語言貧乏之感。

其次，思想改造也好，普通話寫作也好，具體落實到版本變遷上，駐足於文學語言上，實際是將普通民眾的「懂／不懂」作為一種直觀的、普遍化的標準來衡量一切。「普及」大於「提高」，「求同」勝過「求異」，導致語言的調和、扭曲不可避免，文學語言的豐富與含蓄也遜色不少。一些表達情緒波瀾的生動比喻失去水分，名詞之前代之以各種形容詞、副詞，句子平鋪直敘，從合唱變成獨唱。比如，簡直不敢贊同——不敢贊同，雖然意思大意不差，但兩者絕不

可等同。有些句子意思本身有多重含義，但大多也刪繁就簡了。譬如第一幕中侯生去魏太妃那兒爲女兒請假，談及到如姬父親之死，又談到明後天去掃墓，爲以後情節發展作鋪墊，原文中如姬是這樣說的：「好的，我一定準備在同一天去。」變成「好，我一定一同去。」仔細比較，句子意思實有不同。這一方面的例子甚多，反映出作者對語言表達豐富性、層次性的漠視。

再次，在《虎符》修改中，上下的異文異動較多，使上下文的銜接與連貫性大打折扣，作品中人物爲什麼這樣說，能否接上話，爲什麼這樣接腔，倒讓人費解起來。劇本中說話人似乎是前言不搭成語，或者是自言自語不顧及旁人，或者是接話人也沒有聽懂對話者的意思，這種雙向交流的效果出現逆轉，有十數處之多。舉二個例子，一是第一幕侯生去魏太妃家替女兒請假，與同在魏太妃家的如姬一起說到如姬父親師昭被害的事，講到唐雎先生的本領不小，如何用法術教兇手吐露出一切眞情，魏太妃接著說：原話是「唐雎先生的本領眞是不小，他今年怕快九十了嗎？改成「唐雎先生今年怕快九十了吧？」一句話兩個信息，刪除一個，不連貫。第二幕第二景中，有醉者一、二的對白，因涉及一些低俗粗痞描寫而被刪除三百餘字，附帶刪除的還有對女兵的一些說法。表面上看是語言純潔一些了，但原話內容其實可以與朱亥的屠戶生活比較，與趙國當女兵的開風氣之事相對照，也可以與底層民眾喜用性話語的形象相吻合，實在有多重功效。這樣大筆一揮予以刪除，它所起到的伏筆、對照、俚俗化等語義功能全都消失了，而且此處上下文的斷裂也明顯可見。

以上幾個方面還不是最大的毛病，最大的毛病還在於混雜。因爲作者語言思想不能統一，自身的語言能力有延續性，使文集本《虎符》呈現一種不統一的混亂局面。比如，中國換成中原，但也有個別地方保留了，顯得前後矛盾；比如「阿姊」、「姊姊」，「曉得」，「行伍」，「花子」，「打救」，「那（表「哪」意）」也時有保留，反而顯得雜亂；比如幾句口頭話──→口碑載道，反其道而行之，與全文不統一；比如「團集」、「瘋癲識倒」、「偏偏倒倒」生造的語彙也有不少，沒有被及時發覺。而較顯著的還有，有不少地方句子成分太完備，過分直露，交代過於明白，倒沒有回味的空間與余地。──這一過程與郭沫若對文學語言的判斷，對普通話寫作的認識，以及與他當時在休假期間的心態有一定關聯。告別舊我，走向新我這一思想改造過程並不見得非常愉快，走向普通話寫作的語言之途也不見得十分順暢。這一現象並不只是

郭沫若修改《虎符》時有，在修改其它作品時也同樣存在。以上歸結爲一點，便是個性化語言的部分消解，語言的原生性、豐富性、蕪雜性隨之消失，這一消失並不都是好事。思想改造也好，普通話寫作也好，並不能眞正做到涇渭分明。像鮮花不能存放而人工假花可以長存一樣，我們不能僅僅在一個標準上衡量作品，鮮花自有勝於假花的地方。以此看來，《虎符》的修改現象並不值得大聲喝彩。這種功過參半的結局，既是經驗也是教訓。

總而言之，通過 50 年代郭沫若文集本《虎符》的版本校釋，我們可以以管窺豹地瞥見普通話寫作思潮的淵源與興起、普及與深入等方面的軌跡。內容的增刪與語句的修飾、調整，都形成特定時代的版本文化。郭沫若靠近普通話寫作的努力，以及通過舊作新版來進行思想改造的過程，都有十分豐富而蕪雜的時代信息。作爲一部獲譽甚多的歷史劇，《虎符》版本校釋傳遞並負載著這樣不可重複的時代風雲，是郭沫若留給後人的歷史沉思。

第四節　《王貴與李香香》版本校釋和普通話寫作

李季的敘事長詩《王貴與李香香》，1945 年年底完成於陝甘寧邊區的三邊地區，1946 年夏曾部分刊載於李季任社長的油印小報《三邊報》，原題爲《紅旗插在死羊灣》，文體爲說唱體，說唱與道白夾雜。後來在《解放日報》副刊編輯黎辛與馮牧等幫助下，改爲純順天遊形式的長篇敘事詩，並易名爲《王貴與李香香》，副標題是「三邊民間革命歷史故事」，在延安的權威黨報《解放日報》副刊連載三天刊完，時間爲 1946 年 9 月 22 至 24 日。發表當天，就搭配了責任編輯黎辛以「解清」筆名的短評《從〈王貴與李香香〉談起》。不久，又得到了共產黨中央宣傳高層部門及時的肯定，同時以中英文兩種文字由新華社第一次用電訊向國內外全文廣播。沿此一途，《王貴與李香香》由報紙印刷品，到不同形式的單行本，印刷版次甚多、發行量逾十萬冊，跨越了不同的時代。可以說，此詩自公開完整地發表以來，影響逐漸擴大，修改次數頻繁，版本較爲複雜，實在有仔細剖析之價值與必要。其次，按其時間背景與文學思潮而論，其修改較大的幾次，落腳於上個世紀四十年代中後期與新中國成立之後的五十年代，差不多是提倡群眾口語轉變到提倡現代漢語規範化的黃金時期，《王貴與李香香》版本校釋與普通話寫作之關係，也自然水到渠成，成爲窺視四五十年代文學經典與文藝創作潮流的一個切入口。

一

　　《王貴與李香香》出版之前，現存留此詩的手稿，現作為「二級文抗」文物，收藏於延安革命紀念館。〔註36〕手稿為三十二開，上方用鐵絲裝訂成冊。正文加上封面和封底，共計七十頁。封面豎寫「太陽會從西邊出來嗎？——三邊民間革命歷史故事（順天遊）初稿（封面）字樣。據宮蘇藝的研究成果，《王貴與李香香》原手稿完整、潔淨，是一氣呵成的，估計是草稿整理後較為成熟的抄件。手稿完成後，李季曾拿它在三邊地區的鹽池區鄉幹部或民眾等不同層次的讀者中念誦與傳閱，廣泛徵求意求。在這份手稿上的修改大約有一百五十多處，筆迹不同，其中絕大部分是李季自己的修改，個別地方為他人代筆所做出的修改。

　　以此為藍本，《王貴與李香香》在《解放日報》副刊發表了，發表時編輯對李季拿不準的地方有所選擇，個別文字也有代勞之處。據查實，此詩還在中共領導下的地方機關報《東北日報》與《冀東日報》等轉載，時間分別是1946年10月23日和1947年3月的第3期增刊。同時，《解放日報》在詩作發表半個月之後，就有讀者來信提出「希望《王貴與李香香》出單行本」，得到的報社的答覆是「你的意見很好，《王貴與李香香》是一首好詩，值得印單行本，我們已向出版機關建議了」。〔註37〕為了在解放區、國統區進行文藝普及與宣傳傳播之計，第一時間響應出版單行本的主要是當時各個解放區的出版機關——新華書店系統。1946年11月，太嶽新華書店印行單行本，到1949年10月新中國成立之前短短幾年之間，東北書店、華北新華書店、冀南書店、（大連）大眾書店、晉察冀新華書店、陝甘寧邊區新華書店、呂梁文化教育出版社、（山東渤海）新華書店、北京新華書店等印行或出版過，據不完全統計，除此之外全國各地也曾翻印過，譬如不同軍區政治部文化部、大小不同的解放區文化單位等。相比之下，由周揚主持、北京新華書店出版的「中國人民文藝叢書」版質量甚高，分別有1949年5月和10月兩個出版時間，印刷冊數分別是5000冊和10000冊。同是共產黨開闢的香港文藝戰線領導下的香港海洋書店也出版過一次，即周而復主編的「北方文叢」叢書之一種。這一類似的書籍，大多數都是翻印，無形中擴大了《王貴與李香香》的影響。

〔註36〕因未見手稿本，此處論述參見了宮蘇藝：《〈王貴與李香香〉的手稿和版本》（上、下），《延安文藝研究》1987年第1、2期。

〔註37〕《讀者往來》，《解放日報》1946年10月6日。

　　新中國成立以後，李季將《王貴與李香香》的版權主要給予了人民文學出版社。出版情況如下：1952 年 3 月人民文學出版社根據「中國人民文藝叢書」版，重排出版；1956 年 9 月，經過作者作過修訂後出版北京第二版，1958 年 12 月又重排出版過一次。1959 年 5 月由人民文學出版社以「文學小叢書」之一種編輯出版；1961 年 10 月，人民文學出版社出版插圖本；1963 年 10 月由人民文學出版社的副牌——作家出版社出版新一版；1977 年 8 月，人民文學出版社再版。1980 年李季去世之後，人民文學出版社於 1985 年 3 月再版「文學小叢書」，《王貴與李香香》是其中一種；人民文學出版社 2000 年 7 月出版「百年百種優秀中國文學圖書」，《王貴與李香香》躋身其中；人民文學出版社 2001 年 1 月出版「新文學碑林」系列，《王貴與李香香》和《漳河水》合刊成一本，成爲其中一塊小小的碑石。此外，1982 年 4 月上海文藝出版社出版的《李季文集》（第一卷）也收錄了《王貴與李香香》一詩。

　　從求精求善的版本學角度來審視，初刊、初版，以及詩人自己在不同階段修訂過的較爲完善的版本，具有相互校釋的較高價值。本文的立足點是版本變遷中的語言修改與形態，雖然並不純粹是從版本學角度考慮，但與版本比較密切相關。在以上林林總總的不同版次的出版物方陣之中，特選取以下不同版次進行比較，並爲了論述的方便分別以簡化的形式相稱呼。除「手稿本」之外，以下諸種版本納入了考察範圍：《解放日報》的初刊本（全文以初刊本相稱）；1949 年 10 月由周揚等主持編輯、北京新華書店出版的「中國人民文藝叢書」版〔註38〕（全文以新華書店本相稱）；1952 年 9 月由人民文學出版社的重排本，經過李季作過大幅度的修訂，是新中國成立後的精校本（全文以人文本相稱）；整個五十年代人民文學出版社累次印刷數萬冊，或重排出版，或重印發行，版本情況比較複雜，其中 1956 年出版的北京第二版，修訂幅度較大，據出版說明：「這次重排出版，作者又作了一些重要的修改。」其中相當一部分是語言調整，特色十分鮮明，自然納入重點考察範圍（全文以人文二版本相稱）；1982 年《李季文集》第一卷，也是李季去世後的大型選集，帶有定本性質（本文稱之爲文集本）。這五個版本，相對而言修改明顯，語言

〔註38〕據《李季文集·第一卷說明》，「《王貴與李香香》，1946 年發表於延安《解放日報》、初版於 1949 年」。因爲 1949 年 8 月出版的「中國人民文藝叢書」係作者修改，具有權威性，指的可能是此版。《李季文集》，上海文藝出版社，1982 年。

－116－

變動較大，帶有階段性，比較起來明顯可以看出不同之處，由此校釋出版本變遷與文本異動背後的諸多因素，帶有代表性，實足可取。

二

　　盡量採納陝甘寧邊區三邊地方上的群眾語言，無限貼近當地原生態的民歌順天遊，是《王貴與李香香》最先的語言策略。最先幾個重要版本的《王貴與李香香》都較爲類似，據統計，從初刊本到初版本，文字方面的修改之處有近六十處，標點符號的修改則有二百一十餘處。從初版本到人文本，文字方面的修改有二十餘處，標點符號則只有二十處。可以說，從 1946 年到 1952 年，語言形態較爲接近。不同版本雖然在這方面有所游離，但語言形態仍是以民歌化、方言化抑或口語化爲主。這一語言地區爲歸屬大範圍的北方方言區，也保證了它的普遍性。

　　試以初刊本與初版本爲例略作校釋。標點符號的變動，是作者在初刊本與初版本之間所做的重點修改，其次才是文字方面的。改動之處有以下幾個方面：一是修訂初刊本的誤植誤排，約有十來處，如改「二崔爺」爲「崔二爺」、「暗黑」改爲「暗裏」等便是。二是標點符號方面的，一種情況是改動標點符號，如句號改爲分號，分號改爲感歎號，去掉破折號，引號在兩句中只標開首一處的情況較爲常見；第二種情況是把在一句話中斷句的逗號去掉。三是語言的變動，這一方面較爲複雜，也可細分爲以下幾種情況：第一種情況是去掉複數，如改「窮漢們」爲「窮漢」，「狗腿子」爲「狗腿」；第二種情況是改正錯別字，如「混身」改爲「渾身」（一共多處，逐一改過），「化錢」改爲「花錢」，「冬裏」改爲「冬天」，「害騷」改爲「害躁」；第三種情況是爲了押韻，改動了句尾之詞，如改「鮮黃」爲「鮮」（以便於與「軟」押韻），改「三次」爲「三遍」（以便於與「莊稼漢」押韻）。四是增加了幾處注釋，分別是「大」（陝北農村稱父親作大），「牲靈」（即牲口），「快裏馬撒」（就是很快很快的意思），「黑裏」（即夜裏），「胡日弄」（意即胡作亂爲），「糞爬牛」（初刊本唯一注釋，原係行中用括號形式作注，現統一改爲頁後注，即屎殼郎），「胡日鬼」（意即胡來、胡搞）。五是有兩個句子方面的修改：在第二部「太陽會從西邊出來嗎？」一節中，王貴被崔二爺弔在梁上拷打，當王貴軟硬不吃時，有這樣的詩句「崔二爺又羞又氣惱，／撕破了老臉，一跳三尺高。」初版本則改爲「崔二爺氣的像瘋狗，／撕破了老臉一跳三尺高。」這一改動

把崔二爺的窘態形容得更逼真，可惜的是反而不押韻了。在第三部「團圓」一節中，逼迫香香與崔二爺結婚部分，初刊本是「紅綢子襖來綠緞子褲，／兩三個老婆來強固。」改為「紅綢子襖來綠緞子褲，／兩三個女人來強固，」崔二爺的老婆不會參與到給他娶小的活動中，相對而言更合理一些。

又比如以初版本與人文本作校釋，雖然改動幅度較小，仍有一些值得關注之處。除了排版上由豎排改為橫排之外，修改之處主要體現在以下諸方面：一是符合新中國政治與時代語境，比如將「中華民國」紀年取消，所涉三處都改為公曆紀年；將「老狗入」改為「老狗」之類，保證語言的純潔與健康；二是改正錯別字或修飾性字詞，如「要殺要刮」改為「要殺要剮」、「白靈蛋」改為「白靈子蛋」、「光蹋蹋」改為「光塌塌」、「糜米牙」改為「糯米牙」、「幹什嗎」改為「幹什麼」、「年青」改為「年輕」、「沒樹」改為「沒有樹」，「滿天韶」改為「滿天燒」、「軟不踏踏」改為「軟不塌塌」。

總而言之，以群眾口語為旨歸，《王貴與李香香》的確做到了這一點。從文本來看，更是如此。「滿口濃重的河南鄉音」〔註39〕的詩人李季，在當時陝北三邊地區生活不到四、五年，既能大範圍地搜集記錄原生態的順天遊，又能較為純熟地編唱陝北民歌，既反映出他良好的語言天賦，也反映了北方方言區的穩定性與一致性。四十年代中後期，圍繞《王貴與李香香》的語言形態，多數以「群眾語言」、「民間詞彙」相稱許。對於初刊本而言，作為編輯的黎辛著文介紹說，它除了極生動極有地方特色的為我們刻繪了一幅邊區土地革命時農民鬥爭圖畫外，還有以下兩點與語言、風格相關：一是「它的最大最主要的特徵即在於它的形式的自由而生動，是以民間的口語和形象，來表現人民思想及生活的各個方面。在邊區工作及生活過的人，很容易或多或少的看出作者在這篇千行的敘事詩裏採用了不少民間『順天遊』的原句子和原節；但是，這絕不能說它就不是創作，相反的，這樣更增加了作品奪目的光彩。」二是「《王貴與李香香》的創作，又一次說明民間藝術寶藏的無限豐富，值得我們文藝工作者去虛心的學習，這樣才能使我們的作品增加一些新的手法，新的意境及新的血液。」〔註40〕隨後四天，在延安負責宣傳工作的中宣部部長陸定一也著文予以好評，在介紹自「文藝座談會」以來表現出成

〔註39〕李季：《鄉音》，《李季文集》（第四卷），上海文藝出版社，1986年，第369～374頁。
〔註40〕解清：《從〈王貴與李香香〉談起》，《解放日報》，1946年9月22日。

續的依次是戲劇、木刻、小說與說書以後,陸定一按捺不住內心的激動,說:「比較來得更遲的,就是詩人。《王貴與李香香》,就是這樣的新詩。用豐富的民間語彙來做詩,內容形式都好的,在外面有袁水拍先生,現在我們這裡也有了。」〔註41〕在這裡,「民間的口語」、「民間語彙」等字眼,折射了當時語境下向人民群眾學習,包括學習他們的語言成為一種普遍的現象。它重視的是「民間」「群眾」的價值、立場,在此基礎上的口語化,本質上是要把包括詩歌在內的文藝還給廣大群眾。因此,與「民間詞彙」相聯繫的是「群眾語言」。文藝作品,不但要讓群眾聽得懂,看得明白,還得千方百計迎合併滿足這一要求。正如李季後來所說,因為我們的詩是為廣大工農兵群眾寫的,不能怪群眾水平太低,怎樣解決呢?「解決的方法,就是學習群眾語言,學習用群眾語言來寫詩。」「把詩的語言和群眾日常的語言,劃個等號,這當然是不完全妥當的,還得要提煉、精選。但提煉、精選的基礎、原料是什麼呢?主要的還是群眾語言。」〔註42〕正是在「民間口語」與「群眾語言」兩者之間來回調適,詩的語言問題就不是一個單純的技術問題,而是立場、方向等根本問題。

這一思路在寫作中也有鮮明的體現。從手稿本來看,在反覆修改與斟酌過程中,就是根據群眾口語對文字進行改削與潤色。譬如在第一部第一章「崔二爺收租」中,原有這樣的句子「孤雁掉隊落沙窩,／鄰居們看著不好過。」李季在旁邊記下了群眾的意見:「因為群眾很少說『掉隊』。」於是這兩句改為「孤雁失群落沙窩,／鄰居們看著也難過。」又如「鬧革命的情緒一滿高。」李季留有旁注:「『情緒』這不是群眾的話。」改後變成「鬧革命的心勁一滿高。」又如「安息」改為「睡下」,「月亮出來」改為「月亮上來」,「胡騷情」改為「胡日弄」,「連聲不著」改為「連聲不斷」,都是類似情況的具體呈現。

至於不作改動的地方,則基本上是群眾口語。如名詞類民間語彙就有:稱牛犢為「牛不老」,小孩為「娃娃」,父親為「大」,小羊為「羊羔子」,白毛巾為「羊肚子手巾」,妹妹為「妹子」,年輕小夥子為「後生」,牲畜為「牲靈」,井邊為「井畔」,土豆為「山藥蛋」,夜裏為「黑裏」,公雞為「雞子」,角落為「圪嶗」,山嶺為「嶮畔」等等;動詞、形容詞、副詞類民間語彙如稱

〔註41〕陸定一:《讀了一首詩》,《解放日報》,1946 年 9 月 28 日。
〔註42〕李季:《蘭州詩話》,《李季文集》(第四卷),上海文藝出版社,1986 年,第432 頁。

做活為「攬工」，欠錢為「短錢」，說話為「拉話」，談戀愛為「交好」，胡作非為為「胡日弄」，那時為「那達」，很快為「快裏馬撒」，放心為「安生」，勁頭足為「心勁一滿高」……此外王貴罵崔二爺為「老狗日」，以及崔二爺比喻窮苦百姓為「糞爬牛」、「窮鬼」，後來被捉而「渾身軟不塌塌」。這些都與眾所周知的陝北「婆姨」「藍格英英」之類的本地詞彙一樣，盡顯地域特色。此外，有些習慣說法，如「瞎子摸黑路難上難」、「手指頭五個不一般長」、「打聽誰個隨了共產黨」、「老王八你不要灌米湯」、「狗咬巴屎你不是人敬的」、「不見我妹妹在那裡盛（『住、閒呆著』之意）……這些類似語彙或句子可以說是遍佈全詩，貫穿首尾，具有口語、方言的屬性。

　　第二，抽象地從詞彙構成的附加法而言，除了北方方言構詞中一般加詞頭「老、阿、第」，或加詞尾」子、兒、頭，還有加「格、圪」等無意義的字，構成詞義有些微變化的新詞。另外，最突出的則莫過於豐富的疊字疊詞。陝北方言字、詞重疊，意思不變，但詞的感情色彩有些微妙的差異，一般可以概括為「小兒用語的成人化借用」。這樣使得語氣變得親切、柔和，不乏親昵、欣悅的情緒流變，成人一下子在語言上變成滿嘴「兒童話」而呈現出幼稚、可愛和「小」的意味。從詞性上看，一般是名詞、形容詞、量詞、動詞、擬聲詞為主，如窩窩、苗苗，瓣瓣、陣陣，蓁蓁、滾滾，咩咩、喳喳。這些詞藻，還抽象為具象，不論是作為本體，還是作為喻體，都能勝任，顯然帶有初民社會的原始思維特點。從方式看，單音節詞可以化成雙音節詞，而本身為雙音節詞的，其中兩個音節則可以任意各自重疊，如山崖——山山崖，光塌——光塌塌，磨面——磨面面。其中包括大量的表示山水草木、鳥獸蟲魚這類自然物象的詞，如「巧口口說些闖人話」、「山丹丹開花紅姣姣」、「一陣陣黃風一陣陣沙」，分別指櫻桃小口的甜美，身材的嬌好，或自然風沙之大與崔二爺的毒辣無情。此外，是表音字「來」隨意插入詞語中，把兩個短句組合成一個並列句，豐富了句子的黏合能力。

　　最後，再舉一具體的方言語法現象，在陝北方言中幾個特殊的語氣詞，如「價」、「哩」等便是。這裡以「哩」為例，陝北方言中沒有「呢」，而有「哩」，其作用完全同於普通話的「呢」，功能是用於陳述句，表肯定；用於疑問句，表示疑問。在全詩中一共有十餘句帶「哩」的詩句，確實沒有一處帶「呢」的句子。如「繡花手磨壞怎個哩？」這句子裏的「哩」在語氣上表疑問，同時與起興的第一句最末一字「提」押韻。

三

　　如果說追求語言的群眾口語化、原生態化、方言化，是《王貴與李香香》初刊本、初版本等的主要語言取向的話。那麼隨著新中國對現代漢語規範化的推進，以去群眾口語化、去方言化的形式進行全國範圍內的普通話寫作的努力，則成爲顯著的存在。從初版本到人文本還不明顯，從人文本到人文二版本，就相當典型了。儘管陝北方言也屬於北方方言區，但與普通話還是有區別。詩人李季在新中國之後，除用盤歌和五句體湖南民歌形式寫了不甚成功的《菊花石》後（其失敗原因之一便是對湖南方言太隔膜），便逐漸減少了土氣與方言氣息，增添了不識字的農民看不懂的洋氣，以致在五十年代中期連自己都感到這七八年的詩作「太洋氣了」〔註 43〕。至於《王貴與李香香》的不斷修訂，也就是不斷從「士氣」到「洋氣」，不斷向規範中的普通話靠攏。

　　從方言語彙、句法及使用規範的修訂來看，這一方面較爲典型。1951年，《人民日報》發表了一篇《正確地使用祖國的語言，爲語言的純潔和健康而鬥爭！》〔註 44〕的社論。在社論中涉及到方言的僅有以下一句話，指責寫文章的人沒有認眞執行毛澤東同志和魯迅先生的指示：「不但不加選擇地濫用文言、土語和外來語，而且故意『創造』一些僅僅一個小圈子裏面的人才能懂和得的詞。」「濫用土語」開始泛濫開來，成爲指責方言乃至方言文學的套語，這一「套話」差不多在整個 50 年代都頻頻出現。4 年之後，提的調子更高了，《人民日報》的社論在現代漢語規範問題學術會議甫一開始還沒討論便定下了基調：「語言的規範必須寄託在有形的東西上。這首先是一切作品，特別重要的是文學作品，因爲語言的規範主要是通過作品傳播開來的。作家們和翻譯工作者們重視或不重視語言的規範，影響所及是難以估計的，我們不能不對他們提出特別嚴格的要求。」〔註 45〕爲了詩歌語言的「純潔和健康」，爲了執行「嚴格的要求」，李季在《王貴與李香香》的修訂重版中，便忙碌起來，完全貫徹這一新的時代要求。

　　試以 1952 年的人文本與 1956 年的人文二版本爲例來校釋，據統計，從人文本到人文二版本，不包括標點符號在內，一共修改三十多處。情況是這

〔註43〕李季：《要爲更廣大的人民群眾所接受》，《李季文集》（第四卷），上海文藝出版社，1986 年，第 547 頁。

〔註44〕見《人民日報》1951 年 6 月 6 日的社論。

〔註45〕《爲促進漢字改革、推廣普通話、實現漢語規範化而努力》，《人民日報》1955年 12 月 26 日。

樣的，爲論述方便細分爲以下三種情況：第一種情況是替換比較生僻的語彙，改頭換面後顯得更通用一些。比如「到黑裏」改爲「黑夜裏」。動詞之後附加的助詞「的」改爲「得」、「地」（這一工作一直貫穿始終，但遺憾的是一直沒有全部改完），「那裡」改爲「哪裏」（類似的「那」改爲「哪」一直到文集本才徹底清除，可能是編輯所爲）。其中有一些是整句的修改，如「老牛死了換上牛不老，／殺父深仇要子報」改爲「老牛死了換牛犢，／王貴要報殺父仇」，「太陽沒出滿天韶」改爲「朝霞滿天似火燒」，「兩三個女人來強固」改爲「死拉硬扯穿上身」……當然更多的是去掉陝北方言特色詞彙，改爲普通話的，使全國讀者都能讀懂，如「滿地紅」改爲「遍地紅」，「牲靈」改爲「牲畜」，「邇刻」改爲「而今」，「化錢」改爲「花錢」，「一滿高」改爲「高又高」，「活人托」改爲「活人脫」，「五更半夜」改爲「三更半夜」，「糞爬牛」改爲「屎蚵螂」，「那達」改爲「那裡（哪裏）」，「那裡盛」改爲「那裡」，「嶮畔」改爲「山畔」，「裂著嘴」改爲「咧著嘴」，「要窮漢」改爲「愛窮漢」，「肉絲絲」改爲「血絲絲」，「不是人敬的」改爲「不識擡舉」。可見，隨著《王貴與李香香》不斷重排再版，總體趨勢是從群眾口語到普通話化，雖然替換起來並不完全乾淨，但至少表明的姿態是走向普通話。第二種情況是，爲了語言的健康與清潔，對一些不那麼「純潔與健康」的語彙也刪除了。爲了凸現王貴與李香香的形象，一些帶有性隱喻的粗話或髒話，就悉數刪除了。在作品中，李香香與王貴對陣崔二爺時，就含有一些地方性的罵人的粗鄙的說法，比如「老狗日」曾改爲「老狗入」，到這裡則改爲「老狗」，又如髒錢（改爲臭錢）、胡日弄（改爲胡打算）、大壞髒（改爲大壞蛋）、髒樣子（改爲鬼樣子）。比喻窮漢們的「喪家狗」也換掉了。第三種情況是語法方面的，句子往往能完整地反映出作者的語言立場。「崔二爺叫抓了兩個血疤疤」改爲「狗臉上留下了兩個血疤疤」，「手指頭五個不一般長」改爲「五個手指頭不一般長」，「快裏馬撒紅了個遍」改爲「陝北紅了半個天」。一些帶有地域方言意味的襯字去掉了一些，如「個」、「的」等便是代表，如「五個瓣瓣」改爲「五瓣瓣」。其次，一些句子也涉及到思想傾向，將一些誇張、不合理的，以及涉及政治因素不宜的或是調整、或是刪除了，如「墳堆裏挖骨磨面面，／娘煮兒肉當好飯」改爲「百草吃盡吃樹杆，／搗碎樹杆磨面面」；「頭名老劉二名高崗」改爲「領頭的名叫劉志丹」。「分的東西趕快往出交，／你們的紅軍老子靠不住了」就刪掉了。至於「老狗入你不要要威風，／不

過三天要你狗命」改爲「老狗你不要耍威風，／大風要吹滅你這盞破油燈」
則是涉及軍事機密，這樣將王貴的形象設計得更高大、有勇有謀一些。因爲
王貴在臘月二十一參加了游擊隊的軍事計劃，商量在臘月二十三晚攻打死羊
灣，而王貴參加會議後當天回去便被崔二爺命令狗腿子捆起來毒打。從語言
到思想，都經過符合時代的改動，也更合理一些，有利於正反人物的鮮明對
比。

　　從人文本到人文二版本，因爲恰好跨在現代漢語規範化思潮之中，語言
的改動最爲明顯。延續到後來，比如 1958 年的新版本，以及 1961 年的插圖
本之類，語言的改動就很少見了，主要是修改個別錯詞，如「五更半夜」改
爲「三更半夜」，「裂著嘴」改爲「咧著嘴」，「毬眉鼠眼」改爲「賊眉鼠眼」。
另一方面，估計作者與編輯不是沿用最新的版本來作底本，所以有極個別已
改過的句子或語彙，也恢復了。這一情況也體現在文集本中，一些地方性的
語彙又批量次地恢復了，如「牲畜」改爲「牲靈」，「牛犢」改爲「牛不老」，
「三更半夜」改爲「五更半夜」。同時，已有的方言詞彙的注釋卻減少了，像
「三邊」、「大」、「巴屎」便沒有注釋。

　　總而言之，從五十年代中後期開始，《王貴與李香香》修改的重心是推翻
以前以陝北群眾口語爲上的觀念，把陝北方言改正過來。從詞彙到句子，都
進行了一次次的重審與篩選，太土了的當然毫無顧慮地拋棄了，在當時作品
走向全國化的語境下，這也是順其自然、權作表態之事。但是，由於此詩充
分調用三邊地區的群眾語言，無論怎樣改削，也不能全部改正過來，像「短
錢」、「窮漢」、「光塌塌」、「攬工」、「巧口口」之類的語彙，「算個兒子掌櫃的
不是大」、「煙鍋鍋點燈半炕炕明」之類的句法一樣，都大量保留了。——可
見在地域方言與全國性普通話之間的過渡詞語保留多，方言特徵詞彙保留
少。細察《王貴與李香香》作品中語言的變遷史，似乎可以觸摸、感受到糾
纏其中的時代背景與創作環境，或可以通過方言化與去方言化的張力，重審
群眾語言的命運。

結　語

　　《王貴與李香香》是毛澤東在延安文藝座談會上的講話發表以來，在新
詩的民族化、群眾化方面所出現的代表性作品。因爲時代的要求不同，在語
言維度上，它經歷了充分群眾口語化，適度群眾口語化，以及盡量做到現代

漢語寫作規範化的變革。當然這不是直線型修訂，而是一步一個腳印地摸索
著進行的，每次重要時刻的編輯出版，作者都有所修改。同時也因所據底本
不一，語言觀念並沒有與時俱進，或者作者語言能力有所不及，因此每一次
修改時時有反覆。《王貴與李香香》改來改去，其中既要考慮作者的因素，也
要認識到編輯的代勞，特別是標點符號與個別語彙，顯示出一種合力之舉。
總之，《王貴與李香香》版本變遷與提倡普通話寫作的強弱，十分密切，反映
了上個世紀四十年代到五十年代普通話寫作思潮的要求與特點。

第五節　《蕙的風》版本校釋與普通話寫作

　　汪靜之的詩集《蕙的風》，是中國白話新詩史上第六部個人詩集。詩集於
1922 年 8 月初版，出版、發行均是上海的亞東圖書館。汪靜之在出版個人詩
集之前，還作為湖畔詩派主要成員之一，與馮雪峰、應修人、潘漠華合出《湖
畔》詩集。作為當時師範學校的學生，汪靜之是當時白話新詩最早的跟進者。
在《蕙的風》初版時，當時新文學的領軍人物胡適、周作人、魯迅，以及其
老師葉聖陶、朱自清、劉延陵等或作序鼓勵，或書信往來肯定，或在汪氏受
攻擊時施以援手，展現出新文學的青春活力與溫情畫面。——這一切都較為
罕見，現象背後的原因似乎是多樣的，譬如汪靜之是胡適的小同鄉，同是安
徽績溪人氏，汪靜之寫作白話詩之初就與他有較多的書信往來；汪靜之與朱
自清、葉聖陶、劉延陵有師生之緣，同處得風氣之先的浙江第一師範，切磋
詩藝，相處十分融洽；主動大膽寫信給支持新文學的周氏兄弟，均能得到他
們的道義支持。

　　汪靜之出版《蕙的風》之後聲名鵲起，新詩創作給他造成的影響甚大，
也成為汪靜之數十年不斷的精神財富。在浙江一師畢業後就工作的他，在民
國時期大部分是靠教書度過的。輾轉求職與不斷跳槽，不少機會都得益於《蕙
的風》的詩名。〔註46〕新中國成立之後，《蕙的風》也曾修訂再版，成為汪靜
之一生當中最有代表性的詩集。如果從版本的角度來考察，《蕙的風》則是一
個突出醒目的個案。近一個世紀以來，《蕙的風》有數個版本，雖然詩名是保
留住了，但名同而實異，特別是上個世紀五十年代被詩人自己改削重版以來，

〔註46〕參見汪晴記錄整理：《汪靜之自述生平》，上海魯迅紀念館編：《汪靜之先生紀
　　　　念集》，上海書畫出版社，2002 年，第 221～307 頁。

重版之舉與普通話寫作有勾連相通之處〔註47〕，而且一直延續到九十年代初的增訂重版，在汪靜之生前，改動之後的《蕙的風》一直沒有恢復過原來的歷史面貌，直到二十一世紀初，其子飛白編輯《汪靜之文集》時，才將《蕙的風》大體上恢復原貌，構成一個歷史的圓圈，留下了諸多言說的空間與歷史的經驗。

一

《蕙的風》的版本，擇其要則一共有四個，四個在同一名字的詩集，其斧削之劇烈、異動之懸殊，在新詩史上並不多見。

初版本的《蕙的風》，係經胡適推薦，於 1922 年 8 月在上海亞東圖書館出版，收詩一百七十餘首（以下稱為亞東版）。封面上「蕙的風，汪靜之作」係周作人的手迹，文字之上有一個長著翅膀的丘比特，持箭射中人心之圖案。扉頁的題辭「放情的唱呵」係詩人的女朋友符竹因（又名菉漪或綠漪）所書寫。詩前依次有朱自清、胡適、劉延陵作的序和作者的自序。全部詩作一共分為四輯呈現。《蕙的風》初版印刷三千冊，隨後在近十年時間內重印五次，印數達兩萬餘冊，主要有 1923 年 9 月的再版，1928 年 10 月印行第四版，1931 年 7 月印行第六版。後續各版都是翻版重印。此外，汪靜之在 1927 年 9 月由開明書店印行《寂寞的國》，詩作共分兩輯，分別是「聽淚」與「寂寞的國」。

第二個版本是 1957 年 9 月由人民文學出版社新出的版本（以下稱為人文版）。1952 年 10 月，汪靜之辭去復旦大學中文系國文教授之職，應老朋友馮雪峰之邀北上，成為新成立不久的國家權威出版社——人民文學出版社古典文學編輯室的一名編輯，主要工作是校刊古籍，因編輯思想迥異，與直接領導聶紺弩關係不恰，幾年之間鬧得很不愉快，甚至一度停發工資，被對方宣稱是開除工作。化解的方式是，1955 年汪靜之轉調中國作家協會任專職作家。這一時段，汪靜之寫了較多的政治抒情詩，也寫了一些假大空的頌歌。在此期間，經馮雪峰提議將《蕙的風》重新出版。在新的時代面前，汪靜之對初版本進行了極大的斧削。人文版《蕙的風》取消了亞東版中朱自清、胡適、劉延陵的序和自己的自序，代之以新版之序。對詩集中詩作也進行了大量的刪除與改削，並增添了 1922 年到 1925 年所寫的詩作，也就是納入《寂寞的

〔註47〕參見拙文：《〈女神〉版本校釋與普通話寫作》，《廣東社會科學》2012 年第 3 期。

國》的詩作。亞東版《蕙的風》經過這樣一番去掉三分之二的刪節處理，剩餘 51 首，與刪節幅度少許多的開明書店版《寂寞的國》合爲一冊，仍冠名《蕙的風》面世。在人文版中，原剩餘的《蕙的風》部分作爲第一輯，大體上按寫作順序排列，《寂寞的國》則成爲第二輯。——作爲詩人思想改造與普通話寫作的重要見證，本書將重點校釋亞東版的《蕙的風》與人文版的《蕙的風》。

　　第三個版本的《蕙的風》，是 1992 年 3 月由灕江出版社出版的增訂本《蕙的風》（以下稱爲增訂本），增訂本書前附有影印的亞東版的封面與扉頁，人文版的序，作者另寫有短短的增訂本序，書後則有附錄二個：一是「五四」以來對本書的評論（摘），一是「五四」以來「湖畔詩社」的評論（摘）。整個詩作仍分爲兩輯，第一輯是《蕙的風》（1920～1922），第二輯是《寂寞的國》（1922～1925）。就第一輯而言，一共收錄八十二首。據增訂本序交代：「增訂本仍舊遵守『只剪枝，不接木』的規定，但有幾首詩各增加了一二句。」〔註 48〕在排列上也像人文版一樣按照寫作初稿的先後次序排列。從人文版到增訂本，變化也甚大，同樣體現了詩人的編輯理念與本人意志，出現了新的情況與特徵，下面也將略爲展開論述。

　　第四個版本是 1996 年 4 月由浙江文藝出版社出版的《蕙的風》，係中國新詩經典系列叢書之一。從篇目與內容看，這一版本仍與增訂本相同，估計是按增訂本重排出版。此外，新世紀問世的《汪靜之文集》，其中文集本詩歌卷（上），收入《蕙的風》。因「編輯方針是盡量找到和保存作品的歷史原貌」，〔註 49〕所以，亞東版的原樣在經過近一個世紀的改變後，又大體恢復了原樣，還錄了此一時期的佚詩二十首詩，其中白話新詩十首。一些修改過的詩作，也用小號字體附錄了一部分，以資比對。後面這二個版本或沿襲了增訂本的優劣，或是亞東版的重排組合，在此不準備多涉及。由此可見，對於《蕙的風》而言，真正具有版本價值的是亞東版、人文版與增訂本。這是新舊不同時代的鮮明對照，既彰顯了對應於不同時代的白話式口語寫作與普通話寫作的內容，也反映了上個世紀二十年代初與五十年代初、九十年代初這些階段中，中國社會歷史三十年河東與三十年河西式的滄桑巨變。是爲非焉，均引人深思。

〔註48〕 汪靜之：《增訂本序》，《蕙的風》，灕江出版社，1992 年，第 7 頁。

〔註49〕 飛白、方素平：《總序・汪靜之文集（詩歌卷上）》，西泠印社出版社，2006 年，第 9 頁。

二

　　對於《蕙的風》而言，亞東初版本與人文版的差異甚大。在新的時代背景下，政治、文化與文藝的規則都發生了明顯的變遷。大體而言，自毛澤東在延安文藝座談會的講話發表以後，以毛澤東文藝思想武裝的延安文藝，逐漸成為當代文藝的主流與範式，正如周揚所說，解放區的文藝是真正新的人民的文藝，它有新的主題，新的人物，新的語言、形式。〔註50〕至於 1950 年代的文學，也差不多籠罩在這一文藝思想與形態、範式的影響之下。在共和國文學的新語境下，出於對過去歷史時間的追討與舊我形象的修正，詩人對解放前出版的詩集，在獲准重新出版時往往事先「刪削一番」，好比一次埋葬舊我、走向新生的自我亮相，藉此來改變自己在過去歷史中的形象，已成為常態。已在新中國成立前成名的詩人們紛紛作自我矯正，從郭沫若、馮至、何其芳、臧克家、徐遲、袁水拍、李季等等都有相類似的舉動，如馮至對十四行集的自我「遺忘」，早年詩作也被改得面目全非。何其芳把「那些消極的不健康的成分」〔註51〕都積極地改了。汪靜之也一樣，在對人民文藝的嚮往與想像中，他對《蕙的風》從內容與形式進行大量修改，至於改得如何，則自有其短長。

　　汪靜之在新版序文中有所交代：「《蕙的風》是我十七歲到未滿二十歲時寫的。我那時是一個不識人情世故的青年，完全蒙昧懵懂。因為無知無識，沒有顧忌，有話就瞎說，就有人以為真實；因為不懂詩的藝術，隨意亂寫，就有人以為自然；因為孩子氣重，沒有做作，說些蠢話，就有人以為天真；因為對古典詩歌學習得少，再加有意擺脫舊詩的影響，故意破壞舊詩的傳統，標新立異，就有人以為清新。其實是思想淺薄，技巧拙劣。」〔註52〕在具體操作中，汪氏則以「園丁整枝的辦法，只剪枝，不接木」〔註53〕的修改原則作理論支撐，但實際情況遠非如此，從亞東版到人文版，實際上連主幹都剪得七零八落了。試以詩作題目而論，題目上改動的就相當多，有些是截取一詩首尾變為二首分別命名的，有的是改變原有標題換成新名的。似乎可以斷定，三十多年過去了，新文學之初一些評論者的意見，仍留在汪靜之的腦海

〔註50〕周揚：《新的人民的文藝》，《周揚文集》（第一卷），人民文學出版社，1984年，第 513 頁。

〔註51〕何其芳：《〈夜歌和白天的歌〉重印題記》，藍棣之編：《何其芳全集》（第一卷），河北人民出版社，2000 年，第 527 頁。

〔註52〕汪靜之：《蕙的風·自序》，《蕙的風》，人民文學出版社，1957 年，第 3 頁。

〔註53〕汪靜之：《蕙的風·自序》，《蕙的風》，人民文學出版社，1957 年，第 3 頁。

中。典型的是採納了東南大學學生胡夢華的「不道德的批評」意見，比如，像字眼上「嬌波」改為「眼波」，「情愛」改為「愛情」一樣，「親吻」、「接吻」之類的字眼刪掉不少，描寫身體親熱行為的詩句被大量淘汰，一些寫得比較暴露的詩行也大大改削了。這一舉動似乎暗示胡夢華的批評是正確的，魯迅、周作人等人當年的辯護，也就成為一種無謂的擺設了！據此，曾有論者就認為「汪靜之的這一修改，從整個社會歷史的發展進程來看，不能不說是對當年爭論的一個莫大的諷刺；就詩人本人來說則是一個莫大的悲哀。」〔註 54〕也有年輕的學人不無反諷地認為：「『修改』實際上是承認了當年攻擊的合理性」。〔註 55〕估計一九五十年代仍健在的胡夢華君看到新出的《蕙的風》之後也會百思不得其解吧！又例如把亞東版開卷第二首《定情花》後的自注「在一師校第二廁所」刪除，原因之一便是聞一多的諷刺，當時這句話引起了在美國留學的青年詩人聞一多的借題發揮：「《蕙底風》只可以掛在『一師校第二廁所』底牆上給沒帶草紙的人救急，⋯⋯便是我也要罵他誨淫」〔註 56〕。

下面不妨引錄一些詩作來對比一下前後之別吧：

> 伊底眼是溫暖的太陽；／不然，何以伊一望著我，／我受了凍的心就熱了呢？／／伊底眼是解結的剪刀；／不然，何以伊一瞧著我，／我被鐐銬的靈魂就自由了呢？／／伊底眼是快樂的鑰匙；／不然，何以伊一瞅著我，／我就住在樂園裏了呢？／／伊底眼變成憂愁的引火線了；／不然，何以伊一盯著我，／我就沉溺在愁海裏了呢？
> ——《伊底眼》（亞東版）

> 她底眼睛是溫暖的太陽；／不然，何以她一望著我，／我受了凍的心就會暖洋洋？／／她底眼睛是解結的剪刀；／不然，何以她一瞧著我，／我的靈魂就解除了鐐銬？／／她底眼睛是快樂的鑰匙；／不然，何以她一瞅著我，我就過著樂園裏的日子？／／她底眼睛已變成憂愁的引火線；／不然，何以她一盯著我，／我就沉溺在憂愁的深淵？——《她底眼睛》（人文版）

〔註 54〕 雁雁：《〈蕙的風〉及其引起的爭論》，汪靜之：《六美緣》，十月文藝出版社，1996 年，第 289 頁。

〔註 55〕 姜濤：《「新詩集」與中國新詩的發生》，北京大學出版社，2005 年，第 196～197 頁。

〔註 56〕 聞一多：《致梁實秋》，《聞一多全集》（三），生活・讀書・新知三聯書店，1982 年，第 609～610 頁。

　　　　我冒犯了人們的指謫，／一步一回頭地瞟我意中人；／我怎樣

欣慰而膽寒呵。——《過伊家門外》（亞東版）

　　　　我冒犯了人們的指謫非難，／一步一回頭地瞟我意中人，／我

多麼欣慰而膽寒。——《一步一回頭》（人文版）

　　上述兩處引用的詩均是完整的詩作——《伊底眼》與《過伊家門外》，

它們是流傳甚廣的。從亞東版到人文版，這兩首詩均有字面上的改動，如改

「伊」爲「她」，去掉了民國「五四」時期的舊時氣息；在句尾增添字眼或改

變詞序，以便詩行押韻；刪掉語氣詞，沖淡白話口語之風。詩集中宛若唱片

主打歌式的名作《蕙的風》，原詩共四節，修改後則合併爲一節，試比較原作

的前二節：「是那裡吹來／這蕙花的風——／溫馨的蕙花的風？／／蕙花深鎖

在園裏，／伊滿懷著幽怨。／伊底幽香潛出園外，／去招伊所愛的蝶兒。」

修改後成了三句「蕙花深鎖在花園，／滿懷著幽怨。／幽香潛出了園外。」

帶口語性質的曲折、舒緩性質的語氣詞、虛詞在修改中大多數被刪除，詩意

濃鬱、搖曳多姿的句子變成較爲呆板、理性的陳述句，給人一副板著面孔說

話的樣子，早期胡適、朱自清所說的稚氣、天眞的品格也就蕩然無存了。

　　沿著這一思路對比校釋這兩個版本，不難發現這樣的修改貫穿始終。從

文本改動來看，既有肆無忌憚地剪除枝丫的，也有連主幹都削掉的，如《天

亮之前》，由 4 節 40 行改爲 1 節 24 行；《我倆》原 9 節 70 行，改爲《一江淚》

爲 1 節 8 行；《悲哀的青年》原 5 節 31 行改爲《尋遍人間》爲 1 節 4 行；《孤

苦的小和尚》4 節 38 行改爲《小和尚》3 節 12 行；《愉快的歌》由 3 節 87 行

壓縮成 1 節 10 行；《戀愛的甜蜜》原 4 節 18 行壓縮爲 1 節 13 行；《我都不願

犧牲喲》5 節 35 行改爲 1 節 4 行小詩；《醒後的悲哀》7 節 46 行，改爲《醒

後》1 節 4 行和《希望》1 節 4 行。

　　考慮到 1957 年全國已處於普通話如火如荼推行之時，汪靜之雖然沒有

點明這一背景，但時代要求的具體歷史細節還是相當清楚的。因此，去方言

化、白話化，縮小與普通話寫作之間的距離，也是題中應有之義。主要體現

在二方面：一是改正方言韻，二是把帶有方言成分的口語句子改成較爲規範

的普通話。首先來看他的方言韻問題。

　　「多數是自由體，押韻很隨意，一首詩有幾句有韻，有幾句無韻。又因

不懂國語，押了很多方言韻。現在把漏了韻的補起，把方言韻改正了。爲了

押韻，字句上不得不有些改動，但不改動原詩的思想內容。」〔註57〕（《寂寞的國》也有改正方言韻的，這裡因論題所限，存此不論）。但仔細校讀，事實上不像汪靜之本人所論述的那樣簡單，也沒有他所說的那樣成功，詩人似乎還是根據個人印象與水平在改方言韻，雖然改得較多但改得不徹底，而且在改的過程中反而增添了不少，其原因大概還是不能辨別清楚哪些是方音哪些是普通話音，受到其普通話水平的限制。具體表現如下：在亞東版中，為省事安全起見，套用同音虛字結尾押比較低級的虛字韻較為普遍，如「的」、「了」字韻簡單重複，《蕙的風》中的「了」字韻與《嘗試集》不相上下。其次是押韻的字，作者是想放棄方言韻，但很多沒有押對，只是換上了另外的方言韻而已；或者反而改錯了，不但連累了原詩的神韻與生氣，反而留下了敗筆，改來改去仍是方言韻。如新本中《禮教》一詩「緊」與「綑」，《我願》一詩「個」與「我」，《熱血》中「心」與「根」，《七月的風》中的「靈」與「紋」，《蕙的風》中「醉」、「蕙」與「飛」，《誰料這裡開了鮮豔的花》中「迹」與「去」，《眼睛》中「睛」與「飲」，有弄巧成拙之嫌。另外亞東版中也有許多因察覺不出而沒有改正，如《戀愛的甜蜜》中「嘴」、「許」與「侶」，《願望》中的「門」與「情」；還有機械式處理的，如《一步一回頭》中加上「非難」以便於「膽寒」協韻，《謝絕》中為了與「苦惱」押韻，改「幕了」為「帳幕一套」，但意義是重複的，是為了韻的屈就。可見方言韻切除不當並沒有帶來什麼可圈可點之處，有些作品雖然強化了押普通話韻的意識，但也殘存著方言韻的尾韻，整體上音節的和諧退步了。

除改正方音韻之外，進行力度較大的是方言語彙，進行力度最大的則是口語方言句子。前者除「姆媽」、「耍子」、「勿」、「烈熱」、「莫來由」、「怎的」、「夐」、「姆媽」、「鬧熱」之類方言語彙被刪除之外，還淘汰了一些個人化的不規範語彙，如「飛紅著臉」、「園角頭」（《園外》），「綠濃濃的」、「蹈舞」（《西湖雜詩·五》）；後者係改方言成分的口語句子為中規中矩的普通話，在當時口語入詩色彩極濃的汪靜之，盡情放情地謳歌愛情，是沒有多少顧慮與猶疑的，字裏行間都透著稚氣與天真。在改口語句子時最顯著的標誌是大量刪棄表語氣、情態的語助詞。這些語助詞雖然沒有太多的意義，但句子節奏、伸縮度、表達出的韻味，都喪失不少。另外在改句子時大多刪削曲折含蓄的說

〔註57〕汪靜之：《蕙的風·自序》，《蕙的風》，北京：人民文學出版社，1957年版，第1頁。

法，換用古板著臉的政論文式語言，而且一般是生硬、僵化的陳述句。像「北高峰給我登上了」(《西湖雜詩・三》,「我親愛的父母，的姊妹，的朋友呵！」(《西湖雜詩・七》,「我只是我底我，／我要怎樣就怎樣」(《自由》)之類的口語化句子或改或刪，都在新版中不見蹤影了。留下的詩，有好有壞，但整體上詩歌的生氣與內在韻律受的內傷頗重。許多詩作從鮮花變成了紙花，像「敏慧的鳥兒，／宛轉地歌唱在樹上」改為「鳥兒在樹上宛轉地歌唱」一樣，很少能達到精益求精的理想效果。總體而言，在新的時代背景下，對過去的舊作進行修訂，有得有失，從亞東版到人文版，失大於得。它既破壞了原版的完整與形象，也沒有站在真、善、美的高度提升舊我。其次，從版本學考量，對後來的研究者，不能看到初版者的讀者或研究者，增加了新的困惑與矛盾，也增加了不必要的人為困難。因此，從亞東版到人文版，《蕙的風》曾經給汪靜之帶來了相當的聲譽，可是事過境遷，三十多年後在向普通話寫作與人民文藝的過渡中，每一首詩卻逃不掉刀斧相加於身的命運。

三

　　1992 年灕江出版社的增訂本，應該說是詩人生前最後修改的定本，版本變遷仍然延續的是 1950 年代普通話寫作的路子，因此在這裡僅僅作為一個典型案例來審察共和國文學視野下普通話寫作的延續性。

　　在增訂本的短序中，汪靜之補充交代了在亞東版基礎上所作的兩次大的修改的緣起與理由。1956 年魯迅逝世二十週年紀念日，馮雪峰因為魯迅先生對《蕙的風》的賞識，而決定重新出版。1956 年修改《蕙的風》時，自己決定「只剪枝，不接木」，只刪不增；只在字句上修改，決不提高原詩的思想水平。似乎普通話寫作這一策略在詩人看來是可取而有益的，因此增訂本仍然沿襲這一方法，仍舊埋頭進行「只剪枝，不接木」的工作。其次，據作者交代，人文版因讀者責怪詩人把初版本刪汰太多，現增選四十一首。這樣增訂本與亞東版比較，幾乎在篇數上達到了亞東版的一半左右。但因為文字刪削過多，在詩行上仍只占四分之一左右。再次，據詩人介紹，「增訂本注明贈某人憶某人的名字，作為紀念。」因此出現了三個人的名字，一是符竹因（以菉漪為其別名，有時也寫作綠漪），二是曹珮聲，三是曹珮聲的丈夫胡家。

　　從實際情況來看，詩人在《增訂本序》中的說法並不準確：一是詩集的作品數量，實際上包含了人文版刪去三首之後的四十八首，這次從亞東版中重新

遴選了三十四首進行補充，一共八十二首；二是恢復真名實姓也沒有完全做到，有四首詩是題贈或回憶 H 所作，「H」沒有標明是誰，據考證，應是在杭州與詩人談過戀愛的湖南籍女學生傅慧貞；三是修訂原則上也大大突破了作者的原則，增添詩行的情況較多，詩句內容已發生較大變更的，則是相當普遍的了。

從人文版到增訂本，兼顧亞東版到增訂本，這次修訂具有以下幾個特點：增訂本與人文版相比，有三種改動：一是從標題來看，一共有三十七首沒有改動，只是排列順序發生了變化。原先在「小詩幾首」名義下的也放到了單獨的位置上。二是有十首改動了標題，分別是《題 B 底小影》改為《題珮聲小影》、《眼睛》改為《含情的眼睛》、《戀愛底甜蜜》改為《戀愛的甜蜜》、《願望》改為《薇娜絲》（現在通譯維那斯）、《她底眼睛》改為《漪的眼睛》（正文中為《茱漪底眼睛》、《心上人底家鄉》改為《心上人的家鄉》、《西湖雜詩》（五首）分別取名為《月亮與西湖》、《山和水的親呢》、《上等人》、《我是魚兒你是鳥》、《荷花》。三是刪掉三首，分別是《白嶽紀遊》之二、《尋遍人間》、《伴侶》；前面二首被刪主要是藝術上比較差，後一首則是內容上的。《伴侶》在亞東版上原是《情侶》，是記敘作者與馮雪峰、潘漠華、應修人同遊西湖雷峰之景所寫，從字裏行間來看，則是寫「我」與應修人挽手共上雷峰之事，改《情侶》為《伴侶》自然很合適。但從增訂本來看，詩人主要傾向於他與幾個異性之間的愛情書寫，因此刪除了這一首。

其次，增訂本的《蕙的風》，在思想內容方面滑向個人生活，有從公共空間退縮的趨勢。在詩集目錄的標題中，這一點看不出來，但在正文中，標題變化較大——都標明贈某人或憶某人，這樣坐實了詩的內容與對象，明顯是回退到個人私密性的生活中去。上個世紀九十年代汪靜之出版《六美緣》，便明確指向與自己戀愛和交往的六個女性，這一方面不避諱，反映了詩人汪靜之坦蕩與純真的本色，可見汪靜之的情詩，都是詩人自己的情事，真名實姓而有案可查的。因此，增訂本正文的具體標題下，汪靜之以「憶某某」、「贈某某」附錄的詩比比皆是，統計結果是這樣的：與茱漪相關的有二十八首，與曹珮聲相關的有九首，與 H（即談過戀愛的傅慧貞）相關的有四首，此外偕珮聲、茱漪同遊西湖所作的《西湖小詩》六首。如流傳甚廣的《伊底眼》（人文版改為《她底眼睛》，此時改為《茱漪底眼睛（贈茱漪）》，主打詩歌《蕙的風》改為《蕙的風（回憶 H）》，推測起來是「蕙」與「慧」諧音之故。

以上所述是相關性的背景資料，下面再來看具體詩作的文本異同情況。

從亞東版到人文版的詩作修改，在增訂本中絕大多數仍沿用了。當中也有例外，如人文版的《願望》改爲《薇娜絲（贈蒹漪）》後，詩句也有大的變動：原詩二節八行，改爲三節十二行，採用的是加法，詩句修改之處達十餘行。其次，這次增加的三十四首，或是改變標題，或是摘取亞東版原作的開頭或結尾之詩節，略作修訂重新取名。試以亞東版與增訂本校釋，其中有十二首保持原有題目，二十二是從原有組詩或詩行中摘錄出來並重新命名的。亞東版中原有的詩，有的一首詩變成了若干首，如從《別情》中析出了《水一樣溫柔》、《處處都有你》、《夢中相會》三首；《只得》改爲《胡家的鬼》，《互贈》改爲《最美滿的情緣》，《遣憂》改爲《牧童與樵女》。在內容上，七成以上的詩作在詩行上改動甚大，既體現在趨向格律體與民歌體等形式上，也體現在詩行的字詞句上，或押韻，或協調，或去口語化。因爲這一方面的修改十分普遍，這裡便不一一列舉詳述了。

四

　　通過《蕙的風》詩集主要版本的考察，可以發現，新中國成立之後作家思想改造與文藝思潮領域推行普通話寫作的時代語境，深淺不一地持續影響了詩人對詩集的刪節與斧削。正如一位年輕學者所言，「五十年代作家對舊作的修改可分爲語言和內容兩個層面」，「作家對語言的修改體現了五十年代漢語規範化的時代要求。」〔註 58〕在新詩領域，新詩白話化（某種程度上是方言化）、口語化，與現代漢語的規範化之間，存在某種張力結構。同時，語言的穩定性與基礎性，語言風格的持續性，又暗中反彈，限制了語言的同一化進程。比如，方言也不能全部剔除淨盡，方言身份的複雜、表現力與詩人語言資源等原因，以及題材上的限制也保護了這一點。所以，在詩歌中語言的變動應是比較緩和的，不那麼容易做到脫胎換骨。但是，汪靜之在《蕙的風》裏，基本否定了《蕙的風》的過去，語言形態已是今非昔比。「50 年代『綠皮書工程』的大修改，已經偏離了正常狀態的修改，是常態與異態並存，甚至常常是異態壓倒了常態。」〔註 59〕作爲「綠皮書工程」中的一本，《蕙的風》

〔註 58〕陳改玲：《重建新文學史秩序：1950～1957 年現代作家選集的出版研究》，人民文學出版社，2006 年，第 200 頁。

〔註 59〕楊義：《五十年代作家對舊作的修改》，《中國現代文學研究叢刊》2003 年第 2 期。

也可以說是偏離了「常態」的修改。

　　從這個案再返觀新中國成立後大一統理念指導下的新詩普通話化，這一轉變本身也是矛盾重重、富於歧義的。當時提倡為語言的純潔和健康而鬥爭，既明顯是為統一的想像國家共同體服務，它還需要經過實踐的檢驗。其一、當時提倡普通話的語言學家，一方面是引用、學習引進的斯大林等政治領袖的語言學觀點，一方面是解釋當時欽定的走拼音文字的道路來看待整個文字改革工作。這似乎在做一個論點偏頗，論據有限而論證又差強人意的論述題。這一切影響甚至左右著詩人們的寫作，包括投入的愉悅與不適的焦慮。像寫什麼一樣，如何寫作便是當時橫亙在每一個詩人面前的具體問題。要麼表態支持普通話寫作，並落到實處，在自己的每一次寫作中得到體現，要麼停止創作，轉身而去，這似乎成了當時的兩條背道而馳的道路。像重新學會怎樣說話一樣，背棄固有的口語，投入到宏大而陌生的共同語規範化汪洋中，也是一個重新開始、適應的過程。在這寫作範式的背後，則存在作家思想改造的有力支撐，對於汪靜之而言，他在國民黨中央軍校任教的那段歷史，時時成為他企圖重新融入新中國的阻礙。告別過去的陰影，汪靜之都想通過迴避或掩飾，來改頭換面贏得新生。因此，對於自稱一生不問政治的汪靜之而言，也難逃此律。比如，詩人在整個五十年代以後曾加入到時代合唱中去，成為宏大敘事與抒情的積極者，口號式的寫作有之，宏大題材有之，謳歌黨與時代之作有之。汪靜之試圖以詩載道，但實踐證明這一道路並不是人人適合走的路子，汪氏後來將此類詩稿焚毀一空，便是明證。《蕙的風》從亞東版，到人文版再到增訂本，則是殃及池魚的副產品，不同版本的《蕙的風》，大體是倒著走路的退步之舉，留下的是一聲沉重的歷史歎息。

第四章　個體之舞：在迎合與疏離之間

　　普通話寫作是一次在語言領域深入全社會每個角落的全民運動，很少有處於創作中的作家沒有捲入進去，很少有作家不會受其潛在影響。不同的作家，在新中國成立後擁有不同的位置、不同的語言風格，如何作為一個生命個體去面對普通話寫作，是一個十分蕪雜而繁複的事情。在迎合與疏離之間，可以看出一幅作家們各自舞蹈的時代背影。選擇什麼樣的作家最為合適呢？我們認為那些語言風格早已形成而且特別，在語言藝術上有大師之稱的作家最具有代表性。本章選擇周立波、趙樹理、葉聖陶、老舍就是出於這樣的動機。1956 年，在中國作協第二次理事會擴大會議上，周揚在其報告中談到重視文學遺產與傳統，號召青年作家向現代作家學習技巧時這樣描述：「魯迅的創作開創了整個新文學的歷史；他留給我們的遺產是一切文學遺產中對我們最親切的，也是最寶貴的和最有價值的；我們必須首先認真地加以研究。郭沫若的《女神》開闢了一個新詩的時代。作家茅盾、老舍、巴金、曹禺、趙樹理都是當代語言藝術的大師。」〔註 1〕估計新文學史上的「魯郭茅巴老曹」的定位與周揚的這一描述有關，另外，趙樹理也名列其中，反映了周揚對他一貫的肯定和好評，其它像郭沫若、茅盾等人對他語言方面的評價之高也是有目共睹的。周立波沒有享受過這一尊榮，但他的語言立場是堅定的、語言風格是獨特的。葉聖陶是一個老前輩作家，成名於 1920 年代，素以講究語言、修辭嚴謹著稱，在 50 年代也有突出的表現。

　　綜上所述，本章以個案為主，有代表性地選擇四位影響甚著的當代作家進行論述，從個體生命對普通話寫作的關係來論證普通話寫作與個體的碰撞、融通，通過兩者之間的縫隙，來審視普通話寫作展開的方向與進程。

〔註 1〕 周揚：《建設社會主義文學的任務》、《中國作家協會第二次理事會會議（擴大）報告、發言集》，人民文學出版社，1956 年，第 35 頁。

第一節　方言化：周立波的疏離與抗拒

在五十年代知名的作家隊伍中，湖南作家周立波是主流作家，也是抗拒普通話、具有方言情結的代表性作家，有論者把他視爲現代湘籍「泛方言寫作」的代表〔註2〕。在五十年代去方言化的思潮中，他在理論上既有源自40年代自我獨特理解群眾語言進而支持方言入文的大膽發言與建構，也有實踐領域從《暴風驟雨》到《山鄉巨變》的大作作爲支撐，還有像《蓋滿爹》、《臘妹子》等一批反映湖南益陽風土民情的短篇小說。在普通話與方言之間，周立波偏於後者；對普通話寫作採取疏離與抗拒的姿態，讓周立波時時在50年代作爲不同批評者的對象，確實提供了一個經典的作家個案。

一

作爲一個親歷毛澤東在延安文藝座談會上「講話」的左翼作家，作爲一個在日後紀念「講話」週年或類似活動中總是有文章進行闡釋的作家，周立波給自己的方言化創作找到了理論的淵源。〔註3〕另外，周立波和周揚親密良好的特殊關係，50年代中幾乎每寫一個作品在發表前即給周揚審閱，也使周立波當時有一定的底氣。按今天的行話來說，他是一位有背景、有資歷的作家。〔註4〕如果從20世紀中國文學語言變遷史的角度進行考察的話，他無疑是最有個性、特色的一位。「從《暴風驟雨》到《山鄉巨變》，周立波的創作沿著兩條線交錯發展，一條是民族形式，一條是個人風格；確切地說，他在

〔註2〕 參閱董正宇：《方言視域中的文學湘軍：現代湘籍作家「泛方言寫作」現象研究》，中國社會科學出版社，2008年。

〔註3〕 周立波自從1942年參加延安文藝座談會和整風運動後，在一生中堅定不移地走同工農兵相結合的道路，多次發表文章和談話，稱讚毛澤東同志「講話」的劃時代意義及其對自己的影響，在週年紀念活動中，均寫有論文。如論文《後悔與前瞻》，《解放日報》1943年4月3日；紀念「講話」發表十週年，作論文《談思想感情的變化》，《文藝報》1952年6月25日；紀念「講話」發表十五週年，作論文《紀念、回顧和展望》，《文藝報》1957年5月19日，紀念「講話」發表二十週年，作論文《紀念一個偉大文獻誕生的二十週年》，《湖南文學》1962年第5期；紀念「講話」發表三十五週年，作散文《一個偉大文獻的誕生》，《人民文學》1977年第5期；紀念「講話」發表三十六週年，作論文《深入生活，繁榮創作》，《紅旗》1978年第5期。

〔註4〕 徐慶全：《少年叔侄如兄弟》，《湘潮》2008年第8期。徐文稱趙樹理和周立波是周揚的外圍一說。

追求民族形式的時候逐步地建立起他的個人風格。」〔註5〕所謂的「民族形式」、「個人風格」，更多指的是他的語言形式，是一種以抗拒普通話形式，以方言化方式寫作的一種寫作範式。雖然茅盾後來也用「濫用方言」委婉地批評過他在此方面的探索，但對方言情結甚深的周立波影響不大。他的語言風格是非常鮮明的，也是持之以恒的。

運用東北話的長篇小說《暴風驟雨》，既是解放前夕反映土改題材的代表作，也是新中國成立後僅有的幾部獲斯大林文學獎金的作品之一。其語言取向偏於群眾語言，受到較多的讚譽。〔註6〕來自湘語區域的周立波，到延安時曾有一段時間在語言上存在障礙，經過一段磨合後改變了歐化、翻譯腔的毛病，形成了夾雜西北方言的群眾性的文學語言；從他描寫農家母牛生產小牛場面的《牛》之後，漸漸擺脫掉了洋八股的習氣。周立波1948年去東北地區的黑龍江省尚志元寶地區開展土改工作，第一次踏上這片肥沃的土地，拼命學習群眾語言仍是作家的首要任務，雖然他在創作中運用得還不地道，但化用東北話的速度是驚人的。「想用農民的語言來寫的，這在我是一種嘗試，一種開始。」〔註7〕這一種「嘗試」及時地得到了喝彩聲：「在語言方面使我很驚詫。立波同志是湖南人，到東北來時間不長，竟能掌握比較豐富的東北農民語言，這是了不起的。比起他過去的作品來，是一個大大的進步。」〔註8〕

《暴風驟雨》剛剛面世，得到的評論基調是頌歌一片，可是在五十年代卻持續處在微妙的批評與責難的聲浪中。雖然也有不少辯護的意見貫串於五十年代，但基本上屬於防禦戰。換一個立場稍不堅定的作家早就改弦易轍了，但是周立波依然故我作了一個頑固派。後來他主動回到家鄉湖南益陽，參加轟轟烈烈的農業合作化，參加農業生產，吃穿住行保持一個農民的本色，可以說像毛澤東所要求的一樣與農民群眾真正打成了一片。以湖南益陽方言為底色寫成的《山鄉巨變》上卷於1957年年底完稿，1958年在《人民文學》一至六期全文連載，同年由作家出版社出版單行本。可想而知，這正是推廣普

〔註5〕茅盾：《反映社會主義躍進的時代，推動社會主義時代的躍進》，《人民文學》1960年第8期。

〔註6〕當時較為知名的評論家陳湧衡生認為此作品語言比較單純，雖然個別地方土語化，但群眾語言值得肯定。見陳湧：《暴風驟雨》，《文藝報》1952年11、12號合刊。

〔註7〕周立波：《〈暴風驟雨〉是怎樣寫的》，《東北日報》1948年5月29日。

〔註8〕周立波：《〈暴風驟雨〉座談會記錄摘要》，《周立波研究資料》，湖南人民出版社，1983年，第291～292頁。

通話的高峰期，一波未平一波又起，可想而知這次的負面評論比《暴風驟雨》更甚，雖然也有個別肯定的聲音，但是被提倡普通話寫作、反對方言化寫作的聲音所淹沒。所幸的是作品在反映的題材上屬於主旋律的洪鐘律呂，即以湖南益陽清溪鄉爲背景來反映五十年代如火如荼的農業合作化運動過程在農村的歷史進程，這爲周立波擋住了不少明槍暗箭。題材方面從土改到合作化，是一個輪迴；語言方面從東北話到湖南話，也是一次自覺的母語回歸。

整個《山鄉巨變》，不論是敘述描寫，還是人物對話，都呈現出盡量方言化的特徵。「在農村和工廠，我常常留心傾聽一切人的說話，從他們口裏，學習和記取生動活潑的語言。使用方言土語時，爲了使讀者能懂，我採用了三種辦法：一是節約使用過於冷僻的字眼；二是必須估計讀者不懂的字眼時，就加注解；三是反覆運用，使得讀者一回生，二回熟，見面幾次，就理解了。方言土語是廣泛流傳於群眾口頭的活的語言，如果完全擯棄它不用，會使表現生活的文學作品受到蠻大的損失」〔註 9〕下面，我們不妨比較一下兩部作品的開頭，選擇一些方言語彙加以解釋，也是常態研究的模式：

> 七月裏的一個清早，太陽剛出來。地裏，芭米和高梁的碓青的葉子上，抹上了金子的顏色。豆葉和西蔓穀上的露水，好像無數銀珠似的晃眼睛。道旁屯範裏，做早飯的淡青色的柴煙，正從土黃屋頂上高高地飄起。一群群牛馬，從屯子裏出來，往草甸子走去。一個戴尖頂草帽的牛倌，騎在一匹兒馬的光背上，用鞭子吆喝牲口，不讓它們走近莊稼地。這時候，從縣城那面，來了一掛四軲轆大車。軲轆滾動的聲音，雜著趕車人的吆喝，驚動了牛倌。他望著車上的人們，忘了自己的牲口。前邊一頭大牝子趁著這個空，在地邊上吃起芭米棵來了。

—— 《暴風驟雨》

> 一九五五年初冬，一個風和日暖的下午，資江下游一座縣城裏，成千的男女，背著被包和雨傘，從中共縣委會的大門口擠擠夾夾湧出來，散在麻石鋪成的長街上。他們三三五五地走著，抽煙、談講和笑鬧。到了十字街口上，大家用握手、點頭、好心的祝福或含笑的咒罵來互相告別。分手以後，他們有的往北，有的奔南，要過資

〔註 9〕周立波：《關於〈山鄉巨變〉答記者問》，《人民文學》1958 年第 7 期。

江，到南的各個區鄉去。

　　節令是冬天，資江水落了。平靜的河水清得發綠，清得可愛。一隻橫河劃子裝滿了乘客，艄公左手挽槳，右手用篙子在水肚裏一點，把船撐開，掉轉船身，往對岸蕩去。……

——《山鄉巨變》

　　這完全是敘述的語言，在敘述與描寫語言層面做得怎樣，更能體現出語言風格。作家在處理對話時，以個性語言爲理由，一般方言化，地域化是存在的。但在敘述與描寫上，絕大多數都避免了，或者說能避免的都避免開了。相比較一下，不難發現，一個是北方的屯落，一個是南方的水鄉。以寫景來開頭，可是也是方言化、地域化相當明顯的，如《山鄉巨變》的開頭，「擠擠夾夾」、「談講」、「水落」、「艄公」、「水肚」之類的地方性語彙，「橫河劃子」這一湖南鄉間擺渡的船隻，都不難發現兩者之間的差異之處。

　　在《山鄉巨變》中，益陽方言土語大面積進入了文學語言之中，譬如名稱風物：「堂客」（妻子）、「開山子」（斧頭）、「料」（棺材）、「牽子」（上眼皮上的疤痕）、「地生」（爲死者選擇墓地的風水先生），以及爲了寫湖南農村，用「扮桶、茶子、擦菜子」之類用普通話很難找到相應的說法的名物；又譬如習慣俗諺：「吃鬆活飯」（做輕鬆事情）、「腳路」（有關係門路）、「咬筋」（認死理，不好商量）、「棉花耳朵」（耳根子軟，立場不堅定）、「竹腦殼」（腦袋不開竅）……在這大量的方言土語中，也有一些是諧音的藉詞記錄，如形容安靜用「寂寂封音」，特別是其中的一個主要人物「亭麵糊」，不但其「麵糊」一詞來自於土語，意指頭腦大事不清醒，有點糊裏糊塗。出自他的口裏，有更多這樣的土語、地方講談，可以說稱得上一部活字典。如果五十年代大規模調查方言時選擇益陽清溪作爲地點方言時，則是最佳的人選。這一人物是書中最爲生動的人物典型，其語言方式、風格也是其中最爲生動、風趣的內容之一。

二

　　在上文論述中，已經多次提到周立波的創作引起批評者不滿的意見等方面的內容。這裏再集中篇幅進行梳理與分析，試圖勾勒批評視野下的周立波此類作品的命運。

　　說到文學批評，讀者則是它的參與者，不同層次讀者的反應是重要的組成部分。五十年代的文學讀者與文學評價以及與作家寫作之間的關係比較複

雜。讀者的意見對文學的生產會產生牽引作用；在當時的文學生產與消費中，文藝界領導者也利用讀者的身份，有意識地影響作家的創作觀念、趣味、風格。在鼓勵讀者發言的大環境中，社會也在塑造讀者的地位、尊嚴，哪怕是盲目的；同時也培養了不少善於呼應政策、附和權威批評的讀者，不論是文學界發生的重大事件與思潮爭論，還是具體作家作品的評價與定位，總有標注全國某某地方的讀者們，在合適的時間與地點出來寫讀者來信、寫批評文章，捆綁在主流意見中，從而構成文學規範力量的重要部分。在具體的操作過程中，有些讀者是有名字的，也有一些是無名的，以一個群眾讀者群（尤其是工農兵讀者群）來暗指事實上看不見但感覺得到的集體。〔註 10〕其中，也有捉刀代筆然後冠以讀者來信來稿的名目進行批評的文章，或長或短，都表達出群眾的眼睛是雪亮的這一目的。讀者的意見，在推廣普通話，進行普通話寫作的提倡中，也被廣泛運用。〔註 11〕有時刊物一旦發表一篇評論不規範的詞句的稿件，類似的讀者稿件會蜂湧而至，刊物不得不進行歸併綜述，或者聲明此類稿件過多不會刊出。〔註 12〕為了便於分析，我們採取分為專業的批評家與業餘的群眾兩個讀者層次進行剖析。有時候，在五十年代特殊的時期，後者發揮的作用可能更大，對作家的影響也更深入持久。當時很多作家在前言與後記中說遵照讀者意見修改作品，成為一種習見性的表述。

　　具體到周立波的作品，這方面的資料相當零散，也相當豐富。普通讀者群與專業讀者群，意見互為交叉，但也有一些規律性的規則在裏面。首先，我們來梳理普通讀者的批評聲音。在五十年代，這一方面的意見沒有大量收

〔註 10〕1953 年 10 月 29 日，巴金在朝鮮寫給妻子蕭珊的家信中，就對此現象有所抱怨，「《黃文元》在志願軍中甚好，但北京一青年工人來信說很壞，有時候一個就把自己看作群眾。」見《家書‧巴金蕭珊書信集》，浙江文藝出版社，1994年，第 150 頁。

〔註 11〕對讀者標明省份，身份，以示真實和廣泛：代表性的如《文藝報》的一篇綜述文章：「最近兩個月，收到不少讀者對文學作品的意見，從這些來件中可以看到廣大讀者對文學創作的關心和期待。這些意見雖然並不一定都很正確、中肯，但為了使文藝工作者能夠了解讀者的意見及要求，有吸引更多讀者關心我們的文藝創作，我們把這些意見整理出來，以供參考。」《對一些文學作品的意見——讀者來件綜述》，《文藝報》1954 年 17 號。

〔註 12〕譬如《語文學習》1957 年 4 月號在封底的《編者的話》中有此說明「評論不規範的詞句的稿件，我們原有積存，今年 1 月號刊出《不合事理及其他》後，這類稿件越來越多，有的很零碎，例子也不典型。今後希望能精選典型的例句，並按錯誤的性質分別歸類。不過本刊篇幅有限，也不一定能夠一一刊出。」

集，倒是有文章可作，比如，當《暴風驟雨》還在《東北日報》副刊連載時，便有一個署名「霜野」的讀者來信，據他自己介紹，是「從來也沒有寫過什麼東西，和批評過誰的東西」的讀者。他的出發點往往是主觀上的感覺和認識。他寫這一批評倒是有些意思：「因我看到副刊上關於《一個農民的真實故事》大家發表了不少意見，我才知道我們的黨報，是誰有話都可以說的。所我也就大膽的寫了這些主觀上的感覺和認識。」〔註13〕讀者的理由一是從別人身上受到鼓舞，二是黨報「是誰有話都可以說的」。真的是理直氣壯，從側面反映出一個時代的風氣。從霜野的信的內容分析，他是一個生活在東北的本地人，說法不符合東北本土實際情況，核心觀點是拿到群眾中去審查。

1952 年，《人民日報》上發表湖南華容縣糧食局唐紹禮的來信，報社還以編者按的方式進行總結。「很多新文藝作品都採用方言土語，並不止《暴風驟雨》一本書。也許作家們認為只有方言土語才是文學語言，用得越多，作品的藝術性越高。我認為這種意見是值得懷疑的。周立波同志的《暴風驟雨》的背景是東北農村，所以書裏邊用的是東北土語。假如他寫一個廣東的故事呢？也許就用廣東土語吧！如果把廣東的很多有音無字的土話，勉強地照著聲音把它寫下來，這樣不但別的地方的人不懂，恐怕連廣東人也不會完全看懂的。……可是如果按照普通話來寫，不但本地人懂得，別的地方的人也都懂得。因此我認為除了對象是少數民族或只準備給某一特殊地區的人看的作品外，一般文藝作品要盡可能地用普通話來寫作。那些已經流行開了的，已經為很多人所瞭解的土語，當然也可適當採用；那些不易為人瞭解的，甚至是某一作家僅憑字音獨創的詞兒，應該不用。這樣才普遍地為全國的讀者所接受。現在全國已經解放，交通四通八達，文藝作品的讀者已不限於一隅而是遍及全國了，所以只有用被公認的普遍的語言所寫出來的文藝作品，才能為廣東群眾所閱讀，才能起到普及作用。」〔註14〕對於讀者唐紹禮的意見，《人民日報》同時發表的編者按是這樣說的：「讀者唐紹禮的意見是值得注意的。《暴風驟雨》在運用群眾語言方面是有成績的，但同時也有缺點，就是不必要地過多地採用了不易為廣大群眾所普遍理解的土語。這使一部優秀的文藝作品在普遍流傳方面受到了一些限制。

〔註13〕李華盛、胡光凡編：《周立波研究資料》，湖南人民出版社，1983 年，第 279 頁。

〔註14〕唐紹禮：《對文藝作品中採用難懂的方言的意見》，《人民日報》1952 年 8 月 5 日。

關於文學作品的語言問題，是一個需要專家們進行很好的研究和討論的問題。我們發表上面的讀者意見，可以作為研究者的參考。」明顯的是，不論是普通讀者，還是黨報的編者，都持相近的立場。

群眾的眼睛是雪亮的，也是可信賴的，於是，便產生了這樣的事情，在50年代以後這樣的群眾多起來了，《山鄉巨變》發表後，這方面的批評也相當多，代表性的如下：曹日升：《湖南人也不懂的益陽話》，《人民文學》1958年4月號；劉日之：《也談周立波作品中的土語》，《人民文學》1958年6月號；秦文琴：《對周立波同志運用方言土語的意見》，《評〈山鄉巨變〉》，作家出版社，1959年；艾彤：《〈山鄉巨變〉的人物刻劃和語言的運用》，《湖南文學》1959年2月號。

其次，與普通讀者批評相併行的，是一批專業的文學批評家，也在艱難中發出了聲音。作為專家的意見，當時雖然並不具有權威性，但也是一種意見，起到參考與彌補的作用，至於到底有多大，我們暫時不用管它。出於專業的眼光，它往往是長篇大論，意見比較全面、深入。比如《暴風驟雨》上卷發表後，馬上請了同行來審閱，1948年5月，東北文協就召開了專門的作品座談會，作家草明、舒群等人發言，對運用東北方言進行寫作所評價的基調是正面肯定。對於《山鄉巨變》，王西彥是這樣評價的：「近來，常常有人拿推廣普通話的理由，反對和非難作家的採用方言土語，卻忽略了作家也提煉群眾語言來豐富普通話的責任」，「在《山鄉巨變》裏，立波同志在方言土語的運用上，是相當成功的。尤其象我這樣的讀者，雖然不是湖南人，卻在湖南農村裏生活過，工作過，聽得懂湖南話，讀起來就感到很親切。有些段落，我一面輕聲誦讀，一面點頭微笑，覺得立波同志寫得實在好，有味道。」〔註15〕也有時評認為《山鄉巨變》在群眾語言的運用上，比作者前兩部小說《暴風驟雨》和《鐵水奔流》「更成功些」，「群眾的語言，多數是通過方言和土語的形式表現出來的。在很多情況下，把方言和土語完全翻成普通話，就失去了色彩。小說並不是推廣普通話的課本。」〔註16〕評論家朱寨在《文學

〔註15〕 王西彥：《讀〈山鄉巨變〉》，《人民文學》1958年7月號。寫作此文的王西彥在上海文化界作領導工作，他於1938年10月在長沙結識周立波，《山鄉巨變》在《人民文學》連載後，他及時寫出長篇評論文章，對周立波的這一小說進行充分肯定，包括其方言化的語言策略。

〔註16〕 方敏、楊昭敏：《山鄉的巨變，人的巨變——讀小說〈山鄉巨變〉》，《評〈山鄉巨變〉》，作家出版社，1959年，第34～35頁。

評論》發表長篇論文，對方言化持全部肯定的態度。〔註17〕

可以說，除了從事語言學的學者（這部分人的批評意見基本上是反對周立波進行方言化寫作），不管是普通讀者，還是專業讀者，評論周立波小說創作所採取的文學語言方言化向度，是一種相互對立相悖的論調。對周立波小說的主題，民族形式，大眾化的文學語言取向，主流意識形態代言者和評論家給予了熱情的肯定，另一方面，否定的聲音也持續存在，一直到當下仍然是這樣。

三

周立波面對這些讀者的心態如何，是否做出明確的反應，現在沒有多少資料可以佐證。但肯定一點的是，對講話熟悉得很的周立波對群眾的意見還是比較關注的。譬如《暴風驟雨》發表後，就很感謝東北讀者霜野關於東北話運用正確與否的批評，在作品後續出版中一一做了修改。沒有調整的，也出於全國讀者不明確的目的，對小說文本以加重注解比例的方法進行彌補。其次，在語言觀念上，周立波也屢次強調對方言土語也是「有所增刪，有所增益，換句話說：都得要經過洗練。」〔註18〕

總之，周立波方言化寫作歷程，積累了經驗，為豐富文學語言是有意義的。正是大量滲入方言土語，才讓其作品語言群眾化，真正喚起了底層民眾的生活圖景。它不是空洞的，停留在口頭上，而是深入民間，徒手赤膊，作語言的打撈與打磨，周立波既值得關注又值得欽佩。當然，也不能否認那些由他挑起的關於方言問題的爭論，還會繼續下去。雖然這樣的爭論還會持續下去，但是，這一努力不容否定，意義會更加明顯。

第二節 趙樹理：山西味很醇的普通話

出身農村而又一輩子紮根在太行山脈農村的趙樹理，是解放區文藝圈子裏生長出來的一個獨特的現象。他的作品，幾乎以農民、農村、農業為題材。在四五十年代，他一直被當作解放區文學的一面旗幟樹立著。因為與毛澤東文藝「講話」精神暗暗吻合，也一直被周揚等人確立為文藝的新方向延續到 50 年

〔註17〕《人民文學》1959 年 4 月號
〔註18〕周立波：《談方言問題》，《文藝報》第 3 卷第 10 期，1951 年 3 月。

代。新中國成立之前，其作品便在解放區家喻戶曉。新中國成立後，這一趨勢在相當長一段時間內沒有變化。作爲嫻熟運用群眾語言（其實是北方農民話）的典範，在 40 年代就得到周揚、郭沫若、茅盾等權威人士的好評，1956 年，在周揚在作協理事會上的報告中又把他與老舍、葉聖陶、曹禺等一起同列爲語言大師。可以說，趙樹理在同時代作家中是最具底氣、最有資本的。

幾乎所有談到趙樹理及其小說創作的人都會對他的語言感興趣。趙樹理本人則一般在通俗化與群眾性的概括下進行自我總結。其作品語言的通俗化是明顯的，標準是農民讀者看得懂、聽得懂，以「懂」爲最高原則。在 50 年代普通話炙手可熱的大潮中，未脫農民本色，經常下鄉的趙樹理顯然沒有這樣的政治敏銳性，對於作家有推廣普通話的政治任務，趙樹理本人沒有多少表現，似乎也沒有擔負起來。與老舍、葉聖陶等不同，他不積極，也許也用不著積極。他重複的仍是口語、群眾語言的老調子，重複的是毛澤東所說的準確、鮮明、生動的標準。幾乎沒有跟風鼓吹過普通話寫作，他自己一直沒有把語言定位在普通話行列中。〔註 19〕可是，研究者早就這樣進行聯繫了，「趙樹理在作品中對他所熟悉的北方農民的口語進行加工、篩選、改造、提煉，使之成爲一種雅俗共賞的『農民普通話』，具有通俗曉暢，簡潔生動，質樸明快，幽默風趣的特點。」〔註 20〕也有論者認爲是「山西味很醇的普通話」。〔註 21〕當然這是後人的追認，兩者之間的聯繫到底有多大呢？這倒是一個值得深思的話題。

一

在四、五十年代的文學轉型中，來自山西太行山土生土長的趙樹理是典型的著名作家。趙樹理作品的刊佈、流行，除了主題、題材等方面的原因外，其語言形態也是頗爲獨特的。眾所周知，毛澤東 1942 年所發表的講話精神，與趙樹理在太行山區偏僻之地從事的文學創作實踐，以及他固有的文學觀念

〔註19〕 整個趙樹理的文論中，僅有爲數不多的兩三次涉及「普通話」字眼，而且也不是爲普通話鍍金，如 1961 年在壺關秧歌座談會上講話，趙氏認爲壺關秧歌不一定都去用普通話去唱，用地方語言好，能唱出味道來。出處見《趙樹理文集》（第 4 卷），人民文學出版社，2005 年，第 234 頁。

〔註20〕 朱棟霖等主編：《中國現代文學史 1917～1997》（上冊），高等教育出版社，1999年，第 330～331 頁。

〔註21〕 孫桂森：《山西味很醇的普通話》，《內蒙古民族師院學報》1991 年第 3 期。

是不謀而合的，趙樹理在不同的場合也表達了這種知音相惜的愉悅之情。就語言而論，講話中的觀念楔入趙樹理的內心深處，掀起的波瀾不可謂不洶湧。學習群眾的語言，學習農民的語言，與趙氏自己的情形是吻合的，從他的自述與當時權威的評論可見一斑。

趙樹理在發表成名作《小二黑結婚》之前，就參加過多年的抗日文化宣傳工作，不論是口頭宣傳、動員，不是辦通俗報刊等。因為服務對象主要是文盲占大多數的農民、戰士，所以在內容與形式上是採取與他們熟悉並易於接納的方式。趙樹理曾反覆說過這一點；小時他跟著能幹的父親到八音會去敲敲打打，閒時聚在一起的窮人沒頭沒尾地漫談，往往俏皮話聯成串，隨時都能引起鬨堂大笑。趙樹理把這裡稱做自己的「初級的語言學校」，在這語言學校，他學會並嫻熟地掌握了底層勞動人民的語言技巧。語言的大眾化與通俗化，遵從群眾的欣賞習慣和語言習慣。後來他贏得語言大師的榮譽，也與此密切相關。在四五十年代的權威評論者眼裏，也是這樣認為的，馮牧在1946年推薦《李有才板話》時，其中第三條成就便是他的群眾化的表現的形式，「它的語言是極其單純樸素的，它盡量地採用了民間語言」。〔註22〕「他在他的作品中那麼熟練地豐富地運用了群眾的語言，顯示了他的口語化的卓越的能力；不但在人物對話上，而且在一般敘述的描寫上，都是口語化的。……他的語言是群眾的活的語言。」〔註23〕

值得追問的是，「民間語言」、「群眾的活的語言」實際上又是什麼樣的語言形態呢？在當時，沒有哪一種表述比這一說法更高級、更有表達力。與其說趙樹理小說語言與歐化、方言、土語似乎天生絕緣似的，還不如說乃是大量的方言、土語、諺語和歇後語等的別稱。只是山西話納入到北方方言勢力範圍，趙樹理有所提煉的緣故罷了。歐化以及與它有關聯的學生腔、知識分子腔，在趙樹理那裡倒是一個不斷揚棄的過程。對山西沁水方言，因為經常保持適當提煉、含納的態度，掩蓋了趙樹理語言本土化這一基座。

首先，我們來看趙樹理從歐化到口語化的轉型。趙樹理的青年時代，雖然沒有跨省外出求學的經歷，更沒有留學鍍金的輝煌歷史，但他畢竟多少接受過

〔註22〕馮牧：《人民文藝的傑出成果》，黃修己編：《趙樹理研究資料》，北嶽文藝出版社，1985年，第174頁。

〔註23〕周揚：《論趙樹理的創作》，《周揚文集》（第 1 卷），人民文學出版社，1984年，第495頁。

新文學的影響。在語言的歐化、學生腔方面有過接觸性的含納。「我在學生時代也曾學過五四時期的語體文（書報語，不能做口頭語用）和新詩（語言上屬翻譯語），而且有一度深感興趣，後來厭其做作太大，放棄了。」〔註24〕這一特點，事實上又得到了一部分評論者的認同。從歐化、學生腔返回到哪裏去呢？那就是向底層民眾口語的過渡，不過，就作家而言，則是以山西話爲基礎的口語，趙樹理的口頭語言（母語方言）是沁水話，晉東南上黨地區也就是趙樹理一生的生活範圍與創作基地。與趙樹理有交往的作家在回憶錄之類的文章中也不乏此類描寫，趙樹理解放後重新回鄉也是如此。趙樹理這樣介紹自己的經驗：「我既是個農民出身而又上過學校的人，自然是既不得不與農民說話，又不得不與知識分子說話。有時候從學校回到家鄉，向鄉間父老兄弟們談起話來，一不留心，也往往帶一點學生腔，可是一帶出那等腔調，立時就要遭到他們的議論，碰慣了釘子就學了點乖，以後即使向他們介紹知識分子的話，也要設法把知識分子的話翻譯成他們的話來說，時候久了就變成了習慣。說話如此，寫起文章來便也在這方面留神」。〔註25〕

　　具體從作品的語言痕迹來看，趙氏早期作品《盤龍峪》（第一章）當作史料被發掘以後，得到了研究界的重視。大眾化、大眾語的討論在當時已議論多時，趙樹理在僻遠的太行山山溝裏，用鄉下人的語言寫才能眞正做到大眾化。有學者認爲「直到現在爲止，用農村群眾的語言寫的大眾化的作品，其成績要比用大都市五方雜處的語言寫出的作品大得多。」〔註26〕論者進而考察，在《盤龍峪》這一作品中，是趙氏創作的里程碑，記載了趙氏語言變化的痕迹。其中有章回體小說古白話的影子，也有歐化的白話文的影響。到四十年代寫《小二黑結婚》，以及《李有才板話》等作品時，便看不到了，看到的倒是群眾口語。正如他所說，「然而」聽不慣，就寫成「可是」，「所以」生一點，就用「因此」，字眼兒這樣，句子也是如此，盡量照顧群眾說話的習慣，句子短一些，少用長句，「雞叫、狗咬」在這樣的說法，就不寫成「雞在叫，狗在咬」。

〔註24〕趙樹理：《回憶歷史　認識自己》，黃修己編：《趙樹理研究資料》，北嶽文藝出版社，1985 年，第 163 頁。

〔註25〕趙樹理：《也算經驗》，《趙樹理文集》（第 4 卷），人民文學出版社，2005 年，第 125 頁。

〔註26〕李國濤：《趙樹理藝術成熟的標誌》，《趙樹理研究文集》（上卷），中國文聯出版公司，1996 年，第 42 頁。

　　其次，這一群眾口語的基石，無疑是山西方言為底色的。這一點，可以從國外翻譯者的困惑作為佐證。日本人翻譯《三里灣》難懂，原因是山西方言的成分較多；挪威的學者翻譯《小二黑結婚》也是如此。〔註27〕關鍵的是，這一「山西味」，方言的成分到底有多大呢？山西方言滲透進入趙樹理文學語言的情況到底有多麼複雜呢？在我看來，這裡也還是有一個過程，當然山西話屬於北方話，有它的地利之便。「我是山西人，說話非說山西話不可，而寫書則不一定都是山西話，適當用一點是可以的。作品中適當用方言，使作品有地方色彩，亂用了也會搞糊塗的。」〔註28〕在涉及到一些民情風俗時，趙樹理一般估計讀者不懂時，會採取一種自我闡釋，或者照當地的說法，是怎樣怎樣一個意思；或者用括號括起來一段說明，起到釋疑的作用。在《李有才板話》中交代書名的來歷時，說到主人公李有才有個特別的本領是編歌子，就說「這種歌，在閣家山一帶叫『圪溜嘴』，官話叫『快板』。」此外，對添倉、吃烙餅幹部等的解釋。又比如《邪不壓正》小說中，說到姐夫小舅子見了面，總好說句打趣的話；遇到紅白喜事如何吃飯以及吃掛麵與河落的區別；女方家接綵禮時面對食盒的規矩，以及女家請來姑姑姨姨妗妗一類女人們與媒人的鬥嘴，諸如此類，作者都會仔細在「這地方的風俗」部份來詳細描述，間接為作品的易懂做舖墊準備。對於個別認為彆扭的方言土語，他採取的也是周立波、老舍式的辦法，適當採納，加以刪改，或者也偶爾在頁下加上簡短的注釋。

二

　　周揚對趙樹理作品的評價中，涉及到語言部分曾有這樣的描述：農民的語言和行動是緊緊結合的，語言表現行動，而又凝成於行動之中。鬥爭的語言和日常生活的語言完全融合起來，農民的機智和幽默在鬥爭的火焰中磨練得光芒四射。譬如《李有才板話》中，小順等人把諷刺的話叫做開心話，叫做扔磚頭話，是對李如珍這樣的地主的鬥爭語言。這樣的評述是貼切的。通過人物自己的個性化語言來顯示他們的性格，表現人物的思想情緒，是趙樹理的拿手好戲。

〔註27〕見《趙樹理研究文集》（下卷），中國文聯出版公司，1996 年，第 101，304 頁。
〔註28〕趙樹理：《生活・主題・人物・語言》，見《趙樹理文集》（第 4 卷），人民文學出版社，2005 年，第 287 頁。

這裡還可以以 1958 年創作的《靈泉洞》這部作品為例，說明類似的文學語言現象。作品中有一個劉石甫人物，以及一個國民黨參謀的語言描寫，與太行山區靈泉溝的群眾語言格格不入，頗具滑稽色彩。靈泉洞旁邊的靈泉溝村，在大山深處，地方的土語是當地百姓的語言。1940 年前後若干年裏，由於抗日戰爭的發生，這裡農民的生活因受戰爭影響，適當打開了通往外界的大門。日寇以及土匪一樣的閻蔣軍隊與靈泉溝一帶的抗日軍民也進行了一場生死戰爭。在這部計劃分上下兩部而實際只完成上部的長篇評書中，當初構思主要以大老粗農民金虎與上過中學的銀虎兄弟為主人物，金虎進城後沒有蛻變，而銀虎則發生蛻變，後來在勞動中改造自己。在趙樹理實際寫完的那一部分裏，主要是寫金虎這個外號為「傻瓜」的青年農民，他類似於《李家莊中的變遷》中的鐵鎖，在鬥爭中積累豐富的經驗，成為一名當地農民反抗日寇與蔣匪軍的英雄。小說一開頭，便寫金虎作為一名佃戶的兒子，讀了幾年小學因反對老師偏袒地主子女而憤然退學，在實際生產勞動與鬥爭中成長起來，譬如在抓差過程中機智應對，在護糧運動中有勇有謀，以及與當地地主劉承業的針鋒相對鬥爭中，都展開了許多生動、有趣的情節。

這裡，僅以評書中幾節內容為例，說明當時群眾口語與官話、其它方言的對峙。從靈泉溝出去到太原混過幾年小官，潦倒後退居鄉里的劉石甫就是一個這樣的典型，他是地主劉承業的堂兄，從省城回家以後，一言一行都要想法表示出他是從省城做官回來的樣子，典型的是常要把靈泉溝話加上幾個省城的字音，如把「門」念成「煤」，敘述者則在旁邊不動聲色加以譏諷。另外是因為戰爭原因，從別的地方逃到靈泉溝的吳參謀，一口無人能懂的外地話，需要一個翻譯才能向老百姓講明意思。書中有這樣的情節，當日寇進攻到縣城時，蔣匪軍沒有放一槍一炮，全部退居到大山深處的靈泉溝，主要軍務是以代購軍糧名義搶奪老百姓口糧。為了搞到糧食，吳參謀依仗劉承業，當著全村群眾有一次訓話，訓話之前，拿著摺扇的劉石甫主持了這一「盛」會。劉石甫說：「不要動了！聽話！我們的『抗戰』打了兩年多日本了。我們的中央軍『進行』到我們的『原籍』來了。他們的共產黨都被捉住了。我們的國民黨又都『秩序』了。我們的吳參謀來給你們訓話。大家要『嚴重』地聽！越『嚴重』吳參謀越喜歡。就是這個『問題』！」

劉石甫剛一說完，吳參謀毫不推讓開始訓話，一開口先說了個「漢荣」（後據其勤務兵翻譯為「立正」，下同），稍息後，然後是「斗西豪西林！麻

子斗不登！貴迷斗西極讓加入升斗，日本雜木冷狗不大吳蒙老？」（即「都
是活死人！什麼都不懂！國民都是這樣的教育程度，日本怎麼能夠不打我們
呢？」）……類似可笑的地方還有不少，靈泉溝群眾對劉石甫的話只是好奇，
而對吳參謀的話則完全沒人聽懂。吳參謀有板有眼地訓話，當然沒有發揮任
何作用。如果說劉石甫是假冒的太原「官話」，而吳參謀的話則是另一個地
方的方言，還帶有官腔、土匪腔，這裡是諷刺歐化、知識分子腔，以及外地
話。借用一句俗語，叫入鄉隨俗，借用延安解放區的流行話，則是要和群眾
打成一片，語言隔閡自然不能把工作開展下去。吳參謀的話也好，劉石甫的
話也好，都與靈泉溝的話不能融合，全都在與靈泉溝話的對比中，彰顯它的
醜態百出。

　　另外，趙樹理在描寫太行山區靈泉洞一帶農民在黨的領導下進行抗日鬥
爭與反抗國民黨匪軍的活動中，也處處帶出了地方色彩與一些風俗人情。譬
如金虎情急之中打死雜毛狼說是送他回了老家，同院的鄰居稱東院嬸嬸之
類，語氣詞「哩」結尾的句子相當普遍，還有許多地方土語的字詞，這裡便
不一一例舉了。

三

　　口語與書面語從對立到融合的過程，在舉國上下開展的普通話運動中落
到了實處。在 50 年代的文學思潮更迭與語言嬗變中，考察像趙樹理這樣的典
型作家，是有意義的。如何讓農民一聽就懂，一直是建國後趙樹理寫作的追
求，其中語言是重要的組成部分。他一方面覺得農民的語言豐富，粗野，有
力量，承認自己從口頭上學來的語言，要比從書本上學來的多一些；一方面
又從民間文藝、傳統的東西吸收語言資源，豐富自己的文學語言。

　　趙樹理在不同的場合講過一個例子，說明他對語言的取捨有這樣的標
準：「歌劇《白毛女》中的唱詞：『昨晚爹爹轉回家，心中有事不說話』。這既
不是古體詩，又不是今體詩，而是一種唱詞，是為農民大眾所喜愛的。假如
把這兩句話改為古風的體例：『昨宵父歸來，戚然無一語』，農民對這便會感
到興趣不大。如果改為洋腔『啊，昨晚，多麼令人愉快的除夕，可是我那與
愉快從來沒有緣分，被苦難的命運撥弄得終歲得不到慰藉的父親，竟捱到人
們快要起床的時候，才無精打采地拖著沉重的腳步踱回家來。從他那死一般
的眼神裏，可以看出他有像長江黃河那樣多的心事想向人傾訴，可是他竟是

那麼的沉默，以至使人在幾步之外，就可以聽到他的脈搏在急劇地跳動著。……』這一段話雖然沒超出『昨晚爹爹轉回家，心中有事不說話』的範圍，寫得細緻，感情也豐富，可是鄉村裏的老頭老太太就聽不懂，就不感興趣。」〔註29〕

為什麼呢，原因是雅化，古代或歐化都不是趙樹理青睞的對象，具體、形象、易懂才是作家感興趣的語言標準。上個世紀90年代以來，也有不少論者否定趙樹理的文學史地位，指陳趙樹理文學語言的不足之處，反思他當時獨尊群眾語言的弊端。但是，作為一種語言風格的書寫者，一個趙樹理的存在不是太多，而是太少。

第三節　葉聖陶：在告別與示範之間

在文學界資格最老，素有教育家、文學家、編輯出版家之名的葉聖陶，自參加第一次「文代會」的籌備開始，馬不停蹄地走進去了新中國的紅地毯，在整個50年代更是快馬加鞭，在語文教育與出版、文學創作與批評、廣播新聞與傳媒等方面或者進行組織工作，或者身體力行、知行合一，可以說是老樹開花，花香四溢。就現代漢語規範化運動而言，他為了推廣普通話，為了語言的規範化，可謂老驥伏櫪、壯心不已。

一

出於長期的編輯工作經驗與老作家的身份，葉聖陶對語言藝術的把握在50年代達到爐火純青的地步。作為一個在50年代每年國慶節那天登天安門樓觀禮、慶祝國慶的文化界知名人士，葉聖陶在當時之備受重視可見一斑。他除了擔當行政管理工作之外，編寫與修訂教科書，制訂教育方針，到各機關發表關於文學、語言、編輯等方面的講話是日常生活的一部分，此外還經常擔當中央政府高級文書、法律條文的擬稿與審訂工作。下面不妨摘錄他50年代的這些經歷：

1950年：2月26日，與胡愈之共商文字語言的改革問題；4月12日，始審改初中國語課文書稿；9月9日，受中央人民政府委託，作國徽製作法之說

〔註29〕趙樹理：《在中華函授學校「講座」第四學期開學式上的講話》，《趙樹理文集》（第4卷），人民文學出版社，2005年，第340頁。

明稿；9月16日，與胡喬木、呂叔湘等討論文字改革諸事；9月23日，修改全國出版會議的各種決議草案；10月11日，出席新文學選集之編輯會議。

1951年：3月4日，與胡喬木一起會見呂叔湘，請其在《人民日報》刊載文章談文法，供幹部研習；7月17日，受政務院委託，擬《標點符號用例略說》，歷二十日畢。

1953年：2月27日，修潤《斯大林全集》中三篇序文的譯稿；同年5月4日，始校閱人民出版社排印的《斯大林全集》第一卷校樣（以後陸續校閱各卷）；6月15始校閱第二卷樣稿；10月13日，修改魏建功的《〈新華字典〉凡例》稿。

1954年：3月6日，始參與修潤憲法草稿，任憲法起草委員會語文顧問，後歷時數月之久；8月20日，應李維漢之邀，參與修改解放臺灣之宣言草稿；8月30日，參與修訂全代會之組織法，次日參與修訂國務院之組織法，再次日，參與修改法院組織法；9月14日，參與修潤劉少奇同志的關於憲法的報告稿；9月23日，參與修潤周總理向全代大會作的政府工作報告稿；9月24日，為人民出版社看憲法、毛主席的開幕詞、劉少奇的報告的校樣，次日看周總理工作報告的校樣。

1955年：1月21日，應人代大會常委會之託，參與修定兵役法、解放軍軍官服役條例，以及關於勳章和獎章的文件稿；5月9日，參加文改會常務擴大會議，討論葉聖陶的關於推行標準語意見書；10月15日，全國文字改革會議開幕任常務主席；10月22日，與董純才等草擬文改會對於推廣普通話的決議稿。

1956年：3月9日，高祖文來訪，特邀葉聖陶批改國務院公文；9月19日，修潤茅盾草擬的在魯迅紀念會上的報告稿；

1958年：1月12日，攜周總理和胡喬木錄音膠帶，飛往成都宣傳漢語拼音方案；7月25日，出席全國普通話教學成績觀摩會開幕式，30日出席閉幕式；10月11日，始審讀中型詞典稿。

1959年：4月16日，出席現代漢語詞典審訂委員會（以後還有數次）；7月21日，修改教育部黨組呈中央關於整頓學校秩序的報告稿，次日修改教育部關於穩定現行教學計劃與現行教科書的報告稿；10月16日，始審改明年秋季用書《小學語文》各冊書稿。〔註30〕

〔註30〕詳見商金林編：《葉聖陶年譜》，江蘇教育出版社，1986年。

……

這裡僅僅勾勒出葉聖陶繁忙公務中的一個小小的身影側面，但是也足以見出葉聖陶在社會上的地位與影響。抽取出來說，在經常修飾潤色國家文件、公告的過程中，正是考驗葉聖陶語言規範、準確、生動的最佳表現。〔註31〕在當時，可以說沒有第二個人能與他媲美。

葉聖陶有這樣讓國人放心的語言功底，又有黨和政府所需要的政治素養，自然也加強了他在這方面的示範性。就漢語規範化而言，葉聖陶在五十年代一共發表數十篇文章進行鼓與吹，譬如《文字改革和語言規範化》、《廣播工作和語言規範化》、《什麼叫漢語規範化》、《人人都來推廣普通話》等等，便是旗幟鮮明具有代表性的文章。這樣的文章與一般作者不同之處，往往在相關會議召開之前幾個月就在中央一級的刊物報紙上發表，春江水暖鴨先知，無疑葉聖陶是走在前面的。

二

關注文風、文法，一直是葉聖陶多年養成的習慣，編輯工作讓葉聖陶對文字相當敏銳，一有什麼不妥、錯誤便能馬上推敲並發現。在 50 年代，葉聖陶經常給報紙、新華社、雜誌社等單位作關於語言的講座，在講座的過程中，也往往會將他平時的發現揭示出來。譬如，1950 年 6 月到 7 月初這短短的一個多月時間裏，他就連續撰寫了三篇談文法重要性的文章，文中所引的例句全都來自《人民日報》：有的句子本該拆開來說的，卻被糅在一起說了；有的句子說了不必說的或是該說而未說；有的句子則是不分場合對象亂用濫用文言成分。

就語言規範化來說，他是一個倡議者與領導者。考慮到人們日常交流思想的通暢，制訂出一個標準語來讓全社會共同遵守使用，葉聖陶這一思路與後來國家建構民族共同語是一致的。關於語言的規範化，最後定於普通話一

〔註31〕當時語言學家參與修改、潤飾國家文件、法律條例等比較普遍，如呂叔湘在 1954 年被《憲法》起草委員會聘請為語文顧問，與葉聖陶、鍾敬文等擔任此工作；他後來還參加新《憲法》及其修正案的文字修正工作。另外他還經常參加重要文件的定稿，如周恩來的一些報告、《人民日報》一些關於語言規劃方面的社論。見陳章太：《呂叔湘先生與當代中國的語言規範》，《中國語文》2004 年第 5 期。

身，是一種歷史的必然。「一個人住在本鄉本土，交往的全是些本地人，使用方言盡夠跟人家交流思想，在一切活動中調整共同工作了。要是來一個別地的人，彼此方言的差別比較大，或者到方言的差別比較大的別地去，方言就不濟事了。這只有兩個辦法解決。一個辦法是學會來的那個人的方言，學會所到的那個地方的方言。另一個辦法是彼此不用方言，使用一種共同的語言來交流思想，在一切活動中調整共同工作。現在提出的漢語規範化就是後一個辦法。以一種語言為標準，共同學會它，使用它，那就碰到什麼地方的人都成，到什麼地方去都成，一邊說，一邊聽，心心相通，毫無阻礙。漢語規範化就是要做到這樣。」〔註32〕

　　為了實現這一目的，他大面積地修改了自己過去的文學作品，在同時代作家中堪當表率，他為普通話寫作賣力地吆喝，先驅者足迹由此向前延伸。從中小學教材的編寫與修訂，到呼籲語言研究專家和所有從事語言工作的同志都要義不容辭地承擔起推廣普通話這個光榮而艱巨的任務，葉聖陶都不遺餘力。在北京音與方音之間尋找規律以求語音的統一，借助詞典的編寫與發行求得詞彙的規範，強化語法的訓練來掌握文法的正確，從三個層面進行規範化，可見葉聖陶的語言觀既涉及到文學作品本身，也涉及到社會語言的本質、功用等諸多方面。

　　下面以葉聖陶本身的修改為例，考察普通話寫作的樣板工程。關於這方面，主要是詞彙問題，涉及到語法的內容不多。《葉聖陶文集》三卷本，是當是為數不多的幾種現代作家文集之一，其中第三卷收錄了長篇小說《倪煥之》。朱泳燚的專著《葉聖陶的語言修改藝術》、金宏宇的《中國現代長篇小說名著版本校評》〔註33〕對此都有一些研究。據兩本書介紹，前一本書從葉聖陶過去的作品集子中，選出五十四篇短篇小說和十篇童話，與五十年代經過修改後的《葉聖陶文集》和《〈稻草人〉和其他童話》中的同篇作品進行比較，從收集到一萬條修改例句中選出一千多條，從四個方面進行詳細論述，復原了葉聖陶在語言規範化中的修改情況；後者以一章的篇幅體現在金宏宇的著作中，通過《倪煥之》初版本與文集本的比較，發現修改處達4200多處，主要集中在詞語和句子方面，其中詞語的調換、增刪占絕大多數。從這兩本

〔註32〕葉聖陶：《葉聖陶語文教育論集》，教育科學出版社，1980年版，第665～666頁。

〔註33〕出版情況分別是寧夏人民出版社，1981年；人民文學出版社，2004年。

書中，可以得知葉聖陶爲了做到語言規範化，不惜力氣修改舊作的過程。

本書在這些研究的基礎上，主要以 1951 年開明書店出版的《葉聖陶選集》與三卷本《葉聖陶文集》中同名短篇小說爲例，也在實證的基礎上進行一定的探索，發現葉聖陶修改文稿的一個側面。《葉聖陶選集》出版於 50 年代初，基本上保持了解放前原作的語言面貌，選集所收短篇小說共 28 篇（此外還有童話 9 篇），分別打散見於《葉聖陶文集》三卷之中。通過比照，可以看出以下特點：一是修改幅度很大，每頁都有不少修改之處，沒有改變內容，而是僅僅改變語言表達。二是和以上兩位研究者的結論相近，涉及到葉聖陶對吳語方言、文言成分、自造詞語等方面的替換、修改。按詞類來分，包括名詞、動詞、形容詞、代詞、俗語等各類語彙。譬如吳語詞彙方面有面龐改爲臉盤、因由改爲原因、歡喜改爲喜歡之類；文言成分方面包括去掉「之、矣」等虛詞，把單音字悉數改爲雙音詞；生造的詞語也做了處理。此外，作者通過同義詞的替換、句式的重新選擇，助詞「的、地、得、了」等字詞的修改，標點符號的改動，來達到當時葉聖陶所能達到的語言規範化水平。

葉聖陶的長篇小說、代表作一般都有研究，下面選擇一篇短篇小說爲例以作說明。1920 年代創作的早期小說集《隔膜》中《一生》這一短篇小說，筆者所見的是商務印書館 1935 年版。1954 年 12 月，由人民文學出版社出版《葉聖陶短篇小說選集》，選錄作者歷年所寫的大量作品中的精華共二十三篇組成，也選入了《一生》，葉聖陶按慣例作了一番修訂。這一小說以一個女人不堪夫家虐待，逃到城裏當女傭，後來在丈夫死後又被逼回夫家並被賣掉的故事。比較兩個不同時代集子的同一作品，我們發現，不計標點符號外，改動的地方共計 15 處，如將「白擲」改爲「白費」，「那裡」改爲「哪裏」，「歸去」改爲「回去」，「廿千」改爲「二十千」，「明天朝晨」改爲「第二天朝晨」。在五十年代，葉聖陶爲了適應當時的評價，改動了二處較大的：一是講伊逃到城裏當僕婦，「卻沒下田耕作這麼費力」；一處是「在伊是一條牛」之後，刪去「—— 一樣地不該有自己的主見——」。1958 年葉聖陶編校《葉聖陶文集》第一卷時，又重新恢復了，僅僅是字詞的修改，意思沒有變化。

經過大面積的修改，語言準確、生動了許多，語言確實也純潔了不少，但過去那種參差錯落的語言原味也似乎一去不復返了，作品閱讀給人的印象是陌生的，也顯得有點生硬。值得指出的是，修改中也有不少錯漏，也有一些屬於刪改的詞語卻保留了下來，呈現出語言方面純潔化的難度。可以說，

這一番修改並不全部是正確無誤的。葉聖陶在 60 年代給一研究者的書信中，也有一個自知之明的意見，不妨抄錄幾句：「文集固經修改，疏漏寧能盡免。足下謂有若干不妥之處未加改動，復有改而轉見弗當者，即其著例。又，於規範化未能前後一致，則以改動於非一時，認識尚未確立之故。」〔註34〕

葉聖陶通過從語言層面對解放前的小說作品進行修改，使同樣的作品出現了不同的本性與特徵。也許面對這些版本變遷時有見仁見智的看法，但有一點倒是沒有爭議的，即作品的每一次修改都可以觸摸到作者思想觀念的變遷，折射出時代的特殊氣息。對於語言規範化，葉聖陶盡力前撲的身影，記錄了一個老知識分子蹣跚學步的蛻變之旅。

第四節 老舍：從京白到京味

說到老舍，馬上聯想到的是京味。作為京味的核心，則是他一口地道而漂亮的北京話。與江浙、湖廣四川等省籍出身的作家人數眾多不同，真正來自北平的現代作家數量不多，尤其像老舍這樣在北平底層生活中摸黑打滾出來的作家更是鳳毛麟角。新中國成立後作為「人民藝術家」、語言大師的獲得者，老舍的這一勳章既是對他過去創作數十年的總結，也是他在 50 年代推廣普通話運動中的一種嘉獎，當然也並非完全是針對老舍的文學語言貢獻。

論述到老舍的語言觀以及文學語言發展軌跡，其子舒乙曾有一個概括：終其一生，老舍經歷了文言階段、拼命學寫白話文、初期的口語體、白話文萬能論、發展土語文學、使用普通話六個階段。〔註35〕在這六個階段中，最後兩個階段即發展土語文學與使用普通話階段，恰好貫通四十年代到去世前這二十多年。從土語到普通話，這是老舍從抗日戰爭到新中國成立後的一條語言軌迹。雖然這一條軌迹代表了老舍普通話化的努力，但由於北平話是老舍文學語言的基座，在定義普通話概念時，北平話佔了地利的先機，〔註36〕這樣使得老舍的語言在土語與普通話之間，留下了一些相互錯雜的空間。

〔註34〕葉聖陶給朱泳燚的信，轉引自朱泳燚：《葉聖陶語言修改藝術》，寧夏人民出版社，1982 年，第 262 頁。

〔註35〕舒乙：《老舍文學語言發展的六個階段》，《語文建設》1994 年第 5 期。

〔註36〕張清常：《北京話化入普通話的軌迹——老舍作品語言研究的新途徑之一》，《語言教學與研究》1992 年第 4 期。

一

老舍的語言風格在 30 年代創作《小坡的生日》、《二馬》時便定型化了。譬如語言淺顯、生動，念起來上口、順耳，京白是其底色，爲了達到「把白話的眞正香味燒出來」，〔註37〕爲了從日用的俗語中掏出珍珠，作者自述「一下手便拿出我自幼兒用慣了的北平話」，用自己的筆自覺地「逐漸的、日深一日的，去沾那活的、自然的、北平話的血汁」。〔註38〕抗日戰爭爆發後，在組織作家文章入伍、文章下鄉的過程中，老舍重視底層民眾的口語，這自然也與他慣於運用北京底層民眾的聲口來寫作相一致。1946 年 3 月，他與曹禺應邀赴美講學，滯留美國多年，直到 1949 年年底歸國。在美期間，曾有一文記錄了他發展土語文學的主張。「老舍先生主張用土語來豐富白話文。國語在中國各種語言中是最沒有力量的一種。許多國語不能表達的經驗和情感，土語都可以充分的表達。用古文的詞彙入於白話文，並能豐富新內容，反而流於呆板。各業都各有其技術語，這種技術語也是最能豐富內容的。所以應用土語及術語，是新文學在語言上的一條大路。」〔註39〕

新中國成立後，滯留美國的老舍得知周恩來邀請他回國的信息，便準備啓程返國，年底抵達北京，這個新中國百廢待舉的首都與他自小熟悉的故鄉。從此，他辦刊物、寫話劇、做論文，盡自己所能爲新中國文藝添磚加瓦。他大規模地運用北平土語創作三幕話劇《龍鬚溝》，據舒乙統計，這個劇本中一共用了 136 個北平土語；此劇經過北京人藝導演焦菊隱排演，更土語化。《龍鬚溝》在北京的演出十分成功，沒有影響老舍心安理得地獲得北京市政府頒發的「人民藝術家」的稱號。只是值得關注的是此劇創作的時間是 1950 年夏，同年連載於《北京文藝》創刊號及後續二、三期。

隨著國家語言政策的調整，約束方言的傾向隨著強化現代漢語規範化逐漸凸現出來。老舍也心領神會，慢慢跟上了潮流。全國文字改革會議，老舍是參加大會且發言表態的極少數幾個作家之一。爲了證明擁護推廣普通話，老舍從運用語言上盡自己的力量，「決定今後少用土語方言，但要把方言中值得保存的保存下來，洗煉土語，豐富我們的語言。我今後還要創造語言。

〔註37〕老舍：《我怎樣寫〈二馬〉》，曾廣燦、吳懷斌編：《老舍研究資料》（上），北京十月文藝出版社，1985 年，第 531 頁。

〔註38〕老舍：《我的「話」》，曾廣燦、吳懷斌編：《老舍研究資料》（上），北京十月文藝出版社，1985 年，第 583～584 頁。

〔註39〕轉引自舒乙：《老舍文學語言發展的六個階段》，《語文建設》1994 年第 5 期。

普通話有很大的潛力，有待作家去發掘。」〔註40〕隨後老舍又同樣參加現代漢語規範問題學術會議，並作大會發言。正是有了這一個立場，他及時指出以前創作的毛病，調整自己的語言觀念與創作實踐，限製作品中對方言土語的運用，在回憶《龍鬚溝》一劇時，他說：「我在《龍鬚溝》裏本來用的北京土話比較多，演員們又添加上了一些，因此有許多人不能全部瞭解，演出就受限制，翻譯也增多了困難，這給我的教育很大。我近來收斂多了。作家們用自己所熟悉的方言、土語，認爲這樣語言才生動有力。其實美不美倒不都在那些方言、土語，簡明而有力就美……語言的統一是個政治任務，個人須克服自由主義，克服一些困難，要求自己在往統一的路上走的過程中有些幫助，盡自己的一份力量。」〔註41〕「對於推廣普通話，我也熱烈擁護。以一個作家來說，我應該盡到我所能盡的力量去負起應盡的責任。我以後寫東西必定盡量用普通話，不亂用土語方言，以我的作品配合這個重大的政治任務。」〔註42〕

　　作爲手捧「人民藝術家」獎狀的作家，老舍非常清楚文藝工作者在地方方言向普通話之間轉換過程中所需要克服的困難，對於那些非北方方言區的作家或藝術家來說則更是如此，老舍深有體會地談到：「一個生在某地的作家或演員，極其自然地願意用本地話或一部分本地話去寫作或表演，因爲容易寫的順口，演的順口。用普通話去寫作或表演須費更多的事，費了事還不見得寫得或說得夠味兒。可是，這也是作家與演員更該努力苦學的地方。我知道，割捨搖筆即來的方言而代之以普通話是不無困難的。可是，我也體會到躲避著局限性很大的方言而代之以多數人能懂的普通話，的確是一種崇高的努力，這種努力不僅在於以牛易羊，換換詞彙，而也是要求語言負起更大的責任。負起語言精純、語言逐漸統一、語言爲越來越多的人服務的責任。」〔註43〕

　　從以上引錄的內容可以看出，老舍在反覆重提所謂「方言的局限性」，不過是重彈40年代方言運動中那些質疑方言文學的老調，更何況，即使創作中

〔註40〕見報紙消息《全國文字改革會議開始大會發言，一致擁護簡化漢字和推廣普通話》，《人民日報》1955年10月22日。

〔註41〕《中國語文》1955年7月號。《老舍全集》第16卷，人民文學出版社，1999年，147頁。

〔註42〕老舍：《擁護文學改革和推廣普通話——漢民族共同語》《北京日報》1955年10月25日。

〔註43〕老舍：《土話與普通話》，《中國語文》1959年9月號。

引入一些方言土語也並不能一概稱之爲「方言文學」。僅僅從政治任務或擔當責任的角度推廣普通話或漢語規範並不能完全解決建立民族共同語的難題，必須借助新的語言理論資源，重新整合文學語言和民族共同語、方言土語和普通話的關係。事實上，這些工作，在新中國成立之時，語言學界通過譯介斯大林的語言學理論，借助前蘇聯的語言實踐，消然進行著。不過，作爲一種表態與示範，社會恰恰需要的是像老舍這樣有名望的作家來擔當這一重任。

二

與其它地域的作家不同，老舍的北京土話，相當一部分化入普通話，這是老舍的優勢。在一切向北京話看齊時，北京土話也與別處的土語有所不同，它好像有某種特權似的，能夠多快好省地進入普通話。這裡以《龍鬚溝》、《茶館》爲例略作論列。

《龍鬚溝》是話劇，其藝術生命主要寄附在演出上。焦菊隱導演了一個更加方言化的《龍鬚溝》，在當時頗得黨和政府以及廣大北京觀眾的喜歡，沒有引起什麼指責。這主要是主題上的構思很有鮮明的政治立場，該劇通過一個京城偏僻地方的臭水溝在解放前後的巨變，形象地反映了臭溝沿兒一個小雜院數戶窮苦百姓在這幾年中生活的巨變，這樣達到歌頌新生的人民政府的目的。正如劇本結尾程瘋子所唱的一樣「給諸位，道大喜，人民政府了不起！了不起，修臭溝，上手兒先給咱們窮人修。……好政府，愛窮人，教咱們乾乾淨淨大翻身。」在這個劇本中，塑造了一批各具個性、模樣的北京窮市民人物形象，譬如吃苦耐勞、思想守舊的王大媽，嘴強身子弱而又能幹的丁四嫂，由鬼變成人的藝人程瘋子，在新社會中一改惡習的馮狗子等，都以這個小雜院爲中心生活著，與龍鬚溝發生著種種聯繫。

劇本從丁四嫂與女兒小妞的對話開始，北京口語在此劇中從頭到尾貫通起來。如名詞性質的如「大脖拐、大夫、累贅、王大膽、老梆子、沒轍、趕明兒」，動詞如「擠兌、泡蘑菇、勞您駕、甭說、歸摋、抖漏」，形容詞如「精濕、精濕爛滑、緊自……」之類的北京土語，夾著大量的兒化詞此起彼伏躍入眼簾。雖然淺顯、明白，但乾脆利落，是個性化的語言。

第三幕第一場的開頭是這樣的：

　警　察　　劉大爺，您多辛苦啦！

　掌　櫃　　哪兒的話您哪！

警　察	您這兒預備得怎麼樣啦？
掌　櫃	都差不離兒啦，等會兒老街坊們來到，準保有熱茶喝，有舒服地方坐。
警　察	這就好了！所長指示我，教我跟趙大爺說：請他先別挖溝，先招呼著老街坊們到這兒來，免得萬一房子塌了，砸傷了人！
掌　櫃	也就是擱在現而今哪，要是在解放以前，別說下雨，就是淹死、砸死也沒人管哪！這可倒好，派出所還給找好了地方，教老街坊們躲躲兒，惟恐怕房子塌了砸死人！

　　這是出場不多的三元茶館劉掌櫃與警察的一段對話，既寫出了警民一家的情形，也寫出茶館掌櫃的麻利、圓滑，還參與到實際的修整臭水溝裏去，從一個側面反映出政府對民眾的關心，民眾對修溝的積極。在這段引文中，除「派出所、指示、所長」等是新語彙外，都是一個北京地道的聲口。從語彙到句式，都浸潤著一股京腔。至於另外十餘個人，都是類擬的聲口。

　　在語言的運用上，老舍還是一口漂亮的京白，他的語言符合人物的身份、性格，沒有廢話，是經過提煉的、性格化的、有思想的、與人物的行動相一致的語言。顯然，老舍熟悉他筆下的人物，一言一行都在腦海中浮現出來。程瘋子的話生動、形象、幽默，有音樂性；趙老的話有力量、虎虎有生氣；二春的話機靈、活潑，有年輕女性的朝氣。至於演出本《龍鬚溝》，特別是演出效果的有聲語言，也反映了當時的聲音。老舍之子舒乙比照了錄音之後，有這樣一個歸納：經導演焦菊隱加工改造的舞臺演出本，在運用方言土語詞彙方面，比老舍的原稿（136 個方言土語詞彙）更加變本加厲，在數量上多23%，達到 165 處，而且 70%是和原著不重複的，也就是說更方言化。

　　老舍運用了較多生僻的北京土語，但在推廣普通話過程中，明確規定普通話並不等同於北京話，包括北京土語在內的北京話也存在一個提煉、揚棄的過程。老舍明白這一優勢，但也適當有所規避。

　　1955 年創作的《茶館》，達到了一個新的高度。京味也最大限度保留下來，生僻的土語也基本上沒有用了；一些自己認為有化入普通話的土語，則少量的留存下來。由於老舍熟悉認識舊社會中的那些小人物，他們說什麼，做什麼都是老舍所清楚的，或誇大，或潤色，人物的臺詞就站立起來，有了生命。譬如第一幕剛剛一開始，二德子在教訓常四爺的過程中，他的話是這樣的：

「（湊過去）你這是對誰甩閒話呢？」

「你管我當差不當差呢！」

「甭說打洋人不打，我先管教管教你！（要動手）」

「怎麼著？我碰不了洋人，還碰不了你嗎？」

「（四下掃視，看到馬五爺）喝，馬五爺，您在這兒哪？我可眼拙，沒看見您！」

「嗻，您說的對，我到後頭坐坐去。李三，這兒的茶錢我候啦！（往後面走去）」

這中間省略了其餘人的話，連接起來讀，確實是有個性的話。二德子作為一個打手，其欺軟怕硬、橫眉立目而又圓滑的性格是典型的。本身他為一個善撲營當差的人，在去後院中偶爾聽到常四爺的一句議論，是不應該惹是生非的，但他對茶館極熟悉，對李三如此，對常四爺與松二爺恐怕也如此。在動作、言行中是結合在一起的，這樣齊現紙上，力透紙背。又譬如唐鐵嘴說，已斷了大煙，改抽白麵了，自詡為「大英帝國的香煙，日本的白麵，兩大強國伺候我一個人，福氣不小吧？」足以見出他的無恥與無知。另外，像滿嘴說「屌」的大兵，「誰給飯吃，咱們給誰效力」的宋恩子，只說幾個「好（蒿）」的沈處長，寫出裝腔作勢的黨國軍政上層的醜惡嘴臉。

在所有人物中，掌櫃王利發，可以說是一個最會說話的人，在長達半個世紀的經商中，他察顏觀色，口裏所說的真是一本活字典。在第一幕中，他輕鬆地應對唐鐵嘴，指點常四爺，化解糾紛，在房東秦仲義面前，更是口舌生風，露出能說會道、討人喜歡的本色。第二幕中學會說「yes, all right」的王利發，與巡警、大兵的周旋也很老練圓滑，在接納康順子母子時，一句「好傢伙，一添就是兩張嘴！太監取消了，可把太監的家眷交到這裡來了！」讓人忍俊不禁。第三幕中，硬朗而顯老的王掌櫃，語言略顯蒼勁，但仍思維敏捷，做生意不含糊，只是敵不過沈處長之流，在時代的風雨飄搖中走向了不歸之路。他的語言是個性化的，八面玲瓏。面對不同的人，會說不同的話，可謂對人說人話，對鬼對鬼話，口才極佳，也極具經商之才，只是錯生在這被埋葬的三個時代而已。

從《龍鬚溝》到《茶館》，都是話劇，以對話推動故事情節發展，換言之，就相當於小說的對白，而去掉了敘述與描述語言。1956 年老舍在選錄解放前13 篇小說作為《老舍短篇小說選》出版時，有這樣的說明：「在文字上，像『北

平』之類的名詞都原封不動，以免顛倒歷史。除了太不乾淨的地方略事刪改，字句大致上未加增減，以保持原來的風格。有些北京土話很難改動，就加上了簡單的注解。」〔註44〕但是，仍有不少北平話沒有注釋，說明作家一個人不可能完全挑出兩者的數量，完全清晰地辨認出兩者的界限。直到80年代，長期擔任外國留學生教學工作的研究者，將外國留學生在學習老舍文學作品中所提出的有關北京語彙問題記載下來，編出了老舍作品中的北平土語詞典之類的著作。〔註45〕這自然為讀者能更容易地讀懂老舍的作品作出了貢獻，同時從一個側面也反映出語言的複雜性與語言規範的艱巨性。

　　從老舍的小說、話劇等作品中，可以看出北平話大量化入普通話的痕迹，雖然老舍所佔的天時、地利掩蓋了北京土白的地方性。在輕鬆的告別中，老舍放逐寫作方言化的極致，而是在保留原汁原味的京腔京調中，適度洗練語言，從京白到京味，最先成為有資格拿到普通話寫作優秀證書的語言大師。

〔註44〕老舍：《老舍短篇小說選・後記》，人民文學出版社，1956年，第206頁。

〔註45〕楊玉秀編著：《老舍作品中的北京話詞語例釋》，北京大學出版社，1984年。此書共收老舍作品中的北京話詞語（包括詞、短語、成語、俗語、諺語、歇後語等）1064條。

第五章　普通話寫作：合理性及其限度

　　像寫什麼一樣，作家如何寫作也是一個既簡單而又複雜、既獨具個體性又兼有社會公共性的活動。在50年代，寫得怎樣沒有寫什麼與如何寫重要，還原與分析這一歷史時期重要的一段即50年代文學的作家創作，就必須正視當時如何寫作——普通話寫作的合理性及其限度。

　　對於作家個體而言，通常情況是，每一個生命個體都是在積累其獨有經驗的基礎上，把胸中之竹凝定為筆下之竹。一揮而就也罷，推敲苦吟也罷，似乎都是常人所稱道和習見的姿態與縮影。顯然這一簡單化了的描述，已在作家們創作經驗談之類的文章中屢見不鮮了，但怎樣強調也不過分的是，創作是一種獨特體驗之後的創新，追求創作的自由、追求個性的獨異，永遠都是擺在首位的。另一方面，其複雜與公共性在於作家創作過程中，從微觀的一個細節到宏觀的整個理念，都既是它內在的問題，又並非其本身問題所能涵蓋，時代、地理、環境的影響也就是立足於此的。從戰火中浴火重生的新中國誕生後所能提供的地理環境、先決條件與審美空間，使它超越了純文學本身所能把握住的一切，其中往往又與政治、經濟、意識形態、文化政策等外在因素相互糾纏，並在與它們自然形成的各種複雜關係中受到種種牽制。

　　這樣，在全國硬性推廣普通話寫作，使1950年代這一時期的作家們不可避免地陷入一種硬朗、剛性的寫作方式之中，沒有多少選擇的餘地。如何運用、推動標準與規範的普通話寫作，也就只有程度上的差異；駕馭寫作的難易因人而易，普通話寫作本身的優劣得失，規定作家如何寫作的經驗教訓，都集中在語言形式維度上集中展示了不同作家的類同化特徵。因此，從合理性與局限性二元的張力中審視普通話寫作，相對能比較客觀、公正地加以評判。

第一節　語言風格、修養與 50 年代文學形態

在既有的當代文學史著作中，能納入 50 年代文學作家、作品的核心範圍的不外乎以下諸端：小說方面有革命歷史小說如杜鵬程的《保衛延安》、曲波的《林海雪原》、梁斌的《紅旗譜》，農村題材小說特別是農業合作化小說如趙樹理的《三里灣》、周立波的《山鄉巨變》、柳青的《創業史》之類，干預生活小說如王蒙的《組織部來了個年輕人》等。詩歌方面則以郭小川、賀敬之、李季、聞捷等人為代表。老舍的《茶館》、田漢的《關漢卿》是話劇方面的代表作。散文方面則以楊朔、秦牧、劉白羽等人為主。在這些主要作家、篇目構成的樹林裏，也生長著不少參差不齊的小樹，在述史時有時候適當會交代幾句，有時則一筆帶過，有時則忽略不計了。這樣一份成績單，單從語言風格而論，素靜與單調、劃一與整齊是其主色調，風格的硬朗則是較為典型與突出的。

說起寫作的風格，作家的語言風格一般是納入修辭學視野下的語言風格學核心範疇，其定義多種多樣，難以歸一，有的指言語氣氛格調，有的指言語特點之總和，有的指表達手段體系，有的指言語綜合個性，有的指語言的美學風貌。曾有學者對 1949 年以來我國學者給風格下的說法進行總結，認為有九種較有代表性的定義。〔註1〕這樣的結論，主要是從語言運用的角度審視語言風格現象，從不同的視角或側面揭示了語言風格的某些本質特徵和形成因素，但概念內涵、側重點和外延都有一定差異。這樣的分歧既是我國語言學界的正常現象，也是國外語言風格定義的現狀，都說明了這一話題的複雜性。

基於此，我在此文中把語言風格傾向於語體風格或語體，或者等同於修辭特點，把風格理解為「一般的修辭特點的總和」或「表達手段的統一體」。語言形式是形成語言風格的基礎，作家寫作風格的多樣化，依賴於語言資源的豐富，依賴於各種約定俗成的語言表達的交匯。

〔註1〕　黎運漢：《1949 年》，《語言文字應用》2002 年第 1 期。在此文中，作者借鑒我國傳統風格理論和現代語言理論，觀照上述各家的風格定義理論，結合他本人 40 多年來研究風格的心得，認為語言風格是人們言語交際的產物，是交際參與者在主客觀因素制導下運用語言表達手段的諸特點綜合表現出來的氣氛和格調，它涵蓋表現風格、語體風格、民族風格、時代風格、地域風格、流派風格和個人風格等。

一

　　50 年代對普通話定義的界定，是以強勢地方方言爲主體，在理論上適當吸納其它方言快速建構起來。這一點與二十世紀上半葉語言融合論不同，因爲後者強調融合時間的長期性與艱巨性。因此，普通話的基礎、來源都相應攜帶著這種特定的症狀，自然也影響語言多樣性的生成，包括對其它語言資源的必要尊重。

　　這種單純、劃一的語言生態，是新的時代、民族共同體統一、同質化的需要，大規模的集體生活、人員流動、共同勞動，都需要在人際交往中不論是書面語還是口頭語中採取某種標準。這樣採取事在人爲的姿態，通過各種手段使全民族的語言在語音、語彙與語法方面減少分歧，增加統一性，其積極意義不容否定，也否定不了。統一的、普及的、明確的民族共同語，適應了這樣的時勢，發揮了不可代替的作用。

　　有得必有失，一枚小小的硬幣都有不同的兩面。雖然 50 年代處於打壓態勢下的特定政治、環境，使得沒有重要著述揭示普通話寫作不合理的一面，但是隨著時間的推延，漸漸有學者、作家進行某種清理。這樣的聲音往往是由非北方官話區的學者發出來的，如滬上學者對此多有研究，郜元寶、錢乃榮等人便是其中的代表。偶爾立論於此的葛紅兵在論述到當代文學 60 年的語言問題時，認爲「60 年以來，文學界已漸漸地習慣了這樣一種看法：把普通話看成是高端語言，是理性的、分析的、反省的、觀察的、客觀的、自我建構的語言類型。」〔註 2〕在方言與普通話的關係中，它折射出 60 年來中國當代文學非常複雜的語言問題，葛氏一文進而認爲「小說因爲作家將漢字發音定位於『普通話音』的一尊而喪失了在聲音上和地域性的、方言性的聲音要素有機接壤的可能，這是中國當代文學的語言困境——狹隘的普通話共同體認同，是 60 年來漢語文學缺乏大家的重要原因之一。」以抗拒普通話寫作取得成就的作家們也紛紛加入質疑的隊伍：「所謂我們現在所接受的這個書面語，它已經成爲一種等級化的語言，普通話已經成爲這個國度裏最高等的語言，而我們各省的方言都是低等的，而且在書面語裏頭歐化的翻譯腔的語言被認爲是新的，最新潮的，最先鋒的。」〔註 3〕主張用古語、陝西方言的賈平凹，偏愛山東話的莫言、張煒等作家也莫不如此。幾乎可以斷定，凡是在創

〔註 2〕葛紅兵：《當代文學 60 年的語言問題》，《探索與爭鳴》2009 年第 9 期。
〔註 3〕李銳、王堯：《本土中國與當代漢語寫作》，《當代作家評論》2002 年第 2 期。

作上有所造詣的優秀作家,都多少感覺到普通話寫作的局限。恐怕這是遲到的詩意裁決,帶有某種共同的訴求。

在「五四」之後十餘年間,胡適感到高興的是,「近年白話文學的傾向是一面大膽的歐化,一面又大膽的方言化,就使白話文更豐富了。」〔註4〕與這一情況相反,50年代普通話文學的傾向是大膽乃至於武斷地拒斥歐化、方言化,語言資源變得越來越單一化,包括追求語言的純潔在內,都使50年代文學語言整體藝術上存在明顯的先天基礎不良、後天營養又不足的局面,自然影響文學風格的培植與發育。在歐化、方言化以及文言化等關係上,實際處理時都存在懶漢思想或激進主義思想,在兩個極端之間徘徊。值得反問的是,譬如在方言化上面,語言學家所倡導的普通話可以從方言中源源不斷地汲取資源,可是為什麼不提及普通話反哺方言呢?難道永遠僅僅只是一個語言無償輸出的問題麼?因此,保持對以上幾種語言資源的充分尊重,放手大膽讓它們各自發展,是語言風格多樣化的前提之一。

遺憾的是,從50年代工農兵文學佔據主流開始,共和國文學的確立,以及確立之後一個相當長的時期內,都恰恰失去了使文學語言豐富起來的語言政策基礎,歐化的語言斷絕了,古語乃至傳統的語言也棄之一旁,方言以及以此為母體的地方性思想資源也在大幅度消失,加上其它次生性的語言資源被歧視、擠壓,都導致了50年代文學風格的硬朗化、單一化。

二

不同作家使用的雖然是同一種民族共同語,但是由於創作題材、表現手法、生活經歷、審美情趣、語言修養不盡相同,對全民族共同語的使用方式也會在某種程度內表現出差異性來。當時有一種語言烏托邦的想法:普通話繼承和積累了幾千年漢民族文學語言的優秀成分,又源源不斷地吸收了外民族語言和各地方言中大量可供選用的合理成分,發展和創造出了大量新的語法成分和詞彙材料,按道理說應該大發展才對。但事實上相反,通過強制寫作、惡劣批評等手段,這樣的想法簡直是畫餅充饑。「一個無愧於億萬人民語言巨匠光榮稱號的當代作家,絕不應降低自己的立足點,滿足於對群眾口語和方言土語的機械模仿,而應當站到全民語言的制高點上,從古代和現代的

〔註 4〕 胡適:《中國新文學大系・建設理論集・導言》,上海良友圖書印刷公司,1935年,第24頁。

優秀文學語言中、從當代口語和方言土語中取精用弘，融合到自己作品中去，形成一種有根有底的正宗文學語體。」〔註5〕事實上，這樣的言論僅僅是語言學者的囈語罷了。

在語言資源受限之後，50年代作家的語言修養也同樣不可樂觀，似乎可以用語言的貧礦來加以形容。綜覽當時的主流作家，語言天賦並不見長，後天的努力也不足。很多從農民、工人以及軍隊宣傳系統轉型過來的新作家，原來起點都很低，不論是從學歷上還是知識儲備上來看，均是如此。如陳登科、高玉寶等小學沒有畢業，基本上沒有掌握寫作的基本功，在開始寫作的一段長時間裏，需要依靠別人指點、幫助甚至大量改寫才能完成寫作任務，至於其中的錯別字連篇、語病較多等，都成爲不可繞過去的一道坎。寫出代表性作品的曲波、杜鵬程等作家的作品也是編輯花巨大心血、花費幾個月時間專門進行修改之後，才在語言的基本表達層面過關，得到發表的可能。要不是其作品的主題、思想符合當時意識形態的需要的話，就他們所有拿出來的文本來看，文字的功底仍然是薄弱環節。這一批作家，有生活有熱情，按理說可以在語言修養方面更上一層樓，但當時情況並沒有給予寬容的天地。其主要原因是作家的政治修養比文學修養要重要得多，在輕重緩急方面也似乎沒有來得及意識到語言修養的重要性。換言之，內容大於形式，是當時一個普遍的現象。對無產階級世界觀的強調，便包括忠實於人民和黨、溫習馬克思主義經典著作、研讀黨和國家政策等等。至於古今中外的文學名著、歷史知識和科學知識等，倒是次要的。翻閱50年代活躍的語言學家與文藝理論家的著述，很難發現對語言主體性的論述，除了籠統地向群眾語言學習，反對濫用方言之類的表述之外，幾乎沒有新的說辭。受此影響的作家們也隨波逐流，除趙樹理、周立波等人還真正留意群眾語言的收集與淘洗外，幾乎再也看不到像魯迅推敲語言，像艾蕪留意民眾口語那樣的身影。這樣導致的結果是一般的語言都沒有掌握，也不可能在「一本書」之後再有新的突破。

這一單一、貧瘠，與語言的豐富性無緣的語言，到了50年代後期，一直到60年代、文革期間，發展而來的是一種大字報式的政論語言，混淆了政論語言與文學語言的界限。早已被唾棄的文革語言，更是呆板、單一到了某種極限，套話、假話、空話成爲文學語言的頑症。到了這時，語言理論禁區太多，黨與國家領導人的言論基本上代替了作家的思考，沒有商榷的餘地。語言學家、文

〔註 5〕 戴昭銘：《規範語言學探索》，上海三聯書店，1998年，第181頁。

藝理論家也是不斷重複論證。處於靜止、退化的語言一統天下，怎麼能夠讓人奢望從語言之井中汲取到新鮮的井水呢？怎麼能夠有不同風格的作家存身呢？

三

處於共和國文學開端的 50 年代文學，其語言形態與五十年代的現代漢語規範化唇齒相依。自新時期以來，不斷有當事人在總結、分析與反思。

對作家們寫作而言，最大限度地尊重與保留文藝作品中各種語言成分，是語言形態正常的標誌。譬如方言成分的存在理由，方言寫作本身魅力，即使不能達到普及化，也是百花園內文學語言風格之一種，還可以起到催生、喚醒的作用。方言土語的生命力十分可觀，相對於普通話寫作而言，方言寫作有助於表現鄉土味，有助於刻畫人物，有助於承載地域文化，而且也有利於普通話本身的發展，這在今天已越來越成為一種共識。1956 年以後，文學藝術創作中的公式化、概念化相當嚴重，語言上也乾巴巴，千篇一律，不但題材上的狹窄和單調是文藝作品的通病，而且語彙貧乏，句法缺少變化，作品呆板枯燥，沒有生氣，當時就有人呼籲借助母語方言來沖涮，起到疏濬語言河道的功效，避免矯枉過正。

對於這一情況，一些過來人做過一些認真的檢查與反思，譬如馮至認為 1955 年編《馮至詩文選集》時作了少量的修改，刪去外國字，把文言改成今語，新時期以後自己認為當時所做的改動「如今回想，還是刪改得多了一些。」〔註6〕1951 年在《人民日報》上連載的《語法修辭講話》，第二年出版單行本，考慮到它的缺點，1954 年以後就沒有再印了。作者曾有一段說明性文字：「這本書的缺點是『過』與『不及』兩方面。『過』是說這裡邊有些論斷過於拘泥，對讀者施加不必要的限制。『不及』又有兩點：一，只講用詞和造句，篇章段落完全沒有觸及；二，只從消極方面講，如何如何不好，沒有從積極方面講，如何如何好。這樣，見小不見大，見反不見正，很容易把讀者引上謹小慎微，不求無功但求無過的路上去」〔註7〕。這就是其中最為典型的教訓，足以讓後人深思。

〔註6〕馮至：《詩文自選瑣記（代序）》，《馮至選集》（第 1 卷），四川文藝出版社，1985 年，第 4 頁。

〔註7〕呂叔湘、朱德熙：《語法修辭講話·再版前言》，中國青年出版社，1979 年第 2 版，第 1 頁。

第二節　民族共同語的確立與文化認同

　　民族共同語是一種想像的語言共同體，其形成是現代民族國家建立的標誌。安德森通過研究歐洲語言勾劃了兩者之間的關係，柄谷行人研究日本現代書寫語言與民族主義關係時，也凸現了兩者之間的聯繫。〔註8〕對於中國而言，也有類似之處。在 50 年代凡是論述是語言必須統一的理由時，國家統一、民族團結，各族人民之間互相交流達到一致，便是當時的主要根據之一。

　　語言共同體的想像，還與文化認同緊密聯繫著。透過字面意義，「普通」一詞有普遍、通用等內涵，這均指向語言的求同性。語言，作為人們之間交際與交流的有力工具，與人的思維習慣和群居方式相適應，也與國家統治分合的政治歷程相協調。像方言島大都為移民所造成一樣，族群的流動與遷徙，集體式的生活與共同勞動，也就迫切地需要求同存異。以某種口語、方言為基礎，各個地域的人群在地理空間內部藉此溝通與聯繫，是現實之所需，也是歷史發展之所歸。

一

　　為了共同的民族或政體，在全民語言上規範求同，自古皆然。在我國不同歷史時期，國人曾把這種統一化的語言稱之為「雅言」、「凡語」、「通語」、「通名」、「官話」、「國語」之類，對應它的是統一的封建王朝，或民族國家。講究語言的通暢無阻，似乎與政通人和之類的願望也有內在契合關係。沿此下來，「通語」之於漢朝，「官話」之於元明清，「國語」之於中華民國，「普通話」之於新中國，語言名稱之變，與政權更替之後的穩定息息相關。

　　其次，語言的自然發展，總是受到人力的牽制而改變了原來的生長狀態。語言發展態勢時時被不同歷史時期的領軍式先鋒人物所洞悉，或被激活，大為提速，或被扭轉，改變航道。譬如二十世紀初葉提倡的白話文運動，便是如此，胡適、陳獨秀、魯迅、以及後來提倡大眾語的瞿秋白等人，結合各自的立場與功用目的，都置身於語言「求同」、「求易」這一語言變遷的歷程中，去服務民眾，去爭取民眾。他們或論或著，或鼓吹或示範，為擺脫文言、成

〔註8〕本尼迪克特・安德森：《想像的共同體》，吳睿人譯，上海人民出版社，2003年；柄谷行人：《日本現代文學的起源》，趙京華譯，三聯書店，2006年。

就白話變革而推波助瀾，爲語言工具的普遍、簡易搖旗吶喊。五四以後的新文學作家，也基本上認同並眾星捧月般奠定了這一鐵的語言歷史現實，其結果是北方方言與「普通語」逐漸合流。其中，北方地區的平原地貌，北京作爲六七百年來的首都歷史，北方「官話」數百年歷史沿襲的積澱與坐大，是客觀背景；新文化運動的風流人物，新文學作家隊伍以藍青官話爲主的集體白話文寫作，或當時意義上的類似「普通話寫作」，是改變歷史進程的又一主導因素，二者整合了各自附加的力量，形成後浪推前浪的強大推力，大爲加速了當時意義上的普通話的推廣與流佈。

不可否認，這一過程極其複雜，有矛盾，有起伏，有寒潮也有暖流，當時各個時期留下來的相關著作中，也對應著歧義甚多的各類表述。這一點，與當時政治、國家的不統一有關，與長期內憂外患、人群不興流動遷徙有關，更與當時流於學術討論層面，很難大規模地借助行政力量推行有關。

與新中國建立前的自由散步式地推行國語相比，建國後整個國家機器則以只爭朝夕的緊迫感，極力加大了強化普通話的步伐，可以說是短跑運動員式的大步飛奔。而且，它相應帶動了對新社會滿懷憧憬的作家們用普通話寫作的熱潮，不管你是否猶疑與觀望，都混在湧動的人群中邁出了整齊劃一的步伐。作家如何寫作，都似乎跟當時的政治、經濟、文化、國防統一有了某種聯繫，一切都成爲高度統一的國家機器的一部分。客觀事實是，黨與國家制定出了過渡路線，決定逐步實現國家的社會主義工業化和逐步實現國家對農業、手工業和對私營工商業的社會主義改造。社會主義建設，是響過行雲的口號，也是熱火朝天的現實。怎樣建設？文藝工作者如何參與？包括推行普通話在內的文字改革，究竟占一個什麼地位，起一個什麼作用？作家們很快就得到了上邊的答案，作家的普通話寫作是文化教育事業的一部分。像其它的文化教育事業一樣，它必須按照國家管理政治、進行經濟和國防建設、普及文化教育的模式，逐步地、有計劃地改造、提高，作家們也就成了某方面軍，帶有類似「軍事化生活」的性質。

反正，道路已經鋪好。剩下的事情是，作家們，你們準備好稿紙了嗎？這一切左右著作家們的寫作，包括投入的愉悅與不適的焦慮。像寫什麼一樣，如何寫作？便是當時橫亙在每一個作家面前的具體問題。要麼表態支持普通話寫作，並落到實處，在自己的每一次寫作中得到體現，要麼停止創作，收起自由創作的權利，這似乎成了當時的兩條道路。因爲作家們對熟悉語言的

迷戀是根深蒂固的，當時許多支持共同語規範化的論者也常常提及這一點。但是時代主潮裏挾著運動的激流，在不斷分化中凝聚著人流。具體來說，首先是已成爲各種政府機構、文化單位、團體中的領導型作家集體加入了這一運動中去，如郭沫若、茅盾、周揚、葉聖陶、老舍等等，他們有的直接參與了這一系列事件，在共商國事中制訂各種規則，有的在大會小會上貫徹和落實黨與政府所交代的這一政治任務。其次，具體落實到散居全國各地的作家們身上，一方面是引導、規範，將其寫作納入既定的軌道上；一方面通過各種批評，乃至批判，正反出擊，強制執行普通話寫作這一有關大一統的文化政策。如 1957 年反右風潮中，像章伯鈞、羅隆基、陳夢家等反對漢字改革的出頭鳥就被打成右派，應了那句歇後語：出頭椽子先爛。其餘像《光明日報》、《文藝報》，在百家爭鳴中發出過反對聲音的媒體，也及時地得到了整頓與清算。

在普通話內涵的不斷添加、豐富中，各類作家非普通話寫作局面得到了牽制與扭轉。這裡，什麼是非普通話寫作呢？漢語規範化原先針對的是什麼？比如作文中普遍的含糊、混亂，文理不通現象，至於語法不嚴謹，病句錯句流行，亂用簡語、自創別字等等自然包括在內。另外，此類問題在新聞寫作、公文寫作中十分常見。後來隨著文化生態環境的惡化，清理的範圍與方式都發生了變化。其中，最爲核心的是批判寫作中運用方言、土語這一主要傾向。

二

語言本身有地域性，分隔在不同的時空中生長、發展。這一事實由來已久，有「合」有「分」是中國數千年的國家建制史實，多民族的雜居的現狀與語言固有的地域性，形成了共同語與各地方言彼此長期共存的局面。兩者的生長形態是各自服務一方，此起彼伏，綿延不絕。只是服務對象有多寡，多占社會「市場空間」份額有厚薄而已。

然而，一旦語言追求各自的生存與發展跟國家追求統一與強大聯繫起來，兩者出現矛盾衝突時，弱勢地位的語言也被挾持著要突破既有的地域限制，一步一步地去地方化，也就是去方言化，以便求「通」求「同」。普通話與方言之間的關係，也就變得非常重要了。50 年代在推行普通話、講究漢語規範化時，曾有明確的表述與界定：「普通話是爲全民服務的，方言是爲一個

地區的人民服務的，推行普通話並不意味著人爲地消滅方言，只是逐步地縮少方言的使用範圍，而這是符合社會進步的客觀法則的。方言可以而且必然會同著普通話在相當長的時期內並存。」類似的表述還很多。不「人爲地消滅」，而是「逐步地縮少」，讓方言在緊跟一段路程後自動掉隊，再在歷史的長河中自行消失，這就是想像中對待方言的方式。然而事情並非想像的那樣簡單，方言本身也會發展，幾千年都好好發展過來了，突然「夭折」也與它的資歷不相符吧。而且，當時奉爲典範的毛澤東同志、魯迅先生兩人的著作中，既有方言成分，也有對方言價值的保留說法，此外，各地方言區域所培養與輸送出的作家們，母語的痕迹也不是說丟就能丟得了的。

方言寫作曾在民國時期得到了有力的提倡與保護，其原因，一是與白話文運動的興起與發展相依託，一是與政黨自身的發展生存共風雨。對於前者，主要是突破文言的窠臼，把口語與白話捆綁一起，取得了白話文運動的勝利。對於後者，主要是共產黨政黨最初來自草根階層，本身一直在弱勢中，在夾縫中求生存、求支持。如在國民黨統治區發起的各種方言文藝運動，就取得了良好的政治影響與社會影響。但到了建國後，方言文藝作爲助手的角色被擱置起來，成爲逐漸批判的對象。另一方面，急於與時俱進，融入新社會的的作家們感受到了這一價值取向的壓力。這裡，我們可以舉著名作家周立波與老舍爲例。

湘籍作家周立波，從三十年代的文藝評論，到抗日戰爭時期的報告文學，從《暴風驟雨》，到《山鄉巨變》，所有的作品，都是爲我國勞動人民所唱的頌歌。其中《暴風驟雨》、《山鄉巨變》是他四五十年的代表作，前者還獲得過斯大林文藝獎金。恰恰這兩部長篇，方言色彩非常濃鬱，他也被視爲愛運用方言土語的代表性作家。作品這樣寫，論文也如此立論，如《談方言問題》一文中旗幟鮮明地認爲：「我以爲我們在創作中應該繼續的大量的採用各地的方言，繼續的大量的使用地方性的土話。要是不採用在人民的口頭上天天反覆使用的生動活潑的，適宜於表現實際生活的地方性土話，我們的創作就不會精彩……」〔註9〕此外，儘管有不少反對意見，也還有些評論者仍充分肯定「方言入文」是他的優勢。如方明、楊昭敏在評《山鄉巨變》時說，「在很多情況下，把方言土語完全翻成普通話，就失去了色彩。小說並不是推行普通

〔註9〕周立波：《談方言問題》，《文藝報》第3卷第10期，1951年3月。

話的課本。」〔註10〕由此可見，作家具體創作時對普通話寫作的貫徹仍有分歧，並不是鐵板一塊；仍有人堅信，在文學創作中運用方言土話，是對普通話寫作的有益補充。

　　與周立波捍衛方言寫作的權利不同，老舍採取了丟掉方言寫作的姿態，雖然在具體寫作中如何體現，是否真正做到，則是另外一回事。老舍寫作操的是地道的北京話，按理說北京話是普通話的母乳，而且北京話寫作給老舍帶來了不朽的聲譽，如《老張的哲學》、《二馬》、《駱駝祥子》、《龍鬚溝》。其著作的一大特點是濃鬱的京味。大凡論述到他語言風格、特色時都會涉及到這一點。如「我最初讀老舍的《趙子曰》、《老張的哲學》、《二馬》，未識其人，只覺得他以純粹的北平土語來寫小說頗爲別致。北平土語，像其他主要地區的土語一樣，內容很豐富，有的是俏皮話兒，歇後語，精到出色的明喻暗譬，還有許多有聲無字的詞字。……我之所以注意老舍的小說者蓋在於此。」〔註11〕不只是別人這樣看，他自己也是得意過這種方言母語優勢的：「二十歲以前，我說純粹的北平話……我要恢復我的北平話。它怎麼說，我便怎麼寫」。「地方語言運用得好，總比勉強的用四不像的、毫無精力的、普通官話強得多。」〔註12〕但到了全國解放後，他從美國回國擔任北京文聯的主席始，各種文化界的領導工作陸續加碼，用普通話寫作，寫新中國的新人新事，可以基本概括他的創作情況。他對自己最擅長的語言，進行了反思與批判，如專門宣揚這方面的文章《大力推廣普通話》、《關於語言規範化》、《土話與普通話》，以及談創作方面的文章《怎樣運用口語》、《人物、語言及其他》、《戲劇語言》、《關於文學的語言問題》，在他那些反覆、重申的論文中，其中貫串著總的理念：一是方言不利於社會主義建設，不利於時代潮流，必須輕裝上陣，一律改爲規範的普通話，否則是保守，是必須打倒的洋八股之一；二是寫文章用普通話是一個政治任務，神聖不可侵犯；三是方言不能充分表現民族風格，同時，普通話也能起到同樣的效果，甚至更強。像茅盾、葉聖陶等人一樣，老舍身先士卒，自覺從政治高度出發，在推廣普通話和促進漢語規範化方面有高度的自覺性和強烈的責任感。不過富有戲劇意味的

〔註10〕　見《評〈山鄉巨變〉》，作家出版社，1959年，第35頁。
〔註11〕　梁實秋：《憶老舍》，曾廣燦等編：《老舍研究資料》（上卷），北京十月文藝出版社，1985年，第281頁。
〔註12〕　老舍：《我的「話」》，曾廣燦等編：《老舍研究資料》（上卷），北京十月文藝出版社，1985年，第582～585頁。

是，老舍說《龍鬚溝》因語言問題不能到各地特別是廣州等地演出，但它仍是名著；老舍說《西望長安》在語言規範方面強於《龍鬚溝》，表現力並不薄弱，但前者仍無法望後者之項背。可見不僅僅是一個語言問題，也並不如作家本人所說的那樣。

兩個作家代表對方言寫作的不同態度，也體現了不同作家個體面對同一問題時的複雜心態。但問題是，周立波也是從毛澤東文藝思想出發來理解如何寫作的，他對延安文藝講話，以及毛澤東文藝思想在這方面的論點見解是爛熟於心的。為什麼從一個事物出發有兩個截然相反的結論？有以下幾點值得注意和思考。第一，1951 年 6 月 6 日《人民日報》最早發表這方面的社論，即《正確地使用祖國的語言，為語言的純潔和健康而鬥爭》，社論指出毛澤東與魯迅兩人是使用活潑、優美的語言的模範。後來，書齋中走出的語言學家，一方面是引用、學習引進的斯大林等政治領袖的語言學觀點，一方面是解釋當時欽定的走拼音文字的道路來看待整個文字改革工作。這似乎在做一個沒有論點，只有論證的論述題。第二，周立波等人在作品中擷用方言，是貫徹落實毛主席的關於語言問題的指示，為工農兵服務，丟掉知識分子腔，從廣大農村中農民嘴裏的活的語言去得到寫作的語言資源。這不容反駁，事實上大多數反對者也只是用不要「濫用方言」來籠統概述。至於反對者們反覆論證毛澤東、魯迅著作中沒有一處方言運用不傳神，不精彩，這種論調的內在邏輯也摧毀了他們本身的自信。我認為，問題的複雜性真正在這裡，難也難在這裡。

另外，作家們的筆，並不能被自己隊伍中的權威所框定，也沒有被某一個文件所左右。他們把語言學家、個別讀者所批評的方言土語進行了自己的解讀，即寫作中呈現的方言是群眾語言，是文學藝術民族化群眾化道路上的重要一環。方言寫作在驅逐中堅守，1960 年《文藝報》刊載的作家梁斌訪問記，運用作家所熟悉的雜有方言成分的語言，特別是家鄉語言，仍有生命力，梁斌是這樣為同道的堅守精神吶喊與喝彩，也是為自己運用方言的長篇小說《紅旗譜》運用冀中一帶方言辯護的。「周立波同志在《暴風驟雨》《山鄉巨變》中，大量運用群眾語言，尤其是在《山鄉巨變》中，運用了很多『家鄉話』，寫出湖南的山野風光和山鄉人物的精神風貌。柳青同志在《創業史》中也運用了家鄉人們的語言，寫出渭河流域風光和當地人民的精神風貌，看了特別親切。趙樹理同志的語言的藝術光彩，是人們所公認的。他把農民群眾的語言提煉加工成為自己的文學語言。從《小二黑結婚》《李家莊的變遷》到

《三里灣》，都是用這種語言。我還喜歡孫犁同志的語言，他是在古典文學和新文學語言的基礎上吸收了廣大群眾的語言，而且提煉加工得很巧妙，不著痕迹。他的文學語言的特點是便於抒情。老舍先生運用北京語，那樣熟練，那樣巧妙，完全是北京人圓熟的調兒！」〔註 13〕運用母舌，運用最熟悉的生活語言，運用當地農民群眾語言，在當時的許多作家作品中是普遍存在的。事實上，當時反對方言土語的批評者，一是不能觸及、否定群眾語言，二是不能觸及、否定毛澤東在建國以前所發表論著中對群眾口語的褒獎之論。所以儘管有山雨欲來風滿樓的味道，但一般也只是模棱兩可地說不要「濫用方言」而已，雖然當時的一些文章對「濫用」一詞的理解也有許多歧見。

　　以上這些只是打文字仗的必要內容而已，在我看來，根本的一點是，通過普通話寫作的提倡來壓制方言寫作，本身既是政治家治國方針加強文人統治的一個環節，又是各種勢力利用這一政策來達到個人目的的機會。這也許是運動背後所隱藏的實質問題，也是作家們後來慢慢體悟出來的，這根本上恢復了作家們對普通話寫作與方言寫作之間優劣、互動關係的判斷力。回到五六十年代的語境，我們可以明顯的看到當時以運動方式所進行的培植幫派勢力，樹立領袖權威所進行的一系列造神運動。強化權勢，壓制個體，一直隨著官場人物對權勢、地位的明爭暗鬥而充分展開。表面上規定別人應該怎樣做，不能怎樣做；要求作家們只能這樣寫，不能那樣寫，既有追求向心力的文化認同思想的萌動，也不可否認有大一統專制觀念的悄然植入。如何求得文化認同？一種文藝思想如何統轄一切？政治家與文藝家在這個問題上一般都有各自的算盤，雖然實質上很難達成鐵統江山似的共識，但表面上也要達到一統江山的效果。

三

　　在普通話寫作的背後，隱藏著一個文化認同的理念。從寫什麼到如何寫作，在人為的規範與標準之間，在特定的滑離與迷失之中，作家們普遍感到下筆的艱難與無所適從的彷徨，每一步都邁得小心而又謹慎。另一方面，文化認同，與認同新的政治領袖和政黨，與認同本土文化，本身有重疊，也有出入。這一切，使問題變得更為複雜。

〔註13〕本刊記者：《關於文學作品的民族化問題》，《文藝報》1960 年 23 期。

從文化本身角度來看，文化既是某種生活方式，也是某種存在策略，不同歷史時期的人們，通過文化爲紐帶，對民族、國家、集體、時代之類的存在產生歸屬感。所謂認同，就包括不同區域、背景的人群在理智上形成共識，情感上產生共鳴，意志上達成共有。這樣，一方面，將自己與他者區別開來；另一方面，又把自己與其他生命個體聯繫起來。中國自古以來就是一個多民族國家，一個有分有合且合多於分的歷史傳統的統一體。不同歷史時期，各民族強烈的文化認同傳統與民族自豪感，是有益於全民族和整個國家的。特別是 19 世紀中期以來，中國受到殖民主義、帝國主義的侵略，國人震驚，眼界和思想都發生了極大的變化，國家觀念，疆域觀念，民族觀念，文化觀念都與以往有所不同，中華民族的歷史文化認同傳統進入了一個新的發展階段。積弱積貧的國家，渴求統一、繁榮、強大，這一切自然是全體中華兒女所能理解、支持並企盼的。新中國成立後所發動的，包括普通話寫作在內的具有文化認同性質的運動，也得力於這一愛國情感與歸屬感的歷史凝結。尋找家園，尋找依託，正在生長的共和國文化提供了有力的紐帶，提供了一個空間。

普通話寫作的背後是文化認同，文化認同的背後反映著利益的訴求。擇其大略，民族利益和國家利益成爲建國初最緊迫的一件大事，當時認同中華文明和中華人民共和國，是一個翻身作了主人，從此站起來了的人們，從內心深處湧動的情愫。因此，反對民族分裂，實現祖國統一，大力弘揚和培育民族精神，作爲一個戰略性工程，它不僅是民族復興的內在要求，也關係到我們的子孫後代對民族和國家利益的持久認同性上。同時，這也是政黨利益的訴求。對於執政黨與政府而言，能不能在全民族的範圍內，把不同階級、階層、不同信仰、立場、思想的人們凝聚起來，最大限度地實現民族和國家的利益，是他們面臨的重大考驗。這一點毫無疑義是它的生存之本，在歷史上也是有例可循的。任何一個主權國家，一旦結束分裂、割據的政治局面，便會在意識形態領域中劃定範圍，並把自己圈在中心。如日本殖民統治臺灣期間與國民黨退守臺灣期間便是如此。日本佔據臺灣期間，日本殖民政府於 1895 年在臺北芝山岩設立國語傳習所，日語變成了臺灣的國語，學校的正規教育以日語授課爲主。到 1944 年，日語普及率達到百分之七十一。戰後，臺灣回歸祖國，另一種國語以剛性強硬手段植入臺灣，國民黨以爲被日本統治五十年的臺灣人充滿日本思想遺毒，爲了讓臺灣人認識中國文化，正規教育

裏必須將臺灣完全去日本化而代之以中國化，包括禁止方言。從禁止臺灣作家的日文寫作到禁止閩南語等當地方言寫作而普及國語，也即當時的普通話，到 1991 年國語普及率已達百分之九十一。〔註14〕

　　普通話寫作與文化認同在互動中，催生了另一特質，它既有可操作性，其內涵又有不斷滑離的可能。總的是從民族、國家認同的層面，逐漸滑到個人權威、個人崇拜的境地，而且在整個過程中，過渡得很自然。如前面所提及的，在建國初醞釀與強行推廣的普通話，一個顯著的背景是領導意志下走漢字拼音化道路，整個五十年代大部分時間所發表的這方面文章與著作，都掉在這個時代的局限性中。又如對當時方言寫作的指責，一方面不得不應付領袖的指示和文件，一面又要反對，只好搬用一個大而空的不得「濫用方言」爲武器而展開，這樣不免是吃力的：或論而不精，或流於表態。其次，文化認同背後對體制化的納入與整合，也逐漸走強。通過知識分子的自我運動與各方面支持，政治人物的目的慢慢滲透進來，知識分子本身隊伍的分化也悄然加大。一邊是熱火朝天的現實，一邊是措手不及的生活。拉攏與壓制，認同與疏離，在文化認同的同時，一群群作家失去了寫作的激情與靈感，也失去了寫作的動力與信心。具體而言，像發生火災時面對水源舍近取遠一樣，一個作家捨棄了他最熟悉的語言、題材、情感表達方式，變得像鸚鵡學舌一樣寫作，眞正的寫作危機便變得不可克服。就當時成爲眾矢之的的指責對象周立波來說，難道他的寫作就是一味地擺弄東北、湖南方言嗎？其實像老舍、沙汀，像柳青、梁斌等人一樣，他們不管在解放前、還是解放後所進行的寫作，都是在口語這一汪洋大海中進行沙裏淘金式的語言處理。有方言成分，又有什麼要緊呢？退一步，方言土語，歇後語，也有曇花一現的生存理由。而且，普通話可以從方言中源源不斷地汲取養分，如毛澤東同志所說的生動活潑的話語、詞彙等。試想，哪有只管輸出，不管輸出者死活的道理？一邊是榨取，一邊是圍堵，還剩下什麼呢？按今天流行的話來說，就是話語霸權與弱勢語言之間永遠存在著鬥爭，造血者與輸血者之間不對稱關係，粉碎了走向語言融合的烏托邦。有學者總是認爲，方言在普通話強大力量的裹挾中，有的弱小的方言可能就逐漸喪失自己的位置而融入到普通話中去，另外有些流通較廣，文化歷史基礎深厚的方言就可能原地踏步、偏安一隅。其實，地方語言本身的發展，也是不爲某些人願望所左右的。地方

〔註14〕參見方耀乾：《爲父老立像，爲土地照妖：論向陽的臺語詩》，《臺灣詩學》學刊 3 號，2004 年 6 月。

語的發展，與各種形式的文藝也是互為支撐的。

總而言之，通過普通話寫作提倡，達到文化認同的目的，最為關鍵的是進行的方式，預設的軌道，背後的真正動機。其中，思想自由與表達自由，寫作自由與多樣化，則是不可缺少的。標準、規範的樹立，是作為一個理想的高度，而不是作為棍子的長度。文化認同的結果，不是導向文化崩潰，而是為了文化繁榮。

從寫什麼，到怎樣寫，這是兩個關鍵問題。是否用普通話寫作，是否提煉方言土語，本是作家風格形成的因素，本身與作家長期熟悉的生活密切相關。普通話寫作，像方言寫作一樣，自有其優劣。如果否認這一點，一刀切，則有違背常理之嫌。同時，由如何寫作的取捨，漸進到文化認同的高度，歸根結底是作家自身的選擇。

來自各方言區域的作家有各自的生活背景與語言資源，這一切反映在文學作品中，自然是花色各異，姹紫嫣紅。可見，普通話寫作也好，方言寫作也好，兩者有互為補充之處，兩者也都可以達到文化認同的目的。

第三節　被誤讀的普通話寫作與共和國文學的新危機

對歷史長河中具有時間連續性特質的事物，往往需要用歷史的眼光加以打量才能準確把握，有時甚至需要勘測上流與下流的位置予以細心打撈，才有本來面貌完形之可能。對於普通話寫作而言，這既涉及到它歷史的本來面貌，也牽涉到對這一客體的現代闡釋等根本問題，尤其是後者，闡釋主體與客體之間存在著複雜的糾結關係，這一切自然影響人們對闡釋對象的不同理解與發揮。闡釋作為一種話語表達，很大程度上有賴於闡釋主體的獨特發現。闡釋主體以各種不同方式進入新中國文學建構之中，追溯逐漸遠逝的歷史脈絡與紋理，自身已存在於歷史之中，在「視域融合」的錯落中，最終闡釋出不同的內涵；彼此糾纏的誤讀與偏見，則是這一闡釋活動過程中出現得最多的現象，由此看來，被誤讀的普通話寫作是典型的。

一

在傳統的闡釋過程中，誤讀隨之而生。那麼什麼是誤讀，我們又在什麼意義上界定誤讀的內涵與外延呢？勿需諱言這是討論的前提，在今天知識爆

炸與分工各異的時代，對討論前提的圈定，還是自有其積極意義的。作為被誤讀的普通話寫作這一命題，也幾乎全部立於此基石之上。

　　首先，在目前語境下，誤讀的含義存在相當明顯的錯位，經過不同時空的知識漂移，誤讀本身的意義也變得豐富複雜。那麼第一個問題是在什麼意義上限定本節所要論述的誤讀呢？為了避免無謂的紛爭，有必要梳理一下「誤讀」作為特定術語的意義。在眾所周知的傳統閱讀與闡釋中，「誤讀」一說一般指的是因誤印、誤譯、誤傳等客觀條件下，閱讀主體對閱讀對象做出某種誤釋、誤解、誤信等錯漏之舉，它屬於貶義詞，因為闡釋者有意無意偏離閱讀對象本身的基本意思與主要內容，沒有闡釋出對象本身的正確意義，與真理失之交臂，可以說是以不正確的方式得到了錯誤的結果，遠離了事實本身。根據約定俗成的理解，在具體的閱讀闡釋活動中，闡釋對象有一個固定的、凝結而不變的意義存在，但因誤讀偏偏沒有追本溯源地闡釋出來，而對客觀本意的還原，是闡釋活動應有的義務，豈有誤讀之理！不過，這一術語的原意在今天來說已變得非常模糊了，人們一般不再以這樣過去式的眼光看待現代闡釋中出現的類似情況了。恰恰相反，誤讀已由貶義詞翻身變為褒義詞了，這一轉變源自西方現代闡釋學，也包括新批評理論家布魯姆的誤讀理論。

　　現代闡釋學是伴隨著西方現代哲學的勃興而發達起來的。西方闡釋學大師在這方面通過研究捧出了層出不窮的新成果，可謂新見迭出、目迷五色。強調生命個體體驗的獨創性，高揚闡釋主體的能動意義，最終發現闡釋者在面對文本或某一歷史現象時，闡釋對象卻失去了它本身原初的終極意義。沒有誰在闡釋中真正捕捉到作者賦予文本的原初意義，哪怕是作者本人在脫離開當初寫作的原初環境後，也無法有效地再度尋覓到自己賦予文本的全部原初意義。過去經常在理論上可以設定其存在的意義，到後來竟連闡釋主體都無法準確捕捉，或者也因言不盡意而無法用話語表達。現代闡釋學大師伽達默爾宣稱「一切理解都是自我理解」，照他看來，文學史本身的概括就是一部文學的誤讀史，是誤讀的集合。一旦洞悉此點，不知讓多少後來者對各自獨特的闡釋多了幾分自信，也多了幾分駁雜。在海德格爾、伽達默爾、狄爾泰等西方哲人的論著中，都有類似的表述。

　　對「誤讀」從哲學領域轉移到具體的文類批評並加以實踐的還有新批評理論家布魯姆。隨著西方有代表性的各派學說與理論在我國登陸並紮根結果之後，「誤讀」作為一種理論舶來品，在文學闡釋領域同樣有深遠影響的，還

得力於另一個人的身影——美國耶魯學派成員之一的布魯姆，他創造性地在文學闡釋中賦予了這一術語旺盛的生命力。在《影響的焦慮》、《誤讀圖示》等著作中，他提出「影響即誤讀」的觀點，在他的學術視野中，文學闡釋總是一種異延行為，文學文本的意義在閱讀過程中通過能指之間無止境的意義轉換、撒播、異延而不斷產生和消失，這一理論同時也意味著尋找文本原始意義的闡釋不可能存在。闡釋在某種意義上也就是寫作，一種帶有高度創造性的話語表達。布魯姆進而認為，誤讀有三種情況：作者對自己文本的誤讀；批評家對文本的誤讀以及後代對前輩文本的誤讀；尤其是現在的作者和讀者閱讀歷史文本，誤解更是在所難免。確切地說，布魯姆的誤讀理論，給我們討論被誤讀的普通話寫作這一問題帶來了耳目一新的陌生感，也相應帶來了某種難以言說的含混性。

面對上述對誤讀本身的各種理論，我們的討論還是堅持了一個立足點，即既沒有沿用布魯姆式的誤讀理論，同時也不是傳統的誤讀即錯誤的陳舊觀點，而是採取了折中的辦法，即誤讀是一個中性詞，它是現代闡釋的主體帶著各自的理論資源與人生體驗，面對闡釋對象本身的豐富性而做出的估量，是一種帶有創造性的非自覺性誤讀。「由於文化的差異性，就不可避免地產生誤讀，所謂誤讀就是按照自身的文化傳統、思維方式、自己所熟悉的一切去解讀另一種文化。一般說來，人們只能按照自己的思維模式去認識這個世界。他原有的『視域』決定了他的『不可見』和『洞見』。我們既不能要求外國人像中國那樣理解中國文化，也不能要求中國人像外國人那樣理解外國文化，更不能把一切誤讀都斥之為『不懂』、『歪曲』……總之，文化之間的誤讀在所難免，無論是主體文化從客體文化中吸取新意，還是主體文化從客體文化的立場反觀自己，都很難不包括誤讀的成分，而從歷史來看，這種誤讀又常是促進雙方文化發展的契機，因為恒守同一的解讀，其結果必然是僵化和封閉。這裡所講的文化誤讀既包含解讀者對不同文化的深入探究，也不排斥因異域陌生觀念而觸發的『靈機一動』，關鍵全在於讀者的獨創性發現。」〔註15〕這裡論者主要是針對中外文學的誤讀，其實也可歸結為具有文化差異性的個體，在一國之內，這樣的情況也具有普適性。在這樣的意義上，看待誤讀本身，相對而言是比較貼切的。

〔註15〕樂黛云：《文化差異與文化誤讀》，《中國文化研究》1994 年第 2 期。

二

　　在梳理誤讀含義的基礎上，我們返觀普通話寫作歷史，就會發現對它還是存在顯著的非自覺性誤讀。普通話寫作應該怎樣，學術界對此分歧很明顯，圍繞它本身發生的此類爭論，也差不多從來沒有停止過。——這些分歧的存在，可以算得上是不同誤讀方式、結果的相互碰撞、交鋒了。方言的使用以全國大多數讀者能懂爲底線，這種全國意識逐漸深入到作家潛意識中。周恩來在 1956 年也爲獨尊普通話而壓制方言的偏激化降溫。自然也包括語言學家、權威評論家在此方面的緊跟行動，譬如 1958 年王力的解釋〔註16〕，周揚、茅盾等人在各類會議報告中相應減少了這方面的論述，或者乾脆不涉及這一話題。

　　聯繫二十世紀下半葉新中國文學的歷史變遷與闡釋，以下問題還普遍存在：其範疇還沒有清晰而穩妥地加以界定，譬如詞彙、語法的界定是否太過於單一，文學語言與非文學語言關係如何化解？「典範的現代白話文著作」到底是以什麼爲標準，是否只能習慣以主流相稱的左翼文學作家爲代表，在評價上仍然存在爭議，普通話寫作還未能獲得充分而深入的認可。如果說普通話寫作成爲新文學的傳統，在一些人的眼光中，主要還是被政治意識扭曲了的傳統。在外來文學思潮與傳統影響下萌生的新文學，到新中國成立後被窄化，另一方面古典傳統也被弱化。

　　人們對普通話寫作的理解，在涉及到這一語言形態的內部的因素分佈、分支等方面則歧義紛紜，在不同學術理路的對話中存在的誤讀更甚。下面主要從以下幾個觀察點，切入被誤讀的普通話寫作。首先，對於普通話的理解大致可以從以下兩個層面予以把握：一是如何理解中國現代文學所形成的語言，以及這一語言本身所出現的諸多變異和轉化；二是中國新文學在生成、發展過程中所形成的較爲穩定的語言基座等新質。兩個層面的相互支撐，都意味著普通話寫作具有生長性與流動性，不是整一的、僵化的存在，希爾斯所說的傳統的「闡釋變體鏈」，是兩者對話的中介。「現在」與「過去」構成一種平等的對話關係，在互視中使語言傳統不斷生長。

〔註16〕「推廣普通話並不是要用人力來消滅方言。領導上再三提出過這個原則，但是在推廣普通話的時候，並沒有完全體會到這個原則。」（原載《高等教育》1956 年 7 期），引自王力：《談談在高等學校裏推廣普通話》，《王力文集》（第 20 卷），山東教育出版社，1991 年，第 145 頁。

其次，對普通話寫作的誤讀，還源自「傳統／現代」二元對立思維的障礙。傳統與現代，作為二元對立之物是某種思維方式的概括，稍微翻閱今天的論著，不乏以此為題的話語表達。其實，傳統與現代二元對立，就意味著對追新逐異仍然是抱一種老眼光，似乎也可以接著說，對於傳統本身而言，不怕顛覆，也不怕誤讀。每一種誤讀都聯繫著現代闡釋，豐富了我們對闡釋對象本身的認識。另一方面，要想使自己的主張脫離誤讀的嫌疑，也具有某種烏托邦色彩。

總而言之，對普通話寫作的誤讀，既存在於闡釋主體的偏見與盲視，也存在於對普通話本身的誤讀，假使對這兩方面的因素稍加控制，就會尋求到更多的共識。

三

接下來的是，我們主要怎樣估計普通話寫作作為一種「傳統」對今天的影響。也許普通話寫作像是一株正在不斷向上生長的瓜蔓，枝節的錯雜與其它雜草藤條的纏繞附於一身，通過一番清理修剪、培土育肥之後，最後是充分有利於瓜蔓的生長，並結出更豐碩的果實來。

對於每一種文學現象，都至少可以有若干種不乏合理性的闡釋，闡釋者主體意識的強化相應帶來了闡釋結果的伸縮變化，這都是不可避免的現象。來自文壇後來者的有差異性的不斷認同與變異，攜帶各自人生感受與體驗進入文學，把各自的理解、感受書寫下來，才有了真正意義上的文學傳統之流變。這一過程中間有不少誤讀，有些是無意的有些是有意的，但無意的誤讀更有意義。關於這一點，我們並不堅持布魯姆閱讀即誤讀理論，過分地誇大誤讀也就失去了討論的價值，儘管他的理論富有衝擊性。

從這個意義上說，無意的「誤讀」，以及誤讀的纏繞，是帶有創造性的一種精神活動，是生命與生命的對視與對話。短暫的陌生產生不適，長久的陌生使人改變想法。

普通話寫作是未完成的命題，沒有終點的理論旅行。如果有人要問，普通話寫作現在成型了嗎，成熟了嗎？以一種生命的譬比來打量語言本身的發展狀態並不合時宜，如果僅僅以成熟與成型來完成對語言形態的一種估量，也許沒有共識可言，我們很難統一述說哪種語言在什麼時候或地方，在哪一個手裏得到這一結果。普通話寫作本身需要的只是積累、流變，它像一條沒

有目的的河流，每個作家的智慧自然地匯入這一條河，在不斷的淘汰中成爲現代漢語寫作的一部分，我們能說河流的哪一段是成型的麽？

　　普通話寫作正是二十世紀下半葉一代又一代人不間斷的誤讀與建構中生長起來的，誤讀還在繼續，共和國文學語言的生長也在繼續。誤讀的纏繞與普通話寫作的生長，也就有兩層含義，一方面是這一種語言形態對於古典文學語言、歐化文學語言、方言文學語言而言，是綜合式的生長；另一方面，普通話寫作本身，自身形成的語言形態也在不斷生長，不斷形成歷史的意識。

第四節　語言的變化，進步還是回退？

　　五十年代語言的變化，是一個非常顯著的存在。面對這一變化，我們想起英國愛切生的著作《語言的變化：進步還是退化？》〔註17〕。這一著作針對語言的變化這一論題，試圖把各種觀點扭合在一起，形成一個首尾一致的整體，從而向讀者提供有關人類語言變化現象的綜合觀點。這本書要討論的是：我們關於語言變化的證據是從哪裏來的？變化是怎麽發生的？爲什麽會發生？以及整個語言是怎麽樣、爲什麽會產生和消亡？這些問題都在一個中心問題的框架中得到討論，那就是：語言的變化是進步的症狀呢，還是退化的症狀？

　　借助這一視角，我們回溯五十年代的普通話寫作，關注詞語發生的變化，注意句法的變化，關注正在死亡的語言，也許在許多變化背後潛藏著社會語言學和心理語言學等諸多因素。綜合起來打量，50 年代的文學語言與文學創作，到底是進步還是回退？普通話寫作的眞正局限又在哪裏呢？

一

　　否認方塊漢字存在的必要，認爲去漢字化是世界語言的主流，這一語言思想困擾了文字改革的方向。這是一個面對老問題用新的話語來闡釋的難題。在 30 年代的大眾語及其大眾語文學論爭中，取法蘇聯語言學資源的瞿秋白，曾大張旗鼓地發動「第三次文學革命」。瞿氏反對當時的白話文，否定「五四」以來的白話文運動所取得的歷史成績，取而代之的是「眞正現代普通話的新中國文」，一種「羅馬化」的文字，原話是「要寫眞正的白話文，

〔註17〕〔英〕愛切生著，徐家禎譯，語文出版社，1997 年。

要能夠建立眞正的現代中國文，就一定要廢除漢字採用羅馬字母」〔註18〕。在 50 年代初力主漢字拼音化的吳玉章，也受蘇聯語言學理論影響，主張拼音化的方案是漢字拉丁化。後來這一思想經過毛澤東點頭，在全國上下形成一種共識，包括 50 年代現代漢語規範問題會議之後頒佈的漢語拼音方案，也是爲漢字拼音化作準備的。對於幾千年一直在使用的方塊漢字，在去與留之間，一下子便得得了上面所給予的答案。這一綱領性政策，自然影響了 50 年代社會對語言的認知，包括文學語言在內，莫不如此。

郭沫若在 50 年代初談到兒童讀物時，認爲要走文字拼音化的道路，並作了有力的辯護：「文章不要那麼文謅謅的和語言脫離，要盡可能做到說什麼寫什麼的程度。舊文言固不用說，『五四』以來的新文言也不用說，近來的理論文字和文藝作品又顯然有新新文言的傾向了。主要恐怕依然是漢字在作怪，用漢字來表達，總想要少寫幾個字以求效率，因而有意無意之間便不免和語言脫離了。」〔註19〕這一立論，繼續著瞿秋白在 30 年代對「五四」白話不能大眾化的論調，繼續著四五十年代之交的主流論調，在當時頗具權威性。在文字改革領域簡化漢字便由此而來，底層群眾的手寫體、簡化字，都成爲簡化漢字的來源。從節約時間、易於學習的角度出發，複雜的、筆畫多的舊字形被拋棄了。另外，比較古一點、文一點、偏一點的漢字，也大多受到分批公佈的簡化字影響，慢慢地被驅逐出去。譬如，當時一個經常作爲例子來引證的是老舍的作品只有一千來個常用漢字，同樣可以寫出好的文學作品。這一切，若從普及與提高的關係來說，便是遷就民眾的普及，而不是提高民眾的素質與文化來適應文字之美。

文字本身繁複之美，也是文學藝術的基礎。偏頗性的認知施加於漢字之上，文學語言的詞彙貧乏、句式單調、表現雷同也就大面積出現了。這爲文學藝術在語言維度上的退步便埋下了伏筆，眞正的隱患也就層出不窮了。除此之外，由簡化漢字而帶來損耗的語言材料問題還是次要的，思想的改造、批評的惡劣，使執筆的艱難更爲顯著，雖然在 50 年代沒有多少人能夠自由地、隨意地公開指出這一點，而是恰恰相反，在一片頌歌聲中反覆陶醉與迷失。

〔註18〕瞿秋白：《鬼門關以外的戰爭》，《瞿秋白文集》（文學編第 3 卷），人民文學出版社，1989 年，第 169 頁。

〔註19〕郭沫若：《愛護新鮮的生命》，《人民日報》1952 年 5 月 31 日。

二

在建國 10 週年之際，文學界對十年來的文學成就進行了檢閱。主流批評界幾乎全是以「文學戰線上的輝煌成就」、「重大的貢獻」自詡。〔註 20〕但是，對 50 年代文學所取得的成就而言有今不如昔之感，給人不是進步而是退步的印象，卻在文人之間私下流傳。〔註 21〕

50 年代以後，大批新名詞湧現出來，成爲人民群眾語言交際的新工具和材料。但是來勢太急，新名詞與原有語彙之間產生一種不調和的現象，城與鄉的矛盾，熟悉領域與陌生題材的矛盾，漸漸突顯出來。頗有文名的姚雪垠對工廠的語言處理感受困難，人家批評他說，他過去描寫農民的語言是那樣生動活潑，現在描寫工人們的語言的時候，在語彙使用上退步了。〔註 22〕在學術界曾被定位爲「何其芳現象」的主角何其芳，感覺到思想進步了，可文學藝術水平卻沒有相應的提高與進步，反而是下滑了。何氏在解放後「趕任務」的多，平時也抽空作一些評論。1953 年 11 月他在北京圖書館作《關於寫詩和讀詩》的演講，對當前詩歌創作這樣認爲：「我們今天的詩歌方面的情況卻是這樣：雖說也有一些寫詩的人，然而零零落落，很不整齊；其中有些人並沒有經過認眞的專門訓練，還不能熟練地使用他們的樂器；有些人偶爾拿起樂器來吹奏幾聲，馬上又跑到後臺裏面做別的事情去了；剩下三幾個人在那裡勉強撐持局面，但也是無精打采地吹奏著。」〔註 23〕何其芳這裡的說法很形象，也十分具有嘲諷意味。對於自己的退步，何其芳也有坦蕩的承認：「當我的生活或我的思想發生了大的變化，而且是一種向前邁進的變化的時候，我寫的所謂散文或雜文卻好像在藝術上並沒什麼進步，而且有時甚至還有些退步的樣子。」〔註 24〕在 50 年代的詩壇巡視一圈，有人看到艾青創作萎縮了，

〔註 20〕參見《文藝報》編輯部編：《文學十年》，作家出版社，1960 年。

〔註 21〕在「雙百」方針後，許多被打成右派的知識分子罪狀之一，便是異口同聲說解放後沒有好作品，都是公式化概念化的。見沈從文、張兆和等著：《沈從文家書》（上），江蘇教育出版社，第 303～304 頁。

〔註 22〕姚雪垠的來信：見《中南作家通訊》第 3 期，第 35～36 頁。

〔註 23〕何其芳：《關於寫詩和讀詩》，作家出版社，1956 年，第 48 頁。

〔註 24〕何其芳：《散文選集・序》，人民文學出版社，1957 年，第 2 頁。對此現象，後來有學者以「何其芳現象」來進行理論概括，成爲一個見仁見智的普遍性話題，參見劉再復：《赤誠的詩人，嚴謹的學者》，《文學評論》1988 年第 2 期；王彬彬：《良知的限度——作爲一種文化現象的何其芳文學道路批判》，《上海文論》1989 年第 4 期。

擂鼓的田間暗啞了，臧克家也顯得差強人意。創作的下滑，不容掩飾，正如一首詩所言「我身邊落下了樹葉一樣多的日子，／爲什麼我結出的果實這樣稀少？／難道我是一棵不結果實的樹」。（何其芳《回答》）或者像馮至在 90 年代《自傳》一詩裏所說的「三十年代我否定過我二十年代的詩歌，／五十年代我否定過我四十年代的創作，／六十年代、七十年代把過去的一切都說成錯」那樣在否定、再否定的怪圈無力自拔。人生最難得的是自知之明，但也有身不由己的時候。

50 年代的趙樹理，仍然保持了旺盛的創作力，不但有《登記》、《鍛鍊鍛鍊》等短篇小說源源不斷創作出來，還有《三里灣》、《靈泉洞》等長篇小說或評書問世。特別是長篇小說《三里灣》更是 50 年代文學成就的重要組成部分，大凡當代文學史著作都不會吝嗇篇幅。對於這樣一個作品，在政治上已經很難翻身，在文藝批評上被王瑤那樣的批評家嚇怕了的沈從文，在一邊冷眼旁觀，在家書中有自己的一孔之見。對自己雜語叢生的妙筆有所偏愛的沈從文，1956 年隨全國政協考察團外出考察，途中在長沙生病住院，爲瞭解悶曾買來趙樹理新創作的長篇小說《三里灣》閱讀，在給兒子沈虎雛的家信中說，卻並不怎麼好，「筆調就不引人，描寫人物不深入，只動作和對話，卻不見這人在應當思想時如何思想。一切都是表面的，再加上名目一堆好亂！」後來致信妻子的書信中，說「每晚除看《三里灣》也看看《湘行散記》，覺得《湘行散記》作者究竟還是一個會寫文章的作者。這麼一只好手筆，聽他隱姓埋名，眞不是個辦法。」〔註 25〕文筆之優劣、風格之有無，雖然在沈從文的心中沒有明確過，但夾雜了個人化評判的因素是無疑存在的。通過對 50 年代最好的小說的質疑，也就間接地對當時小說整體水平回退的一種認識。

語言規範化，發揮著潛移默化的影響。在文藝界總結 50 年代文學成就時，一個顯著的標誌是大力肯定文學新人的作品，《文藝報》編輯部梳理的《十年來的文學新人》有一份十分詳盡的名單。〔註 26〕相比之下，處於過渡階段的現代作家，幾乎都失語了。在小說領域，「在 50 年代新的歷史語境中，那些業已成名尤其是長期生活於國統區的長篇小說作家都有些手足無措。爲

〔註25〕沈從文、張兆和等著：《沈從文家書》（上），江蘇教育出版社，第 269、335 頁。

〔註26〕刊於《文藝報》1959 年 19 與 20 期合刊，慶祝建國十週年專號（二），1959 年 10 月 26 日，陳聰整理。

誰寫、寫什麼、怎麼寫都成了問題。他們寫不出新的長篇，只好不惜代價去修改舊作。這就形成了 50 年代初的長篇小說修改浪潮。」〔註 27〕除了能作些修改舊文之事外，很少有作家真正突破自己，僅有老舍等作家在五十年代還有新的創作能力，雖然其中絕大部分整體水平已大幅下跌。其它的作家，用一句形象而刻薄的話來說，基本上獨自寫不出一篇一萬字以上的有文采有思想的長文，當然不用說長篇小說的構思與創作了。

三

毛澤東在 1949 年中國人民政治協商會議第一屆全體會議上樂觀地估計：「隨著經濟建設的高潮的到來，不可避免地將要出現一個文化建設的高潮。」50 年代的文學與文化，在經過幾十年風雨之後再來重新審視，不難發現這個預言已經落空。「逆水行舟，不進則退」，這是一句古話，看來還是有生命力。

〔註 27〕金宏宇：《中國現代長篇小說名著版本校評》，人民文學出版社，2004 年，第 18 頁。

結語：普通話寫作與共和國文學的確立

　　新中國成立後，文學語言的新形態定位於普通話寫作，這是從語言形式維度審視共和國確立的標誌。普通話寫作貫通於 50 年代，使語言與文學關係變得簡單而明朗。群眾口語在重建新文學的秩序中得到了某種鞏固，語言流向有了主要的支流。另一方面，由白話、國語而普通話，又意味著文學語言在逐漸消失其多層面性和混合性後，變得純潔、簡單，也為以後的語言僵硬與板結作了鋪墊。當時雖然也提及到語言上的資源開拓、提煉、純化，但「雅正」、「規範化」機制的影響，語言的源頭變得混濁不清，去方言化、去歐化、去文言化，是其中顯著的環節，這一牽制力量在推廣普通話的過程中不斷強化。因此，主要包括方言母語在內的多重語言資源與作為籠統意義上的某種規範化民族共同語，如同一個鐘擺的兩端，難以真正靜止下來。

　　「語言總是不斷在發展變化的，硬定規矩攔阻不住它；而語言的發展變化又有它自己的規律，不顧語言規律地亂用語言，並不能促進它的發展。實際上，語言本身正是由於具有互相矛盾而又統一的兩種因素才不斷向前發展的—— 一是老要保持一定的規矩，不亂；二是老要突破原有的規矩，產生出新的東西，不停。」〔註1〕「不亂」與「不停」的矛盾以及兩者之間的張力，螺旋形地推動語言之流向前。但是不可否認，人為力量所產生的硬定規矩，在處理兩者關係方面成為一個不斷產生新問題的暗箱。像河流改變自己的方向一樣，在語言領域也是如此。

〔註 1〕 張誌公：《語法學習講話》，上海教育出版社，1962 年，第 8 頁。

一

　　普通話寫作與去方言化關係更爲密切，共和國文學的確立，相當一部分基石建立在這方面。「我們要把寫作上的一些知識分子氣、洋氣、紳士氣、賣弄半升墨水的學究氣，以及『語不驚人死不休』的才子氣，都統統收起來，我們要從老百姓口裏攝取生動活潑的字彙，要從他們的生活中學取樸質而剛勁的風格。」〔註2〕這是舊話重提，事實上很難做到這一點。

　　方言從語言本身而言有它難以克服的缺陷。從地域上看，作爲地域性語言，其流佈的範圍相對狹窄，如流行圈子較大的吳方言與粵方言，也都只在本方言區域之內通暢無阻。〔註3〕相對而言，這些區域僅是中國國家觀念與實體中的一部分；部分與整體的落差，決定了它最終總會去地方化而融入到整體中去。在部分與整體、小群體與大群體、小家與大家這一系列前後對立的概念上，人們習慣於向後者傾斜，即使照顧尊重前者的合法性，也是不需要做出選擇的時候；但一旦面臨需要做出取捨，往往以犧牲前者的利益來滿足後者的要求。重視方言就可能導致社會擔心由方言而引起鄉土地域觀念的興盛，最終會影響全局；或者斷定對方言的張揚可能助長落後愚昧與割據意識，阻礙民族共同語的形成與統一；或者從語言層面滑到政治層面，認爲強調保護方言會導致國家的分裂。諸如此類大同小異的看法，都先後出現過。試舉大眾語運動爲例，多數人認爲大眾語是代表大眾意識的語言，是爲大眾所有、爲大眾所需、爲大眾所用的「活」語言，其中必然夾雜地方土語，但總有論

〔註 2〕　茅盾：《和平・民主・建設階段的文藝工作》，《茅盾全集》（第 23 卷），人民文學出版社，1996 年，第 254 頁。

〔註 3〕　汪暉在其論文中曾總結這一現象：「從新文學發展的歷史來看，對於民族性與地方性的關係的關注，可能導向兩個方面的結論。一個方向是站在五四新文學的立場，即『國語的文學、文學的國語』的立場，批判和改造方言和地方形式，進而形成普遍的民族形式；另一方面則站在地方形式的立場或鄉村文藝的立場批評五四新文學的都市化或歐化傾向。其中最爲敏感和重要的問題是方言與普通話的關係。但是，直到『民族形式』討論興起之前，對『五四』文化運動的批評主要是從階級論的立場出發的，幾乎從未將『地方性』或『方言土語』作爲批判的出發點。離開都市、進入特定區域（地方）的文學家的活動不太可能完全迴避該地區的政治軍事和文化的現實。如果地方形式和方言土語問題與地方政治認同發生直接的聯繫，那麼，對於統一的民族國家的形成而言則是重要的威脅。因此，在不得不使用方言的情境中，不斷地強調地方性與全國性的辯證統一關係便是非常自然的了。」見汪暉：《地方形式、方言土語與抗日戰爭時期「民族形式」的論爭》，《汪暉自選集》，廣西師範大學出版社，1997 年，第 353 頁。

者認爲方言土語混入大眾語並進入大眾語文學，其它地方的人是看不懂聽不懂的，由此點便可窺見大眾語本身，也早已淪爲了非驢非馬之物。又如四十年代的方言文學論爭，也有論者不顧大眾的實際，指出土語文學與國語運動是根本對立而水火不容的，書面語充分方言化有違民族共同語的形成；異地之人難以讀懂，更談不上喜歡。反正，出於不同的思維方式與觀念，找出類似的理由並不太難；事實上，方言土語的某些自身因素也給這些理由提供了依據。

此外，方言本身強化的是聲音，而不是文字〔註4〕。聲音的豐富與複雜使聲音走在文字的前面，因此導致方言總有一個通病，即難以筆錄、存眞，聲音不能落實到具體的字詞上，即使以諧音爲原則，採取同音字替代，也難以統籌規範，因此屢屢爲人所詬病。晚清詩界革命的黃遵憲大量借助土俗語、山歌等民間形式來變革舊體詩，也在《山歌題記》中說：「十五國風，妙絕古今，正以婦人女子矢口而成，使學士大夫操筆爲之，反不能爾。以人籟易爲，天籟難學也。……然山歌每以方言設喻，或以作韻，苟不諳土俗，即不知其妙。筆之於書，殊不易耳。」〔註5〕魯迅、茅盾等大家在文藝大眾化討論中也提到此關鍵問題，前者認爲「大多數人不識字；目下通行的白話文，也非大家能懂的文章；言語又不統一，若用方言，許多字是寫不出的，即使用別的字代出，也只爲一處地方人所懂，閱讀的範圍反而收小了。」〔註6〕後者則強調「然則努力發展土話文學如何？這一點，誰都贊成，可是誰都覺得有許多困難，非一時可以克服。最大的困難是沒有記錄土話的符號——正確而又簡便的符號。」〔註7〕如何用方塊字描摹並記錄充分方言化的文學作品，成爲一種有難度的寫作。京語、吳語、粵語文學作品中夾雜有記錄方言的特殊字符，在帶給這些特定地域的讀者們一種親切、熟悉感的同時，必然帶給非本地域的讀者一種難以親近的隔膜感。換言之，特殊的地方韻味與聲音，因爲不能

〔註4〕比較典型的說法如「用生活的語言寫，用方言寫，大家一致承認；可是用什麼樣文字寫下這樣的語言，卻還是一個等待解決的問題。」見《新華日報》關於《怎樣寫出生活的語言》的「新華信箱」內容，1944年7月5日。

〔註5〕黃遵憲：《山歌題記》，陳錚編：《黃遵憲全集》，中華書局，2005年，第275頁。

〔註6〕魯迅：《集外集拾遺·文藝的大眾化》，《魯迅全集》（第7卷），人民文學出版社，2005年，第367～368頁。

〔註7〕茅盾：《問題中的大眾文藝》，《茅盾全集》（第19卷），人民文學出版社，1991年，第329頁。

在存眞狀態下傳遞，使得其餘廣大地域的人們欣賞、體會不到，這樣也就消解了它的普遍性功效。而對於文學普遍性的重視，卻是 50 年代文學的重要目標。所以，普通話寫作在面對方言侵襲時，往往大刀闊斧毫不動搖加以拒絕，實際上是一種普遍性對地方性的壓制。

至於歐化、文言化來說，也沒有充分給予它們生長的空間。在正文的大多數篇幅中，我曾認爲都只是口頭上留有名義，但實際上限制很多。這幾個構成語言資源的主要部分，都以發育不良而告終。因此，從共和國文學的確立而返觀普通話寫作，則可以發現兩者休戚與共，有時甚至是合二爲一，其優劣得失都繫於此，也都很明明白白，沒有什麼地方要去加以遮掩。

二

在普通話寫作一統文壇的時候，純粹發展文言文的文學、歐化的文學、方言的文學都不可能，哪怕是嘗試性的，哪怕是留下一個小小角落進行試驗。普通話寫作成爲一個大篩子，它的篩子眼到底有多大呢？如何看待這一過濾過程和作用呢？

在我看來，普通話寫作篩子眼口徑很大，許多無法清楚界定的非普通話成分都漏下來了，但是漏下來的東西並不都是應該被淘汰的。換言之，普通話寫作過嚴過速，都是它的先天性缺陷。在不太正常的時代，人們在理解的時候往往變本加厲，導致了普通話本身沒有血色，成爲一種剛性的板結的語言。九十年代強調口語寫作的詩人曾宣稱，從當代詩歌自 50 年代以後出現的美學傾向和寫作向度來看，「僅僅考察它的語言軌迹，我以爲可以清晰發現它在語言上的兩個清晰的向度：普通話寫作的向度和受到方言影響的口語寫作的向度。」〔註8〕這兩個向度太清晰，往往並不正常，至少不值得高興。在詩歌中這兩個向度這樣涇渭分明，在小說、話劇、散文中更是如此，甚至更加觸目驚心。反之，如果寫作語言不是獨尊於此，而是更加豐富、繁雜，甚至於雜草叢生、良莠不齊，難道會比過於單一更差麼？

在我看來，普通話寫作的強勢，一方面是標舉著共和國文學的確立，另一方面則幾乎束縛住了共和國文學的健康發展。相反，那種雜語、多語式書寫是有生命力的，它能讓整個民族的語言在保持活力與個性中不斷向前流

〔註 8〕于堅：《詩歌之舌的硬與軟——詩歌研究草案》，《拒絕隱喻》，雲南人民出版社，2004 年，第 137 頁。

動，不斷書寫新的一頁。如果說民族共同語的規範化牽制，有助於文學擴大公共性與流通性的話，那麼雜語、多語創作則傾向於堅守低調的獨特個性，如區域文化個性、思維基因個性等。「在若干年之後，中國的國語可能是要統一的，但必然是多樣的統一，而決不是單元的劃一。因為多種方言是在相互影響，相互吸收之下，而形成辯證的綜合。這樣，方言文學的建立在另一方面正是促進國語的統一化，而非分裂化。語的統一才是真的統一，人民的統一。」〔註9〕在自由思想的 40 年代，郭沫若發出了這樣振聾發聵的聲音。在後來的若干歲月裏，卻缺乏類似的聲音存在，確實是值得今天反思的一個重大問題。

〔註 9〕 郭沫若：《當前的文藝諸問題》，王錦厚等編：《郭沫若佚文集》（下冊），四川大學出版社，1988 年，第 212 頁。

參考文獻

一、相關研究論文概況與史料線索，論文類

1. 陳晨：《〈講話〉：在國際大文化格局中——略論毛澤東〈講話〉在世界各地的翻譯、出版、評介、研究和反響》，《延安文藝研究》1992 年第 4 期。

2. 陳建民：《從方言詞語看地域文化》，《語言教學與研究》1997 年第 4 期。

3. 仇志群：《臺灣五十年來語文規範化述略》，《語文建設》1996 年第 9 期。

4. 董正宇　孫葉林：《民間話語資源的採擷與運用——論文學方言、方言文學以及當下「方言寫作」》，《湖南社會科學》2005 年第 4 期。

5. 宮蘇藝：《〈王貴與李香香〉的手稿和版本》，《延安文藝研究》1987 年第 1 期、2 期。

6. 何錫章等：《方言與中國現代文學初論》，《文學評論》2006 年第 1 期。

7. 賀興安：《文學語言在本質上是反規範的》，《語文建設》1992 年第 5 期。

8. 胡芷藩：《記錄口語問題的一個建議》，《中國語文》1953 年 7 月號。

9. 黃曉蕾：《民國時期的政府方言政策概述》，《中國社會科學院研究生院學報》2006 年第 4 期。

10. 蔣星煜：《話劇的民族化與方言問題》，《齊魯學刊》1998 年第 3 期。

11. 曠新年：《民族國家想像與中國現代文學》，《文學評論》2003 年第 1 期。

12. 柯玲：《論方言的文學功能》，《修辭學習》2005 年第 3 期。

13. 李貞：《共同語和標準語——對普通話定義的思考》，《浙江師範大學學報》2002 年第 5 期。

14. 李巧蘭：《從中國文化的興亡論方言的捍衛》，《社會科學家》2006 年第 4 期。

15. 李怡：《從文化的角度看現代四川文學中的方言》，《西南民族學院學報》

1998 年第 2 期。

16. 李振聲等：《關於《〈行將失傳的方言和它的世界〉的通信》，《上海文學》2004 年第 4 期。

17. 李宇明：《權威方言在語言規範中的地位》，《清華大學學報》2004 年第 5 期。

18. 李勝梅：《方言的語用特徵與文學作品語言的地域特徵》，《福建師大學報》2004 年第 5 期。

19. 劉繼業：《朗誦詩理論探索與中國現代詩學》，《中國社會科學》2003 年第 5 期。

20. 劉進才：《從「文學的國語」到方言創作》，《文學評論》2006 年第 4 期。

21. 犁青：《從「南來作家」到「香港作家」》，《新文學史料》1996 年第 1 期。

22. 羅常培、呂叔湘：《現代漢語規範問題》，《中國語文》1955 年 12 月號。

23. 林漢達：《試驗用普通話寫作》，《語文現代化》1980 年第 1 輯。

24. 孟澤：《「母語的母語」——論漢語詩歌的「方言」屬性和「地方」屬性》，《詩探索》（理論卷）2007 年第 1 輯。

25. 孟兆臣：《小說與方言——白話小說研究領域的一個重要命題》，《社會科學戰線》2004 年第 4 期。

26. 馬少波：《戲曲語言與普通話》，《中國語文》1959 年 10 月號。

27. 喬惟森等：《毛主席樹立了使用方言詞的典範》，《中國語文》1960 年第 5 期。

28. 錢乃榮：《論語言的多樣性和「規範化」》，《語言教學與研究》2005 年第 2 期。

29. 錢乃榮：《質疑「現代漢語規範化」》，《上海文學》2004 年第 4 期。

30. 錢理群：《關於 20 世紀 40 年代大文學史研究的斷想》，《中國現代文學研究叢刊》2005 年第 1 期。

31. 沈麗霞：《「粵人文庫」廣東方言文學作品述略》，《圖書館論壇》2006 年第 3 期。

32. 孫桂森：《山西味很醇的普通話——從趙樹理的語言談起》，《內蒙古民族師院學報》1991 年第 3 期。

33. 舒乙：《老舍文學語言發展的六個階段》，《語文建設》1994 年第 5 期。

34. 石汝傑：《吳方言區作家的普通話和方言》，《語言文字應用》1995 年第 3 期。

35. 陶原珂：《粵方言區作家筆下的民族共同語和方言因素》，《廣東社會科學》1994 年第 5 期。

36. 王光東：《「民間」的現代價值——中國現代文學與民間文化形態》，《中

國社會科學》2003 年第 6 期。

37. 王曉生：《激情癲狂：1958 年新民歌的理論話語》,《淮北煤炭師範學院學報》2003 年第 3 期。

38. 吳曉鈴：《曲藝工作者應該怎樣進行推廣語言規範工作》,《中國語文》1955 年 12 月號。

39. 吳曉鈴：《試談開國十年以來藝術語言的發展和問題》,《中國語文》1959 年 10 月號。

40. 吳定宇：《抗戰期間香港關於大眾化和民族形式的討論》,《學術研究》1984 年第 6 期。

41. 修宏梅：《方言——新時期文學創作不可或缺的資源》,《湖北師院學報》2004 年第 3 期。

42. 羨聞翰：《有關現代漢語規範化的幾個問題》,《中國語文》1979 年 1 月號。

43. 謝保傑：《1958 年新民歌運動的歷史描述》,《中國現代文學研究叢刊》2005 年第 1 期。

44. 燕世超：《批判的武器難以創新——論「五四」前後白話詩人對民間歌謠的揚棄》,《文學評論》2002 年第 5 期。

45. 游汝傑等：《方言與中國文化》,《復旦學報》1985 年第 3 期。

46. 于錦恩：《民國時期官方確定漢民族共同語標準音的歷史回顧與思考》,《雲南社會科學》2004 年第 1 期。

47. 尹德翔：《關於漢語歐化與文學困惑的斷想》,《文藝評論》1999 年第 2 期。

48. 詹伯慧：《漢語方言調查與漢語規範化》,《語文建設》1995 年第 10 期。

49. 朱曉進：《從語言的角度談新詩的評價問題》,《文學評論》1992 年第 3 期。

50. 張新穎：《行將失傳的方言和它的世界——從這個角度看〈醜行或浪漫〉》,《上海文學》2003 年第 12 期。

51. 張衛中　江南：《新時期文學創作中方言使用的新特點》,《學術研究》2002 年第 1 期。

52. 張琦：《迂迴與進入：近期方言小說對歷史的敘述》,《小說評論》2006 年第 2 期。

53. 張壽康：《五四運動與現代漢語的最後形成》,《中國語文》1979 年 4 月號。

54. 周定一：《論文藝作品中的方言土語》,《中國語文》1959 年 5 月號。

55. 周建民：《文學作品語言對書面語習得與普通話習得的影響》,《語言文字

應用》1996 年第 1 期。

56. 鄭林曦:《怎樣解決用漢字寫不出民眾口語的矛盾？》,《中國語文》1953
年 7 月號。

57. 鄭敏:《世紀末的回顧:漢語語言變革與中國新詩創作》,《文學評論》1993
年第 3 期。

58. 鄭張尚芳:《吳語在文學上的影響及方言文學》,《溫州師院學報》1996
年第 5 期。

59. 趙園:《京味小說與北京方言文化》,《北京社會科學》1989 年第 1 期。

二、主要參考文獻,書籍類

1. 〔美〕本尼迪克特・安德森:《想像的共同體》,吳睿人譯,上海人民出版
社,2003 年。

2. 北京大學中國語言文學系語言學、漢語教研室編:《「文學語言」問題討
論集》,文字改革出版社,1957 年。

3. 北京師範學院中文系教研組:《五四以來漢語書面語言的變遷和發展》,
商務印書館,1959 年。

4. 〔日〕柄谷行人:《日本現代文學的起源》,趙京華譯,三聯書店,2006
年。

5. 卞之琳:《卞之琳文集》,江弱水、青喬編,安徽教育出版社,2002 年。

6. 薄一波:《若干重大決策與事件的回顧》,中共中央黨校出版社,1991 年。

7. 曹聚仁:《我與我的世界》,北嶽文藝出版社,2001 年。

8. 曹伯韓:《論新語文運動》,文光書店,1950 年。

9. 蔡翔:《革命／敘述:中國社會主義文學——文化想像（1949～1966）》,
北京大學出版社,2010 年。

10. 陳萬雄:《五四新文化的源流》,三聯書店,1997 年。

11. 陳改玲:《重建新文學史秩序:1950～1957 年現代作家選集的出版研究》,
人民文學出版社,2006 年。

12. 陳子善:《撈針集》,浙江人民出版社,1997 年。

13. 陳思和:《中國新文學整體觀》,上海文藝出版社,2001 年。

14. 陳望道:《陳望道文集》,上海人民出版社,1980 年。

15. 陳望道:《陳望道語文論集》,上海教育出版社,1980 年。

16. 陳徒手:《人有病,天知否——一九四九後中國文壇紀實》,人民文學
出版社,2000 年。

17. 陳原:《語言和人》,商務印書館,2003 年。

18. 陳順馨:《中國當代文學的敘事與性別》,北京大學出版社,1995 年。

19. 陳章太、李行健主編：《普通話基礎方言基本詞彙集》，語文出版社，1996年。

20. 陳章太：《語言規劃研究》，商務印書館，2005年。

21. 崔榮昌：《四川方言與巴蜀文化》，四川大學出版社，1996年。

22. 丁帆、王世誠：《十七年文學：「人」與「自我」的失落》，河南大學出版社，1999年。

23. 丁聲樹等：《現代漢語語法講話》，商務印書館，1961年。

24. 董正宇：《方言視域中的文學湘軍》，中國社會科學出版社，2008年。

25. 董大中：《趙樹理評傳》，百花文藝出版社，1986年。

26. 董之林：《舊夢新知：「十七年」小說論稿》，廣西師範大學出版社，2004年。

27. 董之林：《熱風時節——當代中國十七年小說史論》，上海書店出版社，2008年。

28. 戴昭銘：《規範語言學探索》，上海三聯書店，1998年。

29. 戴慶廈、何俊芳：《語言和民族（二）》，中央民族大學出版社，2006年。

30. 戴嘉枋：《樣板戲的風風雨雨》，知識出版社，1995年。

31. 杜子勁編：《一九五○年中國語文問題論文輯要》，大眾書店，1952年。

32. 費錦昌主編：《中國語文現代化百年紀事》，語文出版社，1997年。

33. 費孝通：《鄉土中國生育制度》，北京大學出版社，1998年。

34. 〔法〕福柯：《知識考古學》，謝強等譯，三聯書店，1998年。

35. 范伯群：《中國現代通俗文學史》，北京大學出版社，2007年。

36. 樊星：《當代文學與地域文化》，華中師範大學出版社，1997年。

37. 《方言文學》（第一輯），新民主出版社，1949年。

38. 甘海嵐等著：《京味文學散論》，北京燕山出版社，1997年。

39. 高捷等編：《馬烽、西戎研究資料》，山西人民出版社，1985年。

40. 高名凱：《語言論》，商務印書館，1995年。

41. 高玉：《現代漢語與中國現代文學》，中國社會科學出版社，2003年。

42. 郜元寶：《為熱帶人語冰——我們時代的文學教養》，上海教育出版社，2004年。

43. 郜元寶：《在語言的地圖上》，文匯出版社，1999年。

44. 龔明德：《新文學散箚》，天地出版社，1996年。

45. 龔明德：《〈太陽照在桑乾河上〉修改箋評》，湖南人民出版社，1984年。

46. 國家語言文字工作委員會政策法規室編：《國家語言文字政策法規彙

編》，語文出版社，1996年。

47. 國家語委標準化工作委員會辦公室編：《國家語言文字規劃和標準選編》，中國標準出版社，1997年。

48. 國家語言文字工作委員會等合編：《普通話水平測試的理論與實踐》，商務印書館，1998年。

49. 古遠清：《古今臺灣文學風貌》，江西高校出版社，2004年。

50. 〔德〕顧彬：《二十世紀中國文學史》，范勁等譯，華東師範大學出版社，2008年。

51. 顧準：《顧準文集》，貴州人民出版社，1994年。

52. 郭伏良：《新中國成立以來漢語詞彙發展變化研究》，河北大學出版社，2001年。

53. 郭曉惠等編：《檢討書——詩人郭小川在政治運動中的另類文字》，中國工人出版社，2001年。

54. 韓敬體編：《〈現代漢語詞典〉編纂學術論文集》，商務印書館，2004年。

55. 韓立群：《中國語文革命：現代語文觀及其實踐》，中央編譯出版社，2003年。

56. 〔德〕海德格爾：《在通向語言的途中》，孫周興譯，商務印書館，1997年。

57. 何其芳：《西苑集》，人民文學出版社，1952年。

58. 賀登崧：《漢語方言地理學》，上海教育出版社，2003年。

59. 賀桂梅：《轉折的時代——40～50年代作家研究》，山東教育出版社，2003年。

60. 賀陽：《現代漢語歐化語法現象研究》，商務印書館，2008年。

61. 洪子誠：《問題與方法——中國當代文學史研究講稿》，三聯書店，2002年。

62. 洪子誠：《中國當代文學史》（修訂版），北京大學出版社，2007年。

63. 洪子誠：《1956：百花時代》，山東教育出版社，1998年。

64. 洪子誠編：《二十世紀中國小說理論資料》（第五卷），北京大學出版社，1997年。

65. 胡適：《胡適全集》，季羨林主編，安徽教育出版社，2003年。

66. 黃修己編：《趙樹理研究資料》，北嶽文藝出版社，1985年。

67. 黃伯榮、廖序東主編：《現代漢語》，高等教育出版社，2002年第3版。

68. 黃開發：《人在旅途：周作人的思想和文體》，人民文學出版社，1999年。

69. 賈植芳等主編：《現代文學總書目》，福建教育出版社，1993年。

70. 金宏宇：《中國現代長篇小說名著版本校評》，人民文學出版社，2004 年。

71. 金宏宇：《新文學的版本批評》，武漢大學出版社，2007 年。

72. 金星華主編：《中國民族語文工作》，民族出版社，2005 年。

73. 金汕：《當代北京語言史話》，當代中國出版社，2007 年。

74. 敬文東：《被委以重任的方言》，中國人民大學出版社，2003 年。

75. 藍愛國：《解構十七年》，華東師範大學出版社，2003 年

76. 老舍：《老舍全集》，人民文學出版社，1999 年。

77. 凌德祥：《走向世界的漢語》，文化藝術出版社，2006 年。

78. 黎澤渝等編：《黎錦熙語文教育論著選》，人民教育出版社，1996 年。

79. 黎錦熙：《漢語發展過程和漢語規範化》，江蘇人民出版社，1957 年。

80. 李怡：《日本體驗與中國現代文學的發生》，北京大學出版社，2009 年。

81. 李怡：《現代性：批判的批判》，人民文學出版社，2006 年。

82. 李怡：《現代四川文學的巴蜀文化闡釋》，湖南教育出版社，1995 年。

83. 李健吾：《李健吾批評文集》，郭宏安編，珠海出版社，1998 年。

84. 李如龍：《漢語方言學》，高等教育出版社，2001 年。

85. 李華盛、胡光凡編：《周立波研究資料》，湖南人民出版社，1983 年。

86. 李家樹編著：《香港語文教育策略》，南京師大出版社，2000 年。

87. 李銳：《網絡時代的「方言」》，春風文藝出版社，2002 年。

88. 李建國：《漢語規範史略》，語文出版社，2000 年。

89. 李行健、費錦昌：《使用語言文字規範指南》，上海辭書出版社，2001 年。

90. 李行健：《普通話與方言》，上海教育出版社，1985 年。

91. 李潤新：《文學語言概論》，北京語言學院出版社，1994 年。

92. 李劼人：《〈死水微瀾〉彙校本》，四川文藝出版社，1987 年。

93. 李楊：《50～70 年代中國文學經典再解讀》，山東教育出版社，2002 年。

94. 劉勇：《中國現代文學的心理學研究》，北京大學出版社，2006 年。

95. 劉勇：《中國現代文學研究的視域與形態》，北京師範大學出版社，2008 年。

96. 劉志榮：《潛在寫作：1949～1976》，復旦大學出版社，2007 年。

97. 劉進才：《語言運動與中國現代文學》，中華書局，2007 年。

98. 劉增人等編：《葉聖陶研究資料》，北京十月文藝出版社，1988 年。

99. 劉興策：《語言規範精要》，華中師範大學出版社，1999 年。

100. 劉興策主編：《語言文字規範化教程》，華中師範大學出版社，1993 年。

101. 劉剛、但國幹：《魯迅語言修改藝術》，中央民族學院出版社，1993 年。

102. 劉曉南：《漢語歷史方言研究》，上海人民出版社，2008 年。

103. 梁實秋：《梁實秋批評文集》，徐靜波編，珠海出版社，1998 年 10 月。

104. 林建法等：《中國當代作家面面觀・漢語寫作與世界文學》，春風文藝出版社，2006 年。

105. 魯迅：《魯迅全集》，人民文學出版社，2005 年。

106. 羅常培：《語言與文化》，北京出版社，2004 年。

107. 呂進：《中國現代詩學》，重慶出版社，1991 年。

108. 呂叔湘：《語文常談》，三聯書店，1981 年。

109. 呂叔湘：《呂叔湘全集》（第六、七卷），遼寧教育出版社，2002 年。

110. 呂冀平：《呂冀平漢語論集》，社會科學文獻出版社，2002 年。

111. 呂冀平主編：《當前我國語言文字的規範化問題》，上海教育出版社，2000 年。

112. 馬太康：《詩性語言研究》，中國社會科學出版社，2005 年。

113. 〔意〕馬西尼：《現代漢語詞彙的形成——十九世紀漢語外來詞研究》，黃河清譯，漢語大詞典出版社，1997 年。

114. 毛澤東：《建國以來毛澤東文稿》（第 6、7 卷），中央文獻出版社，1992 年。

115. 毛澤東：《毛澤東論文學與藝術》，人民文學出版社，1958 年。

116. 茅盾：《茅盾全集》，人民文學出版社，1982～1992 年。

117. 孟繁華、程光煒：《中國當代文學發展史》（第 2 版），中國人民大學出版社，2008 年。

118. 梅志：《胡風傳》，北京十月文藝出版社，1998 年。

119. 倪海曙：《雜格嚨咚》，北新書局，1950 年。

120. 倪海曙：《清末漢語拼音運動編年史》，上海人民出版社，1959 年。

121. 倪海曙：《倪海曙語文論集》，上海教育出版社，1991 年。

122. 旻樂：《母語寫作》，山西教育出版社，1999 年。

123. 《評〈山鄉巨變〉》，作家出版社，1959 年。

124. 卜慶華主編：《編校改錯必讀》，湖南教育出版社，1999 年。

125. 全國語言文字工作會議秘書處編：《新時期的語言文字工作》，語文出版社，1987 年。

126. 齊如山：《北京土話》，遼寧教育出版社，2008 年。

127. 齊天大：《媽媽的舌頭：我學習語言的心得》，作家出版社，1999 年。

128. 錢理群：《1948：天地玄黃》，中華書局，2008 年。

129. 瞿秋白：《瞿秋白文集》（文學編 1～6 卷），人民文學出版社，1985～1989 年。

130. 〔美〕愛德華・薩丕爾：《語言論》，陸卓元譯，商務印書館，2003 年。

131. 邵荃麟：《邵荃麟評論選集》，人民文學出版社，1981 年。

132. 沈從文：《沈從文全集》，北嶽文藝出版社，2002 年。

133. 孫犁：《孫犁文集》，百花文藝出版社，1982 年。

134. 孫中田等編：《茅盾研究資料》（上中下），中國社會科學出版社，1983 年。

135. 商金林：《葉聖陶傳論》，安徽教育出版社，1995 年。

136. 蘇培成等編：《語文現代化論文集》，商務印書館，2002 年。

137. 〔瑞士〕費爾迪南・德・索緒爾：《普通語言學教程》，高名凱譯，商務印書館，2001 年。

138. 唐弢：《晦庵書話》，北京語言學院出版社，1980 年。

139. 唐小兵：《再解讀：大眾文藝與意識形態》，北京大學出版社，2007 年。

140. 湯雲航、吳麗君：《新加坡／中國推廣普通話比較研究》，遼寧民族出版社，2006 年。

141. 田長山等：《方言誤讀》，陝西人民出版社，2002 年。

142. 《文藝報》編輯部編：《文學十年》，作家出版社，1960 年。

143. 《文藝報》編輯部編：《再批判》，作家出版社，1958 年。

144. 《文藝工作者為什麼要改造思想》，人民文學出版社，1952 年。

145. 文字改革出版社編：《普通話論集》，文字改革出版社，1956 年。

146. 王克明：《聽見古代：陝北話裏的文化遺產》，中華書局，2007 年。

147. 王文參：《五四新文學的民族民間文學資源》，民族出版社，2006 年。

148. 王一川：《漢語形象與現代性情結》，首都師範大學出版社，2001 年。

149. 王力等：《漢族的共同語和標準音》，中華書局，1957 年。

150. 王力：《漢語史稿》，中華書局，1980 年。

151. 王力：《王力文集》（一、二、三卷），山東教育出版社，1985 年。

152. 王汶成：《文學語言中介論》，山東大學出版社，2002 年。

153. 王富仁：《中國反封建思想革命的一面鏡子》，北京師範大學出版社，1986 年。

154. 王光東：《民間理念與當代情感：中國現當代文學解讀》，廣西師範大學出版社，2003 年。

155. 王本朝：《中國當代文學制度研究》，新星出版社，2007 年。

156. 王瑤：《中國新文學史稿》，新文藝出版社，1954 年。

157. 王堯：《在漢語中出生入死》，春風文藝出版社，2005 年。

158. 汪暉：《汪暉自選集》，廣西師範大學出版社，1997 年。

159. 吳思敬：《心理詩學》，首都師大出版社，1996 年。

160. 吳思敬：《詩學沉思錄》，遼海出版社，2001 年。

161. 吳曉鋒：《國語運動與文學革命》，中央編譯出版社，2008 年。

162. 吳玉章：《文字改革文集》，中國人民大學出版社，1978 年。

163. 〔美〕韋勒克等著：《文學原理》，劉象愚等譯，三聯書店，1984 年。

164. 現代漢語規範問題學術會議秘書處編：《現代漢語規範問題學術會議文件彙編》，科學出版社，1956 年。

165. 夏曉虹等：《文學語言與文章體式》，安徽教育出版社，2006 年。

166. 曉風主編：《我與胡風——胡風事件三十七人回憶》，寧夏人民出版社，1993 年。

167. 謝冕、洪子誠編：《中國當代文學史料選（1948～1975）》，北京大學出版社，1996 年。

168. 徐時儀：《漢語白話發展史》，北京大學出版社，2007 年。

169. 徐中玉：《寫作和語言》，東方書店，1955 年。

170. 徐中玉：《激流中的探索——徐中玉論文自選集》，華東師大出版社，1994 年。

171. 顏景常：《古代小說與方言》，山西人民出版社，2005 年。

172. 楊聯芬：《晚清至五四：中國文學現代性的發生》，北京大學出版社，2003 年。

173. 葉維廉：《葉維廉文集》（第一卷），安徽教育出版社，2002 年。

174. 葉聖陶：《葉聖陶文集》（一、二、三卷），人民文學出版社，1958 年。

175. 葉聖陶：《葉聖陶集》，江蘇教育出版社，1994 年。

176. 姚亞平：《中國語言規範研究》，商務印書館，2006 年。

177. 姚文元：《論文學上的修正主義思想》，上海新文藝出版社，1958 年。

178. 袁良駿編：《丁玲研究資料》，天津人民出版社，1982 年。

179. 易中天：《西北風東南雨——方言與文化》，上海文化出版社，2002 年。

180. 游汝傑：《漢語方言學教程》，上海教育出版社，2004 年。

181. 于根元主編：《新時期推廣普通話方略研究》，中國經濟出版社，2005 年。

182. 于在春：《文言散文的普通話翻譯》，上海教育出版社，1978 年。

183. 于堅：《拒絕隱喻》，雲南人民出版社，2004 年。

184. 于鳳政：《改造：1949～1957年的知識分子》，河南人民出版社，2001年。

185. 岳凱華：《回眸「十七年文學」》，中國檔案出版社，2001年。

186. 曾廣燦等編：《老舍研究資料》，北京十月文藝出版社，1985年。

187. 鄭國民：《從文言文教學到白話文教學——我國近現代語文教育的變革歷程》，北京師大出版社，2000年。

188. 中國人民政治協商會議北京市委員會文史資料研究委員會編：《北京往事談》，北京出版社，1988年。

189. 中國語文雜誌社編：《漢語的共同語和標準音》，中華書局，1956年。

190. 中國現代文學館編：《中國現代作家大辭典》，新世界出版社1992年。

191. 《中國新文學大系》（1937～1949），上海文藝出版社，1990年。

192. 《中國新文學大系》（1949～1976），山東教育出版社，1997年。

193. 《中華全國文學藝術工作者代表大會紀念文集》，新華書店，1950年。

194. 《中國作家協會第二次理事會會議（擴大）報告、發言集》，人民文學出版社，1956年。

195. 張衛中：《漢語與漢語文學》，文化藝術出版社，2006年。

196. 張中行：《文言與白話》，黑龍江人民出版社，1988年。

197. 張中良：《荊棘上的生命》，春風文藝出版社，2002年。

198. 張誌公：《張誌公文集》（第五卷），廣東教育出版社，1991年。

199. 張誌公：《語法學習講話》，上海教育出版社，1962年。

200. 張檸：《沒有烏托邦的言辭》，花城出版社，2005年。

201. 張檸：《中國當代文學與文化研究》，北京師大出版社，2008年。

202. 張均：《中國當代文學制度（1949～1976）》，北京大學出版社，2011年。

203. 張旭：《漢語形態問題論稿》，中國社會科學出版社，2008年。

204. 張清華：《猜測上帝的詩學》，北京大學出版社，2010年。

205. 張清華：《存在之鏡與智慧之燈：中國當代小說及美學研究》，福建教育出版社，2010年。

206. 張西平等編：《世界主要國家語言推廣政策概覽》，外語教學與研究出版社，2008年。

207. 趙樹理：《趙樹理文集》，人民文學出版社，2005年。

208. 趙樹理：《趙樹理全集》，大眾文藝出版社，2006年。

209. 《趙樹理研究文集》，中國文聯出版公司，1996年。

210. 趙園：《北京：城與人》，北京大學出版社，2002年。

211. 趙元任：《語言問題》，商務印書館，1980年。

212. 周立波：《周立波文集》（第 1～5 卷），上海文藝出版社，1981 年。

213. 周立波：《周立波選集》（第 1～6 卷），湖南人民出版社，1983 年。

214. 周玉忠等主編：《語言規範與語言政策：理論與國別研究》，中國社會科學出版社，2004 年。

215. 周振鶴、游汝傑：《方言與中國文化》（第 2 版），上海人民出版社，2006 年。

216. 周作人：《周作人批評文集》，楊揚編，珠海出版社，1998 年。

217. 周作人：《兒童文學小論：中國新文學的源流》，河北教育出版社，2001 年。

218. 周良沛：《丁玲傳》，北京十月文藝出版社，1993 年。

219. 周韋編：《論〈王貴與李香香〉》，上海雜誌公司，1950 年。

220. 周揚：《周揚文集》（第 1～3 卷），人民文學出版社，1984～1986 年。

221. 鄒紅：《焦菊隱戲劇理論研究》，北京師大出版社，1999 年。

222. 鄒紅：《作家・導演・評論：多維視野中的北京人藝研究》，文化藝術出版社，2008 年。

223. 朱自清：《朱自清全集》，朱喬森編，江蘇教育出版社，1996 年。

224. 朱金順：《新文學資料引論》，北京語言學院出版社，1986 年。

225. 朱泳燚：《葉聖陶的語言修改藝術》，寧夏人民出版社，1982 年。

226. 朱寨：《中國當代文學思潮史》，人民文學出版社，1987 年。

227. 朱正：《1957 年的夏季：從百家爭鳴到兩家爭鳴》，河南人民出版社，1998 年。

228. 朱立元主編：《當代西方文藝理論》，華東師範大學出版社，2001 年。

229. 朱曉進：《「山藥蛋派」與三晉文化》，湖南教育出版社，1995 年。

230. 朱競編：《漢語的危機》，文化藝術出版社，2005 年。

後　記

　　這本小書，是我在北京師範大學中國語言文學博士後流動站所做的研究報告的基礎上修訂而成的。2008 年至 2011 年之間，我一邊在原單位工作，一邊在合作導師李怡教授的悉心指導下，埋頭做自己的博士後報告，時間很緊，做完後便放在一邊。近兩年來，自己又對有興趣的相關話題展開了後續研究，補充了一些新內容，便成現在這個模樣了。

　　九十年代末以來，我從業餘寫作詩歌轉到專業研究新詩，再到研究 20 世紀中國文學與文化，雖然都是在中國現當代文學這一大的學科範圍內撲騰，但這一切對於我而言，都是一種全新的生命體驗。這與其說是一種鍛鍊與挑戰，還不如說是一個夢想接著一個夢想的追求。從碩士到博士再到博士後在站研究，這樣一路走過來，有一種不斷登山的感覺，自己的熱情與智慧也不斷地被激發、揮灑出來，沿途風景眞美！

　　當初接受李怡師的建議，選擇 50 年代的普通話寫作作爲選題對象，從某個角度而言，也是與自己某種模糊的認知一拍即合。在大量翻閱 50 年代原始資料的過程中，透過發黃的舊紙張，我不斷被新的發現所激動。通過打量自己腳下的土地，我似乎以另一種姿態生活在 50 年代的天地之中，感受到了共和國作家們的追求與掙扎，以及他們浸透於紙背的悲歡離合。

　　感謝李怡師，爲我創造了去北京師範大學學習的機會，沒有他運籌帷幄的指引，我的目光將不會那麼遙遠。數年之前，我很幸運遇見恩師李怡教授，成爲他的入門弟子。多年以來，我一直受惠李怡師適時而具體的點撥、傳道。我還很清楚地記得，不論在西師，還是在川大、北師大，不論是在各種課堂上，還是私下交流、外出開會中，我都能切切實實地感受到這種特殊的溫度

與熱情，以及那種妙不可言的智慧與仁心。當我灰心沮喪的時候，是這種熱情重新喚醒了我；當我取得點滴進步時，是這種鼓勵的溫度一次又一次地激勵著我前行。領悟其智慧、仁心的時候更是如此，譬如，很多次我都沉醉在閱讀其著作的愉悅之中。近幾年來，我多種著作的出版，許多課題的論證與展開，與全國學術界建立的聯繫，也差不多融化了李怡師的才情與智慧。此外，我還得到了師母康莉蓉女士多方面的關心與幫助，在此一併道一聲真誠的謝謝，雖然這句話並不能勝任。

自然，我也懷念「李門」師弟師妹們，他們雖然置身於不同地方，但在師門之內聚於學緣，學術氣氛十分濃鬱，每到相遇或交流的時候，他們幾乎對我都以「師兄」親切相稱。由於我的博士後是在職性質，往往在貴陽遙想北京的事情，多虧北師大的師弟師妹們經常代我處理一些事務，對此我也很是感激。

論文寫作過程中，北京師範大學文學院劉勇教授、楊聯芬教授、黃開發教授等老師在本人開題時給予了種種幫助。出站報告完成後，又承蒙吳思敬教授、張中良教授、鄒紅教授、黃開發教授、張檸教授諸位審讀，感謝以上專家們的審閱與他們提出的寶貴意見！

在博士後研究工作期間，我原單位貴州師範大學人事處的領導，文學院的領導、同事，給我創造了良好的條件。特別是我的妻子譚琳妃女士，與岳母等一起承擔了大量家裏的工作，撫養我們的女兒顏沫一天天健康成長，為我的寫作增添了許多動力，在此一併致謝。

時光荏苒，彈指一揮間，轉眼已是幾年。現在回想起來，我從來沒有感覺到時間過得這麼快過。一切都那麼忙碌，一切都那麼新鮮！

顏同林

2013 年初冬於貴陽